ザビエルの夢を紡ぐ

近代宣教師たちの日本語文学

郭南燕

平凡社

人間文化研究機構
基幹研究プロジェクト
NIHU TRANSDISCIPLINARY PROJECTS

本書は、人間文化研究機構基幹研究プロジェクトの成果であり、
同機構の出版助成による。

ザビエルの夢を紡ぐ——近代宣教師たちの日本語文学

目次

序章　日本へのザビエルの贈りもの……9

第1章　日本に情熱を燃やしたザビエル……27
一、日本からの呼びかけ　27
二、現地語学習の先駆け　31
三、日本語習得の努力　35
四、日本文化の観察　43
五、日本語力の可能性　46
六、ザビエルを慕う日本の文人　56
略年譜　60

第2章　ザビエルの予言へ呼応する近代宣教師たち……69
一、日本に根付いた信仰　69
二、ザビエルの「楽しみ」を生きる　76
三、「誤訳」から出た本音　81

第3章　日本人に一生を捧げたヴィリオン神父……91
一、日本理解への打ち込み　91
二、ザビエルの遺跡の探索　98
三、ヴィリオンの日本語力　103
四、日本語著書の数々　113
五、『日本聖人鮮血遺書』の波及効果　121
六、ヴィリオンの遺産　130
略年譜　135
第4章　日本人を虜にしたカンドウ神父……147
一、ザビエルへの憧憬　147
二、日本人を魅了した日本語　151
三、的確な日本洞察　160
四、日本文化への貢献　168
五、カンドウに導かれた日本人　174
六、日本人から受けた愛情　181

七、惜しまれた早逝　187
略年譜　190

第5章　詩的な宣教者――ホイヴェルス神父……201
一、ヴィリオンからの感化　201
二、珠玉の随筆と詩歌　207
三、細川ガラシャへの敬服　212
四、それまでのガラシャ像　220
五、ホイヴェルス脚本の特色　224
六、神の〈風呂敷〉の花模様　230
略年譜　235

第6章　型破りの布教――ネラン神父……245
一、日本人の美意識への憧れ　246
二、日本人目線の獲得　249
三、日本観察の透徹さ　254

四、遠藤文学への登場 256
五、宣教スナックの成果 262
六、現地宗教への寛容 270
七、日本文化人との関係 273
略年譜 277

終章　日本人とともに日本文化を創る試み……287

あとがき……293

引用文献一覧 297
索引 328

序章　日本へのザビエルの贈りもの

現代日本人の歴史観にもっとも大きな影響を与えたのは司馬遼太郎である。[*1] その司馬が傾倒していたキリスト教の宣教師が二人いる。一人は一六世紀のフランシスコ・ザビエル。もう一人は二〇世紀のソーヴール・カンドウである。司馬は『街道をゆく22　南蛮のみち』において、この二人を詳しく描き、日本人とともに日本文化を作り上げた功績を賞賛してやまない。

「南蛮」における司馬の足跡を再び踏査したNHK取材班は、「もしザヴィエルが、カンドウ神父が、その他数多のバスク人宣教師が日本に来ていなければ……。日本は、今と違った道をたどっていたかもしれない」[*2]という結論に達した。

本書は、ザビエルと、カンドウをふくめた数人の宣教師が日本文化に与えてくれたさまざまな影響に焦点を当てる。

私は二〇〇一年初冬のある日曜日、青森県のカトリック弘前教会を初めて訪れてみた。ちょうどミサの時間で、カナダ・ケベック出身の外国人神父が説教をしていた。私はたちまちその流《りゅう》暢《ちょう》な日本語に圧倒された。

日本語を外国語として学ぶ人には、「外国人」の日本語力におのずと関心をもつ。当時の私はニュージーランドのオタゴ大学で日本語・日本文化の教育に携わり、このような素晴らしい日本語運用力をもち、哲学的な意味をこめて、深く分かりやすく話した「外国人」に初めて出会った感がした。

その神父の日本語は、話し言葉でありながら、書き言葉のように理路整然としていて、「生きること」「死ぬこと」「愛すること」「赦《ゆる》すこと」などの意味を誰にも分かるように話すものであった。その時から、私は外国人宣教師の日本語の運用と日本文化の理解に興味を覚え始めた。そして、宣教師たちが日本語で書いたさまざまな本を探し出して読むようになった。

一五四九年、最初に日本にやってきたイエズス会宣教師フランシスコ・ザビエル（Francisco Xavier 一五〇六―五二）は日本語の習得に多大な努力を払ったことが彼の日本から送付した書簡から見られる。その後、多くの宣教師は日本語を身につけたため、直接日本人に話しかけてキリスト教を宣教することができた。ヨーロッパ言語のできる日本人が極めて少なかった時、宣教師がみずから日本語で宣教することは重要であった。

近代に入ってから、パリ外国宣教会による外国人専用の教会「横浜天主堂」が、一八六二年一月一二日に落成した。公開された竣工式に日本人見物客が殺到した。建設者の一人ジラール神父は、「日本人の生まれつきの好奇心」を惹きつけたのは、その「美しい金色の十字架を戴き、ヨーロッパのゴチック方式の模倣と日本の寺院の独創的な方式とを折衷《せっちゅう》したこの小さい教会」であった、と書いている。庶民、仏僧、侍などは朝から晩まで宣教師の周りに押しかけて、宣教師の教えを注意深く聴いていた。一〇日間に一万人以上の見物客に宣教することができた。しかし、一ヶ月後、江戸幕府は見物客を五五人逮捕した。その釈放に努力した宣教師は、「日本語での公開の説教をしないように」という条件を呑んだ。[*3] 宣教師の日本語使用の威力がいかに「恐るべき」ものだったのかが分かる。

今日の日本においては、キリスト教と同時に西洋文明を日本にもたらしたザビエルのことを知らない人はいないだろう。またザビエルは布教によって、日本で異言語異文化の交流を始めたとも考えられている。

一九二〇年に発見された、茨木市潜伏キリシタンの遺品にあるザビエルの彩色画は、教科書（『新しい日本の歴史』育鵬社、二〇一五年、『新しい社会　歴史』東京書籍、二〇一一年。図1・2）の表紙にも使用されて、その中心に位置している。日本はキリスト教国ではないが、ザビエルが日本に及ぼした影響力を大きく取り扱っている印象を与える。

おもしろいことに、キリスト教は〈異言語〉と深い関係がある。旧約聖書の「創世記」（一一章）によれば、昔、世界中の人は同じ言葉を使っていた。しかし、新しい技術をもって巨大な塔を作り、みんなが天にまで登り、そこで生活しようという野望をもった。それを不快に思った神は、人々の言葉を混乱させ、相互理解を不可能にさせ、人間を地球上に散らせて、町の建設を中断させた、という。一方、新約聖書では、死から復活したイエス・キリストが、弟子たちに「世界をめぐりて、すべての民に福音を宣《の》べ伝えよ」という使命を与えた時、異言語の習得を前提とし、そして信じる者は「新しい言葉を語る」というしるしがあらわれることを弟子たちに約束する（「マルコによる福音書」一六章）。キリストが昇天してから一〇日後、「聖霊降臨」という出来事があり、強い風の音とともに天から炎のような舌が現れ、使徒たちにそれぞれ触れる。すると、使徒たちは一斉に異なる言葉を話し出した。それぞれの言語は、傍観者たち（世界各地から集まったユダヤ人）の生まれ故郷の言葉であった（「使徒言行録」二章）。

図１　『新しい日本の歴史』育鵬社、2015年

図２　『新しい社会歴史』東京書籍、2011年

聖書にあるこれらの話は、キリスト教と異言語との興味深い関係を示してくれる。つまり、異言語は神からの処罰であるが、異言語の運用力は信徒への褒美として与えられるものであり、聖霊をうけたことの証明でもある。逆説的な言い方になるが、異言語克服の最大の成果は、聖書の翻訳である。紀元前三世紀にヘブライ語の旧約聖書がギリシア語に訳され、紀元四世紀にギリシア語の新約聖書と旧約聖書がラテン語に訳されて、ローマ帝国のキリスト教普及を促進した。二〇一七年現在、世界において聖書を全訳した言語は六〇〇余あり、部分訳した言語は一四〇〇あるという統計がある。[*4] このように異言語の障害を乗り越えて、『聖書』は世界でもっとも読まれる書物となっている。

キリスト教の世界宣教を目指して、イグナチオ・ロヨラ、フランシスコ・ザビエルらが一五三四年に結成したイエズス会は地球規模の言語文化の交流を始めた。ザビエル自身は、一五四二年にインド南端のコモリン岬で宣教をはじめた頃、最初に接した「キリスト信者」たちが教義を知らなかったことを知って心を痛めた。[*5] 現地語習得の重要性を痛感した彼は、一生懸命に現地語タミル語を学び、独自で教理を教え、聴罪をすることができた。ザビエルは異言語学習の先駆けといえる。一五四九年に来日してからも、日本語習得の必要性を他の宣教師たちに繰り返し強調して、自ら日本語学習に打ち込むことによって、現地の言語と文化に順応する手本を示してくれた。当時の宣教師はいかに日本語をとらえていたのだろうか。三回（一五七九―八二、一五九〇―九二、一五九八―一六〇三）日本を視察したことのあるイエズス会巡察使アレッサンドロ・ヴァリニャーノ（Alessandro Valignan 一五八三―一六〇六）が、ローマのイエズス会総長に提出するために、一五八三年に執筆した『日本管区及びその統轄に属する諸事の要録』は、宣教師の「日本語観」を次のように表現している。

> これは知られている諸言語の中でもっとも優秀で、もっとも優雅、かつ豊富なものである。その理由は、我等のラテン語よりも（語彙が）豊富で、思想をよく表現する（言語だ）からである。……対応する相手の人物や事物の階級に応じて、高尚、低俗、軽蔑、尊敬の言葉を使いわけなければならない。口語と文語は異なるし、男女は非常に異なった言葉を話す。書く言葉の中にもまた少なからぬ差違があって、書状と書物とでは、用語が異なる。つまり、これほど種類が多く優雅であるので、それを習得するには長期間を必要とする。[*6]

多くの宣教師たちは日本語習得に打ち込み、日本語をうまく身につけた人も少なくない。ヴァリニャーノの通訳をつとめたことのあるポルトガル人ジョアン・ロドリゲス（João Rodriguez 一五六三？―一六三三）は日本語に精通し、「通事」と俗称され、豊臣秀吉と徳川家康に重宝がられた。彼は日本語学習用の『日本大文典』と『日本小文典』を書いて、宣教師の目指すべき日本語力をつぎのように想定している。それは、「自由に説教し、討論や文書によって誤謬《ごびゅう》と迷信を論破し、信者の告解を理解し、書きたいことのすべてを自然にしかも立派な文章で書き、この国にみられるあらゆる種類の事物について、この地の人々と同じように語り論じられる」[*7]という極めて高度なものであった。

またイタリア人イエズス会司祭ピエトロ・パウロ・ナバルロ（Pietro Paolo Navarro 一五六〇―一六二二）は、一五八八年の来日から殉教まで三四年間日本で生活したが、日本語が非常に達者で、日本語の書物をも書いていた。彼は殉教の年、島原の領主の松倉豊後守重政に謁見し、自分の執筆した護教の「雑誌」を差し上げた。領主は「その雑誌を近侍の一人に朗読せしめ益《ます》す感服し」たことを、ナバルロは長崎管区長宛の書簡に書いている。[*8] 領主にキリスト教に深い関心を抱かせたこの「雑誌」は、読む者の心に訴える文学的修辞が伴われただろうと考えられる。残念なことにこれは現存しない。

スペイン人でドミニコ会宣教師ディエゴ・コリャード（Diego Collado 一五八九？―一六三八）は、約八年間のマニラ滞在と一六一九年七月からの三年半の日本滞在を合わせて、一一年間の日本語学習歴があり、[*9] 日本から離れて一〇年後の一六三二年、ローマで『日本語文典』『懺悔録』『羅西日辞典』を刊行する。『懺悔録』の緒言において、「何ら頼りとするものがなくとも、日本文典や、幾千もの語彙を載せた辞書ばかりか、告解文、さらには信仰宣言文をすら書きあげることができた。それほどまでに私はこの言語を保持している」[*10] と、少し自慢げに書いている。この『懺悔録』は日本語学習用の書物で、「抑揚の多い教義宣言文と多彩で具象的な懺悔文とをたくみに創り出して、「きりしたん文学中異色ある労作[*11]」と評価されている。

日本語を客観的に観察し、ラテン語文法を応用して体系的に日本語を分析することは、宣教師だからこそできたことである。当時出版された『羅葡日対訳辞典』（天草刊、一五九五）、『落葉集』（長崎刊、一五九八）、『日葡辞書』（長崎刊、一六〇三）、ロドリゲス編著『日本大文典』（長崎刊、一六〇四―〇八）と『日本小文典』（マカオ刊、一六二〇）の中で、『落葉集』『日葡辞書』『日本大文典』は「外国人による日本語研究の最高峰」と杉本つとむによって見なされている。[*12]『日本大文典』は、日本古典文学の語句を数多く引用して、典雅な日本語を宣教に必須なものとし、[*13]しかも中世日本語の様相を克明に記したものとして、現代日本人にとっても至宝の書と思われる。[*14]

ロドリゲスの『日本大文典』は、日本語の特徴を積極的に評価している。「甚だ豊富であり典雅である。それは即ち次の諸点によるものである。先づ、同一の事柄を言ひ表す為の語が多数あって、その中のあるものは他のものよりも適切であるといふ事がある。次には、ある動詞と他の動詞との間、また名詞相互の間で作られる種々な複合語があって、我々の国語ではうまく言ひ表せないか廻りくどい言ひ方をしなければならないかする事柄や動作を、その複合語を使って簡潔にしかも力強く言ひ表すのである。次には又、副詞が多数あって、事物や動作の特殊な状況を極めて適切に示すのである。だからして、我々が身振りや手真似で示すものを、日本人は多く複合語と副詞とで示すのである。さうして又、上に指摘した所とは違ったことで、この国語の特徴と観られるのは、殆どあらゆる場合の言ひ方に含まれてゐる尊敬及び丁寧の仕方に於いて豊富であり典雅であるといふ事である」[*15]という極めて適切な分析をしており、今日においても少しも色褪《いろあ》せしない観察だといえよう。

杉本つとむは、「驚くほどの熱意と努力をもって、吉利支丹たちは神の教え、聖書に忠実に、日本語の学習修得に精進実践していった。このいわば言語修得魂ともいうべき、あくなき語学修練は、幕末〜明治初期に来日した宣教師たちにまで一貫して流れているものである」[*16]と的確に指摘している。山東功は、宣教師は外国から日本語を見るという「外的な発見」と、自らの言語の内省という「内的な発見」の両方から日本語を観察したため、「かなり正確な観察眼を兼ねそなえていたこと」を認めている。[*17]

その時代の辞書類を含めて、西洋人と日本人の共同作業による教理、祈り、典礼、観想の関連書籍（『どちりいなきりしたん』『サルバトルムンヂ』『サカラメンタ提要』『こんてむつすむんぢ』『ぎゃどぺかどる』など）、聖書の翻訳、西洋古典の翻訳と日本古典の翻案である『平家物語』『伊曽保物語』『金句集』などは、「キリシタン文学」と名付けられ、ローマ字本と漢字仮名交じりの国字本がある。[*18]これらの書物に関する考察は、言語、宗教、歴史、思想、文学、印刷、出版、教育などの角度から行われてきて、日本においては明治期から一五〇〇年の研究史がある。

キリシタン時代以後の厳しい禁教は二世紀に及んだが、一九世紀の欧米宣教師たちは、日本宣教が自由になる日の到来を待ち望みながら、苦心して日本語を学んだ。一八三〇年代から東南アジアに滞在中、日本人漂流民に日本語を教わり、辞書の編纂を試みたメドハーストは『英和和英語彙集』（バタビア刊、一八三〇）を刊行し、一八四六年から琉球に滞在したベッテルハイムは『英琉辞書』（一八五一年脱稿）を編集した。リギンスは一八五九年から長崎に滞在し、『英和常用句』

(上海刊、一八六〇)を書き上げ、ブラウンは神奈川で『英和俗語会話集』(上海刊、一八六三)を著わした。カションは琉球、江戸、北海道、横浜で布教・教育・外交に携わりながら、『仏英和辞典』(パリ刊、一八六六)を出版し、ヘボンは神奈川で『和英語林集成』(横浜刊、一八六七)を編纂し、日本初の和英辞典を作った。

また、『聖書』の和訳も日本本土以外で行われた。たとえば、ギュツラフ訳『約翰《ヨハネ》福音之伝』(一八三七)、ウィリアムズ訳『馬太《マタイ》福音伝』(一八三九)、ベッテルハイム訳『ルカ福音』(一八四七)、『四福音書』(一八五一)などがあり、東洋のキリスト禁教国・日本における将来の宣教の準備にとりかかっていた。

一八五八年の日仏修好通商条約が締結されてから、まずフランスのパリ外国宣教会の宣教師が来日するようになった。長崎で建立された大浦天主堂に一八六五年三月一七日、潜伏キリシタンが初めて現れて、世界の「奇跡」と思われた。しかし、この「奇跡」はザビエルによって三百年前にすでに予言されていた。つまり「日本人だけがきわめて困難な状況のもとでも、信仰を長く持続してゆくことができる国民だ[*19]」と。

一八七三年に禁教高札が撤廃されてから、宣教師が相次いで日本に入国し、宣教、教育、福祉、医療に従事しながら、短期間に習得した日本語による著述活動をも盛んに行った。二一世紀の今日まで、数万人の来日宣教師のうち、約三〇〇人が非母語である日本語を用いて、およそ三〇〇〇点の著書を執筆し、刊行してきた。

ちなみに統計によれば、二一世紀に入ってから、二〇〇六年の日本在住外国人宣教師はカトリックが六一三人で、プロテスタントが五〇四人であり、合計一一一七人であったが、[20] 一〇年後の二〇一六年現在、カトリックが五一四人で、プロテスタントが三六二人、合計八七六人であり、かなり減少している。[21]

宣教師たちの著述形態は三つあると思う。一つ目は日本人との共著であり、日本人が宣教師の日本語による口述、講演を筆記したもの。二つ目は宣教師がローマ字で執筆した日本語文を、日本人が漢字とカナに変換したもの（現在の、ローマ字入力による漢字・仮名への変換を先取る）。三つ目は宣教師の日本語による単独執筆。日本語で著述をする外国人はほかにもいるが、宣教師のように使命感に駆り立てられて、矢継ぎ早に日本語著作を執筆した「職業」はほかにないだろう。内容から見れば、『聖書』の翻訳、教理、祈り、典礼、観想・修徳、殉教（聖人伝）、辞書、随筆、書簡、詩歌、対話、演説、戯曲、日記、楽譜、絵本、雑文、紀行、研究書などに分類することができる。

一九世紀以降の東アジアにおいて、大陸中国において宣教師が漢文で執筆した書籍は約四三〇〇点あるが、[22] それ以上伸びなかったのは、一九四九年に共産主義政権が成立した後、宣教師が中国大陸から追放されてしまったからである。朝鮮半島では、漢文で執筆されたキリスト教や科学知識の本である「漢訳西学書」を宣教師が利用していたが、厳しい弾圧があったためか、あるいは韓国人司牧者の育成が成功したためか、外国人宣教師がハングルで執筆する書籍は少なかった。[*23]

しかし、近現代日本で、宣教師が約三〇〇〇点もの書籍を出版できたのは、キリスト教に対する日本社会の寛容そして好奇心と関係する。書けば読んでくれる人が日本にたくさんいる、という確信があったから、宣教師たちはせっせと日本語で書いたのだろう。漢字とハングルよりはるかに複雑な書記法をもつ日本語と格闘しながら、繁忙極まりない宣教・福祉・教育活動の合間に生み出されたこれらの大量な著作は、近代の宣教師が東アジアでやり遂げた「文化的偉業」ともいえるのではないかと思う。

日本語・日本文化に最大限の理解を示し、日本社会に適応した形で、キリスト教の精神（愛、平等、自由、平和）について、キリストの誕生・宣教・復活を通して語り続けることにより、西洋の宇宙観、倫理観、文学、言語、歴史、思想を伝えたこれらの書物について、「日本語文学」という観点からとりあげられたことは、まだごく少ないように思われる。[*24]

いままでの過去二五年間、来日外国人作家、日本植民地の文学者、あるいは海外在住の日本人移民が日本語で書いた文学は、「日本語文学」として研究され、確立した研究領域となっている。[*25]しかし、いわゆる「日本語文学」は、二〇世紀の後半に急に始まったものではなく、一六世紀に始まった「キリシタン文学」にまで淵源を求めることができる。また近代宣教師たちは日本語著述によって、質量ともに豊富な「日本語文学」を生み出すことで、日本人とともに日本の近代文化を作り上げたのだとも見なすことができるだろう。

本書は、ザビエルが日本に寄せた期待の近代における実現というテーマに沿って、ザビエル自身の日本語学習と日本理解から始まり、ザビエルの足跡に従った近代宣教師の日本語著述を取り上げて、キリシタン文学に起源した「日本語文学」がいかに近現代において展開されているのかを論じ、紹介する。

第1章は、キリスト教の種を日本で蒔《ま》いたザビエルが、いかに日本人との直接交流を重視し、日本語学習に打ち込み、日本文化の理解を強調したのかを整理したうえ、彼自身のもつ日本語力の可能性を推測し、彼は日本語がほとんどできなかったという過去の説を覆すことを試みる。

第2章は、日本人の信仰維持に関するザビエルの予言が見事に的中した日本が、多くの宣教師を惹きつけ、ザビエルの日本への愛情がさらに継承、発展されていったことを概説する。

近代宣教師の日本語文学は四つの時代に分けることができるだろう。(1)一八六〇年代—一九〇〇年代(執筆開始期)、(2)一九一〇年代—一九四二年(執筆活発期)、(3)一九四六—九〇年(執筆旺盛期)、(4)一九九一—二〇一〇年代(パソコン利用期)。本章以降、これらの段階を横断し、近代日本において大きな社会的影響力を発揮した四人のカトリック宣教師(A・ヴィリオン、S・カンドウ、H・ホイヴェルス、G・ネラン)を検討したいと思う。多くの来日宣教師と同じように、この四人はさながらザビエルの呼び声に応えるように来日し、日本を愛したザビエルに学び、キリスト教の泉を日本人の心に流し込むと同時に、日本文化の甘露をも十分に味わっている。彼らこそがザビエルが日本人に抱いた夢を少しずつ実現した人たちである。

第3章は、「第二のザビエル」と呼ばれるエメ・ヴィリオン（Aimé Villion 一八四三―一九三二）を取り上げる。パリ外国宣教会の司祭であり、近代宣教師の中でもっとも著名な一人である。ヴィリオンは一八六八年に来日し、長崎、神戸を経て、京都に滞在した。京都にいた一〇年間は宣教を禁じられたため、仏教の研究に力を入れ、ほとんどの仏教宗派に馴染んだ。著書『日本聖人《やまとひじりち》鮮血遺書《しおのかきおき》』（一八八七年）は、キリシタン史を一般読者に広く知らせることになり、日本の文化人によく読まれて映画化・演劇化され、今日の歴史小説にも影響を及ぼしている。宣教と社会事業に忙殺されたヴィリオンは、著述に割く時間が限られたから、日本人伝道師・加古《かこ》義一《よしかず》との共同作業を通して、キリスト教の思想を日本人に届けようとした。

第4章は、ザビエルと同じバスク地方出身のソーヴール・カンドウ（Sauveur Candau 一八九七―一九五五）を取り上げる。一九二五年に日本に到着したとき、カンドウは日本語とバスク語との類似性にいち早く気がついて、漢字の学習に力を注ぎ、間もなく日本語を身につけ、宣教・教育・福祉のかたわら、講演と著述をこなす多忙な二一年間を日本で過ごした。その抜群の日本語力と文章力に感心した日本の文化人は数え切れない。その数多くの著作から、彼の日本観察、日本人へのアドバイス、思索の透徹さを見ることができる。

第5章はヘルマン・ホイヴェルス（Hermann Heuvers 一八九〇―一九七七）の残した文学を中心に論じる。北ドイツ・ヴェストファーレン州生まれのイエズス会宣教師で、来日前、ハンブルク大学で日本文学を学び、『万葉集』、謡曲などを勉強した。関東大震災の直前に来日して、その後、上智大学第二代学長、教授を務めた。ホイヴェルス神父は多くの珠玉の随筆を書き残している。『人生の秋に――ヘルマン・ホイヴェルス随想集』は最近とくに知られてきている。詩情にみちた作品の数々は、日本語文学の豊饒さを示してくれる。

第6章は、異色な宣教師ジョルジュ・ネラン神父（Georges Neyrand 一九二〇―二〇一一）に登場してもらう。彼は一九五二年に来日してからすぐ長崎弁と漢字を覚え、彼自身の執筆で多くの著書を上梓している。遠藤周作の小説『おバカさん』のモデルとしても有名である。型破りの布教法をもち、新宿・歌舞伎町で宣教スナックを開き、サラリーマンを相手にしていた。ザビエルの日本文化への理解をさらに広めて深め、飲みながらの宣教と、仏教徒の気持ちを尊重した、日本文化の良き理解者として彼を再評価すべきだろうと思う。

本書が取り上げる近代宣教師の四人は、長い日本滞在を経て、高度な日本語の運用力と日本文化への深い理解をもつに至った。異言語異文化への理解は、「愛」という感情が伴わなければ、難しいだろう。その愛があるからこそ、宣教師たちは日本人に奉仕し、死ぬまでの日本滞在を選んだのである。

宣教師の日本語による著述は、今日まで学界によって看過されてきている。その理由は四点考えられるだろう。一つ目は非母語の日本語を用いた著述は「幼稚」なものだろうという先入観があること。二つ目は来日宣教師が自分の出版物をあまり宣伝しないため、彼らの書物を読むきっかけが少ないこと。三つ目はそれらの著書の大半が絶版となっていて、入手しにくいこと。四つ目は宣教師の日本語著書を、多言語多文化交流の成果と見る問題意識の欠如である。
本書は、日本人とともに日本文化を作り上げ、日本に自らの時間、知識、能力、情熱、生命を捧げたザビエルそして四人の宣教師の功績を整理することによって、日本文化の「国際色」を確認し、「日本語文学」という宝庫を発掘することを目的とする。

注

＊1 磯田道史『「司馬遼太郎」で学ぶ日本史』NHK出版、二〇一七年、一六一七頁。
＊2 NHK「街道をゆく」プロジェクト『司馬遼太郎の風景3、北のまほろば／南蛮のみち』日本放送出版協会、一九九八年、二〇八―二〇九頁。
＊3 フランシスク・マルナス、久野桂一郎訳『日本キリスト教復活史』みすず書房、一九八五年、一九六―一九九頁。
＊4 聖書の翻訳に関する情報はWycliffe社ホームページによる。https://www.wycliffe.org/about/why/
＊5 一五四四年一月一五日コーチンよりローマのイエズス会員宛て書簡、河野純徳訳『聖フランシスコ・ザビエル全書簡』1（全四巻）、平凡社東洋文庫、一九九四年、一七八―一七九頁。
＊6 ヴァリニャーノ、松田毅一他訳『日本巡察記』平凡社東洋文庫、一九七三年、二六頁。
＊7 ジョアン・ロドリゲス、池上岑夫訳『日本小文典』岩波書店、一九九三年、三五頁。
＊8 ビリヨン閲、加古義一編「福者ポーロナバロ及び連の祭礼」『日本聖人鮮血遺書』村上勘兵衛等出版、一八八七年、三一四―三一五頁。姉崎正治「ゼスス会の人物・日本文の達者ナバルロとその従者数人」『切支丹迫害史中の人

物事蹟』同文館、一九三〇年、五四―五五頁。

＊9　小島幸枝「コリャードのアクセント――西日辞書の自筆稿本をめぐって」『国語国文』四一巻一一号、一九七二年、四四頁。

＊10　日埜博司編著『コリャード 懺悔録』八木書店、二〇一六年、六九・七九・一〇五頁。

＊11　入江湑「コリヤード刊 懺悔録雑考（下）」『国語国文』三二巻三号、一九六三年、五七頁。

＊12　杉本つとむ「第二章　吉利支丹と日本語研究」『杉本つとむ著作選集10　西洋人の日本語研究』八坂書房、一九九九年、五〇―五一頁。

＊13　ジョアン・ロドリゲス、土井忠生訳註『日本大文典』三省堂、一九五五年、四頁。

＊14　金井清光「キリシタン宣教師の日本語研究」『國學院雑誌』九二巻六号、一九九一年六月。

＊15　前掲書『日本小文典』五―六頁。

＊16　前掲書『杉本つとむ著作選集10　西洋人の日本語研究』五〇頁。

＊17　山東功『日本語の観察者たち――宣教師からお雇い外国人まで』岩波書店、二〇一三年、三九・四一頁。

＊18　海老沢有道『キリシタン南蛮文学入門』教文館、一九九一年、二八―二九頁。尾原悟「キリシタン時代のイエズス会教育――ザビエルの宿願「都に大学を」」『神学』一一四号、二〇一三年、二二一―二三頁。

＊19　一五五二年一月二九日コーチンよりロヨラ宛て書簡、前出書『聖フランシスコ・ザビエル全書簡』3、二一八頁。

＊20　キリスト教年鑑編集部『キリスト教年鑑2007』キリスト新聞社、二〇〇六年、一三七二頁。

＊21　キリスト教年鑑編集部『キリスト教年鑑2017』キリスト新聞社、二〇一六年。引用は日本宣教リサーチ『JMR調査レポート（二〇一六年）』による。

＊22　宋莉華『傳教士漢文小説研究』上海古籍出版社、二〇一〇年。

＊23　フランクリン・ラウシュ「ハングルによるカトリックの書物」、李容相「外国人宣教師の半島伝道と著述活動」、崔英修「外国人女性宣教師の文化的影響」郭南燕編著『キリシタンが拓いた日本語文学――多言語多文化交流

の淵源』明石書店、二〇一七年。

＊24 管見によれば、河野純徳『鹿児島における聖書翻訳——ラゲ神父と第七高等学校造士館教授たち』(キリシタン文化研究会、一九八一年)、望月洋子『ヘボンの生涯と日本語』(新潮社、一九八七年)、山梨淳「パリ外国宣教会の出版物と近代日本の文学者」(『キリスト教文化研究所紀要』二五巻一号、二〇一〇年)、同「近代日本におけるリギョール神父の出版活動とその反響」(『カトリック研究』七九号、二〇一〇年)、同「ソーヴール・カンドウ神父と日本の知識人」(『カトリック研究』八一号、二〇一二年)、谷口幸代「日本語の書き手としてのホイヴェルス」、郭南燕「ホイヴェルス脚本『細川ガラシア夫人』」郭南燕編著『キリシタンが拓いた日本語文学——多言語多文化交流の淵源』(明石書店、二〇一七年)、Nanyan Guo, Internationalization of the Japanese Language in Interwar Period Japan (1920 - 1940): Foreign Missionaries and Writers,『世界の日本研究二〇一七』(国際日本文化研究センター、二〇一七年)がある。

＊25 「日本語文学」という呼び方は一九九〇年代初頭から始まり、たとえば、林浩治『在日朝鮮人日本語文学論』(新幹社、一九九一年)、垂水千恵『台湾の日本語文学』(五柳書院、一九九五年)があり、日本人移民の日本語文学に関しては、細川周平『日系ブラジル移民文学——日本語の長い旅』(第二巻、みすず書房、二〇一二年)、日比嘉高『ジャパニーズ・アメリカ——移民文学・出版文化・収容所』(新曜社、二〇一四年)などがある。それらの日本語運用のバイリンガル性に着目したのは、郭南燕編著『バイリンガルな日本語文学』(三元社、二〇一三年)である。

第1章　日本に情熱を燃やしたザビエル[*1]

一、日本からの呼びかけ

広範な人文学と自然科学の知識を身につけることを教育の方針に、神の創造物である宇宙を解明しようとする「博学」は、イエズス会のトレードマークである。世界宣教を志すイエズス会は、森羅万象を説明できなければ、神の存在を人に納得させることができないことを心得ていた、キリスト教の修道会である。

宇宙の生成を説明する「ビッグバン」理論の創出者は、ベルギーのイエズス会神父、天文学者のジョルジュ・ルメートル（Georges-Henri Lemaître　一八九四―一九六六）である。その理論が提出されたのは一九二七年から一九三三年にかけてである。アインシュタインは、ルメートルの数学の計算の正確さこそ認めたが、理論そのものを疑った。当時の科学界では、この理論は、キリスト教の「天地創造」説を連想させるから信用できないという批判にさらされた。しかし、二一世紀の今日、ビッグバン理論は最新の科学研究によって実証されている。[*2] ルメートルは、もしイエズス会士として「天地創造」というイメージを持っていなかったら、この理論を創出することはなかったかもしれない。

イエズス会（ラテン語 Societas Iesu、英語 Society of Jesus、総本部はローマにある）は、一五三四年にイグナチオ・ロヨラ（Ignacio López de Loyola 一四九一—一五五六）、フランシスコ・ザビエルら合計七人がパリのモンマルトルの丘で誓約を立てて設立し、一五四〇年に教皇の認可を受けたカトリックの男子修道会である。

ザビエル（出身地バスク地方でシャビエル、ポルトガル語でシャヴィエル、スペイン語でハビエル、フランス語でサベリヨなどと発音、キリシタン時代の文書では「しゃひゑる」と表記）は、アジアにキリストの福音を広く宣教したため、「東洋の使徒」と称されている。一五四二年五月から一〇年間、ゴア、漁夫海岸、コーチン、マラッカ、モルッカ諸島、日本などで艱難辛苦をともなう宣教活動をしてから、中国宣教を目指す途中、広東付近の上川島で一五五二年一二月三日に病気のため帰天した。

日本に初めてキリスト教をもたらしたザビエルの来日は、日本史上でも世界の文化交流史上でも記念すべき出来事であった。ザビエルが日本宣教を決めたきっかけの一つは、一五四七年一二月にマラッカで鹿児島出身のアンジロウ（本名・生没年不明、ヤジロウとも）との出会いであったことは周知の通りである。アンジロウの向学心、聡明さ、勤勉さ、信心深さから日本人の性質を垣間見たザビエルは、「もしも日本人すべてがアンジロウのように知識欲が旺盛であるなら、新しく発見された諸地域のなかで、日本人はもっとも知識欲の旺盛な民族である[*3]」と思い、日本宣教を決意したのである。

イエズス会の教育方針に合致する知識欲と潜在力をもつアンジロウとの会話を通して、ザビエルは遠い日本によって自分が呼びかけられていることを感じたのではないかと思う。それに応じるように、一年半足らずの準備期間を経て、四三歳のザビエルは日本に向かった。

彼は入信したパウロ・アンジロウ、スペイン人の修道士ファン・フェルナンデス（Juan

図3 ザビエル像。
Lettres du B. pere Saint Francois Xavier, de la Compagnie de Iesus, apostre du Iapon (Paris: Che Sebastien Cramoisy, 1628), 国際日本文化研究センター図書館所蔵

図4　鹿児島市のザビエル上陸記念碑。筆者撮影

Fernandez 一五二六―六七、当時二二歳）、司祭コスメ・デ・トレス（Cosme de Torres 一五一〇―七〇、当時三八歳）、他に日本人二名、中国人マヌエル、マラバル人アマドルを伴い、一五四九年四月一五日にゴアを出帆し、四ヶ月の苦難に満ちた航海を経て、八月一五日（聖母被昇天の日）に鹿児島へ上陸した。その後、鹿児島、平戸、府内、山口で二年三ヶ月宣教を行い、キリスト教を日本の土壌に植え始めた。

日本宣教の先駆者ザビエルの日本語習得については、その日本語力が非常に限られたものと判断したシュールハンマー師（Georg Schurhammer 一八八二―一九七一）の研究[*4]の結論が、今日まで受け継がれており、これまで反論はないようである。本章は、ザビエルの日本語力の可能性を改めて推測し、日本語学習の模範を示したザビエルの功績を確認したい。

二、現地語学習の先駆け

イエズス会員がアジア領に到着する以前、そこに滞在していた教区司祭たちは概ね現地語を学ばず、司牧活動にあまり熱心ではなく、三年間の任期をビジネスチャンスと考え、商取引に励んで金を蓄えることに熱心だったようである。*5 したがって、ザビエルの現地語学習は、現地文化への深い関心とキリスト教宣教の熱意の現れとして画期的な意義がある。

ザビエルはインド最南端のコモリン岬の漁夫海岸に一五四二年一〇月から滞在し、タミル語（マラバル語）を学びながら宣教した期間が約一一ヶ月ある。その後、一五四五年九月からマラッカに到着し、マレー語を学び、マラッカのほかに、モルッカ諸島でも宣教したことがある。ザビエルは、バスク語を母語とし、ラテン語、フランス語、スペイン語、ポルトガル語、イタリア語に堪能ではあったが、タミル語とマレー語は学びやすいものではなかったようである。具体的に見てみよう。

漁夫海岸における宣教に際してザビエルがまず直面したのは言葉の問題であった。彼の手紙の中で、現地の人々は「私たちの言葉を理解し」ないし、「私もまた、自身の母語がバスク語であるために、この国の言葉であるマラバル語を理解」できないため、ある効果的な方法を工夫したことを報告している。ここで自分の母語バスク語にことさらに言及したことで、異言語を学ぶときに、母語を基準に置き、母語と比較するザビエルの意識が見えてくる。

ザビエルの実際の学習方法は彼の書簡によって明らかになっている。すなわち、現地の「より賢い人たちを集め、その中で私たちの言葉を理解するとともに、彼ら自身の言葉をよく知っている人を探し」て、「その人たちといっしょに幾日もかけ苦労を重ねて、十字を切る方法から、三位にまします唯一の神に信仰を告白し奉る言葉」までをまず伝え、「その後で使徒信経、神の十戒、主禱文、天使祝詞、元后あわれみ深き御母、告白の祈りをラテン語からマラバル語に訳して、祈禱文をつくり」、「その祈りを暗記し」て、「子供たちすべて、大人もできるだけ大勢集め」て、「一カ月のあいだ順序に従って祈りを教え」た。その結果、「キリストの信仰に帰依する人たちは数多く、洗礼を授ける手が疲れ」て、さらに「こちらの言葉で信者とは何か、天国とは何か、地獄とは何かを説明し、どのような人が天国へ行き、どのような人が地獄へ行くのか」を話し、「口がきけなくなってしまう」ほど疲れていた、[*6]とある。

つまり、ザビエルはタミル語訳の祈りを丸暗記しただけではなく、キリスト教の本義をタミル語で詳細に説明できたほどのレベルに達していたのである。しかし、タミル語習得が困難だったことは、ロヨラ宛て書簡に「人びとと交際し、覚えにくいこの地方の言葉を［話す］（［　］は原文で抜けた部分を日本語訳者が追加したもの。以下も同様）ためには、精神的にも身体的にも驚くほど大きな苦労をしなければなりません[*7]」と書いている。ザビエルは現地人の通訳に頼らず、自分で苦労して現地語を習得しようとしたことが明らかである。

ザビエルは他のイエズス会員のタミル語学習をも激励した。一五四六年にゴアに到着したが、タミル語の学習に取り組まなかったエンリケ・エンリケス（Anrique Anriquez 一五二〇―一六〇〇）は、ザビエルと一五四八年二月に出会ってから、五ヶ月の猛勉強でタミル語を習得していた。[*8] ザビエルはロヨラ宛て書簡にエンリケスを褒めて、「ポルトガルから来て、現在コモリン岬にいるイエズス会員エンリケ・エンリケス神父は、高徳の人で、人びとによい模範を示しています。彼はマラバル地方［のタミル語］を話し書くことができますので、二人分以上の働きをしています。彼は言葉を知っているために、その地の信者から驚くほど愛されています。彼らの言葉で説教したり、話し合ったりしますので、信者は彼をたいへん信頼しています」[*9] と書いている。現地の人々との交流において現地語を話すことと、通訳を通して話すこととの大きな違いを身にしみて知っているザビエルだからこその褒め言葉である。

ザビエルはエンリケスにタミル語学習用文法書の作成をも依頼していた。その依頼について、エンリケスは「パードレ・メストレ・フランシスコから依頼されたことは、パードレたちがこの言葉を容易に学ぶために、この言葉に関する一種の文法 una manera de arte 即ち、動詞の活用、格変化、使用すべき法を付したものを作成するようにということでした。というのは通訳を通して話すか、その言葉自体で話すか、大いに違いがあるからです」[*10] と書いている。岸野久は、ザビエルには現地宗教の理解と教理の翻訳・通訳に関して、現地人通訳にできることに一定の限界があり、現地の言語を習得したヨーロッパ人宣教師によって解決されるべきと分かっていたと的確に指摘している。[*11]

ザビエル自身はタミル語学習の困難に懲りず、一五四五年九月末にマラッカに到着してから、マレー語を学び、現地通訳の協力を得て種々の祈りをラテン語からマレー語に翻訳した。「言葉が分からないことはたいへん苦しい」[*12]と感じて懸命に努力して身につけたマレー語をもって、「マラッカ滞在中は、日曜日や祝日には説教したり、私が泊まっている病院の患者や健康な人たちの告解を聞いたので、霊的な仕事がたくさんありました。この期間ずっと子供や新しく信者になった人たちに信仰の教理を教えました」[*13]と書いたように、マレー語も宣教と聴罪に使えたほどのレベルとなっている。一五四六年二月にマレー語を共通語とするモルッカ諸島に到着してからも、「私が話す時に彼らが理解できるように」マレー語訳の祈りを現地の人々に渡している。[*14]話し言葉でカテキズム即ち「公教要理」を教え終わると、「子供やその地の信者に、信仰箇条ごとに誰でも理解できるような言葉で書いた使徒信経の説明書を教えました」[*15]と説明したように、話し言葉と書き言葉を交互に使用していた。

タミル語とマレー語を身につけたザビエルは、現地語の学習が宣教の成功を決める鍵であったことをよく把握しており、そのため、来日する前にアンジロウに日本語を教わっていたようである。

三、日本語習得の努力

ザビエルは、日本へ向かう前に日本語の文字の書き方についてアンジロウ（洗礼名はパウロ）に教わっている。ロヨラ宛て書簡に「日本語のアルファベットをあなたに送ります。私たちのものとはたいへんに違って、上から始まって下へ書きおろします。私がパウロになぜ私たちと同じように書かないのかと尋ねますと、彼はあなたがたはなぜ私たちと同じように書かないのかと問い返します。なぜなら、人間は頭が上にあり、足が下にあるので、書く時も上から下へ書かねばならないと言うのです。……パウロが言うには、日本の書物は理解しにくいとのことで、私たちがラテン文を理解するのが難しいのと同様であると思われます」と書いてから、いずれ読むであろう漢文表記の日本の書物の「内容は、日本へ到着しましたら、あなたに報告いたします[*16]」と書いている。日本到着後の日本語習得に対するザビエルの「自信」がこの書き方から現れているといえる。その「自信」はタミル語とマレー語の習得から来たものだけではなく、「やればできる」という日本語学習の堅い決意から来たのであろう。ちなみに、アンジロウの日本文の縦書きに関する説明は当意即妙で、彼の知性とユーモア感覚を見事に表している。

鹿児島に上陸してから、三ヶ月足らずの一一月五日に鹿児島からゴアのイエズス会に出した書簡に、ザビエルの日本観察が記されている。

この国の人びとは今までに発見された国民のなかで最高であり、日本人より優れている人びとは、異教徒のあいだでは見つけられないでしょう。彼らは親しみやすく、一般に善良で、悪意がありません。驚くほど名誉心の強い人びとで、他の何ものよりも名誉を重んじます。大部分の人びとは貧しいのですが、武士も、そうでない人びとも、貧しいことを不名誉とは思っていません。[*17]

この好意に満ちた観察は、今日も日本人の心をくすぐるであろう。そして、その日本人の言葉を学ぶ努力をザビエルはほぼ日本に一目惚れしているようである。そして、その日本人の言葉を学ぶ努力を怠らなかった。

日本は、聖なる信仰を大きく広めるためにきわめてよく整えられた国です。そしてもし私たちが日本語を話すことができれば、多くの人びとが信者になることは疑いありません。主なる神は私たちが短い期間に覚えるならば、きっとお喜びくださるでしょう。私たちはすでに日本語が好きになりはじめ、四〇日間で神の十戒を説明できるくらいは覚えました。[*18]

とある。「十戒」とは、唯一の神を信じ、偶像を作らず、神の名をみだりに唱えず、安息日に仕事をせず、父母を敬い、人を殺さず、姦淫せず、盗まず、偽証せず、隣人の家と妻などを欲しない、という内容である。そのような抽象的な概念を説明できるくらいに、ザビエル、フェルナンデス、トレスが「四〇日間」で、発音、文法、語彙などで飛躍的に上達したことが想像できよう。謙虚を最高の徳とするザビエルは、決して自分の言語力を誇張する人ではないことを念頭におけば、彼らの日本語力は目覚ましいものがあったといえよう。

一方、「もしも、私たちが話すことができたならば、すでに大きな成果を挙げていたに違いありません」というもどかしさを滲《にじ》ませながら、ザビエルは自分たちの日本語力について目に浮かぶように描写している。

現在、私たちは日本人のなかに、影像のようにつっ立っているだけです。彼らは私たちについていろいろなことを語り、話し合っているのに、私たちは言葉が分からないために、おし黙っているだけです。

今、私たちは言葉を習うために幼児のようにならなければなりません。神が嘉《よみ》し給うならば、素直さと心の純潔とを幼児に倣《なら》わしめ給いますように。習うために、無邪気な幼児の単純さに倣わねばなりませんが、そのためにも、童心にかえるためにも、あらゆる手段を選ぶ心構えをしなければなりません。*19

とあるように、十戒は説明できても、会話の能力が明らかに欠けていたので、「無邪気な幼児の単純さ」を真似て、価値判断をせず、理屈を言わず、子供が無条件に大人の言葉を真似するように、自分たちの頭を白紙にして臨むという、ザビエルの日本語習得の強い意欲を示している。

ザビエルたちの日本語学習はアンジロウの助力に負うところが大きいことはいうまでもない。書き言葉においては、ひたすらアンジロウの和訳に頼っていた。たとえば、領主・島津貴久の母親寛庭《かんてい》が聖母像をみて感激し、「キリスト教信者が信じていることを書いて送ってくれるように」

図5　鹿児島市ザビエル公園にある、本を手にするアンジロウ像、隣はザビエル像。筆者撮影

と頼んだら、アンジロウは早速「幾日もかかって聖なる信仰についていろいろのことを日本語で書いて、領主の母堂にお送りし」たことがある。[20] ザビエルは彼をほめて、「私たちの親愛なる兄弟パウロが、日本人の霊魂の救いのために必要なすべてのことを忠実に日本語に訳すでしょう」と期待していた。[21] 実際、アンジロウは訳本を痛悔の七つの詩篇、連禱《れんとう》、その他の祈り、洗礼の説明書、祝日表などを含めて、市来《いちく》城の信者たちに残している、という記録がある。[22]

ザビエルは自分の日本語力については明言していない。しかし、ルイス・フロイス（Luis Fróis ?―一五九七）の『日本史』から垣間見ることができる。フロイスは、フェルナンデスとともに度島《たくしま》（現・長崎県平戸市）に一年間滞在したことがあり、彼からザビエルと同伴していた時のことについていろいろと聞いていていただろう。[23]

例えば、鹿児島に到着してからまもない頃、ザビエルたちは「日中の大部分は近所の人たちとの交際に忙しく、夜は祈ったり、非常な熱心さで初歩の（日本）語を学ぶために遅くまで眠らずにいた。ほんの少しばかり判るようになっていたメストレ・フランシスコ師とジョアン・フェルナンデス修道士が、こもごも異教徒たちが提出する質問に答えたり、彼らの質疑を解くことに一日中を費やして過した[*24]」と、フロイスは記録している。つまり、抽象的なことを「議論」するだけの日本語力がザビエルとフェルナンデスの二人にあったことは推定できる。

山口へ到着したあとのザビエルについては、フェルナンデスから得た情報をフロイスは次のように書き留めている。「彼は、自らの乏しい（日本）語の知識を傾けて仏僧たちと語った際、彼らに向かい、至聖なる三位一体の玄義やデウスとペルソナの関係、また至聖なる三位一体の第二のペルソナが肉体を持ち、人となり、人類を救済するために十字架上で死に給うたこと」を説明している[*25]。この内容を見れば、ザビエルの日本語力は「乏しい」とはいえ、かなりの抽象的な内容を言えるようになっている。

これと同時にフロイスはザビエルが「大日」（大日如来の略）という言葉でキリスト教の「デウス」を呼ぶ危険に気づいたため、「大日」をやめて、「デウス」という原語を使用するようになったことにも触れている[*26]。岸野久の研究によれば、来日前のザビエルは「日本の宗教を安易にキリスト教的に解釈したり、キリスト教のものと対比することに批判的であり、慎重であった」ことを例に、「大日」の採用は、意図的にキリスト教と仏教との対話の架け橋としようとしたためであり、アンジロウの「無知」によるものではないという結論を出している[*27]。

ザビエルの行跡に話を戻すと、日本滞在二年三ヶ月後、インドに戻ったザビエルは、イエズス会員宛て書簡において日本語について詳しく触れていて、彼の日本語習熟度を反映している。すなわち「全国にわたって一つの言葉しかありませんから、日本語を習うのはあまり難しいことではありません」とある。[*28] これは実際、ザビエル自身が日本語をさほど難しく感じなかったことを意味し、また新たに日本へ派遣されてくる宣教師のためにも、日本語学習の困難さではなく、学習の可能性を強調しているのだろう。同じ書簡で鹿児島滞在時の日本語学習と宣教について次のように振り返っている。

信者たちに教理を教え、日本語を習い、教理の中からたくさんのことを抜粋して日本語で書くことなどで多忙を極めました。……日本人がまったく知らない万物のただひとりの創造主のこと、その他の必要なことから、キリストのご託身に至り、キリストのご生涯のすべての奥義をご昇天まで取り扱い、また最後の審判の日についても説明しました。たいへんに苦労してこの書を日本語に翻訳し、その日本文をローマ字に書き改めました。そして自分の魂を救うために、神やイエズス・キリストを礼拝しなければならないことを、キリスト信者になる人たちが理解できるように読んで聞かせました[*29]（傍線は引用者、以下も同様）。

このようにアンジロウの助力を借りて、教理書と聖書の和訳と抜粋で苦心したこと、朗読しやすいように日本文をローマ字に書き直したことなど、いかに宣教用の日本語を工夫して身につけようとしたのかが分かる。

鹿児島に一年滞在してから翌一五五〇年八月にザビエルは、トレス、フェルナンデスらと平戸に向かった。その時に「私たちの一人（ファン・フェルナンデス）がもう日本語を話せましたので、日本語に訳した本を読み、また説教して、大勢の人を信者にしました*[30]」と書いたように、フェルナンデスの日本語上達は鮮やかであり、確実な宣教効果があったようである。と同時に、自分はまだフェルナンデスほど上達していないことを認めるニュアンスがある。

三ヶ月後の一一月には山口に行き、「そこで私は幾日間にもわたって街頭に立ち、毎日二度、持って来た本を朗読し、読んだ本に合わせながら、いくらか話をすることにしました。大勢の人が説教を聞きに集まって来ました*[31]」とあるように、「私」（ザビエル）がまず和訳されたローマ字書きの本を朗読してから、その内容を自分の言葉で説明するというやり方は、前記の漁夫海岸での宣教方法と似ている。ただ、山口では説教だけではなく、質問にも答えなければならなかった。「私たちが説教していた教えについて質問するために高い身分の武士の家に呼ばれて、彼らが信じている教えよりも優れているなら、帰依したいと言われました*[32]」という文中の「私たち」は当然フェルナンデスをも含めている。

ザビエルが率先した日本語学習に影響されて、トレスは在日イエズス会員たちに、相互の間も平素日本語で話すように勧めたことがあり、フェルナンデスはこの規定をもっとも厳格に守り、インドから日本に着いたばかりの司祭や修道士とは日本語以外の言葉を使おうとしなかったといわれる*[33]。フェルナンデスの上達にはこのような自己規律の苦行が伴っていたことが分かる。

ザビエルは日本語習得の必要性を繰り返している。ロヨラ宛て書簡で、コインブラから派遣されるイエズス会員は、「まず日本語を学び、また日本の諸宗派の研究に力を入れ、将来神父が日本へ行った時に、彼らが述べるすべてのことを正確に伝える通訳になる」ように[*34]と書いており、日本語と日本文化への理解に対するザビエルの高い要求がわかる。さらにフェルナンデスを褒め、「ファン・フェルナンデスは修道士で、日本語が非常に上手です。コスメ・デ・トレス神父が彼に言うことをすべて日本語で話します」と書き[*35]、将来は、「毎年イエズス会の神父たちが日本へ行くことになるでしょう。そして山口にイエズス会の修院を建て、日本語を学び、各宗派の教理を研究することになるでしょう。それで、これら［日本の］大学へ行って［宣教する］ために、大いに信頼される人物が日本へ渡る場合、山口には日本語をよく話し、各宗派の誤謬をよく知っているイエズス会の神父や修道者がいることになり、日本へ行くべくヨーロッパで選ばれる神父たちにとっては、大きな助けとなるでしょう」と明るい展望をもつようになっている[*36]。

ザビエルは漢字の便利さにも触れている。「中国人と日本人とでは話し言葉が非常に違うので、会話はお互いに通じ」ないが、「書く時には文字だけによって理解しあ」えるので[*37]、漢字の書物による中国宣教も可能だと考えた。「私たちは天地創造とキリストのご生涯のすべての奥義について日本語で書きました。そののち、私たちは同じ本を漢字で書きました。それは中国へ行く時に中国語が話せるようになるまで、私たちの［信仰箇条を］理解してもらうため[*38]」とあるように、まず漢字書籍をもって中国で宣教を始め、それから学習した中国語の話し言葉で教理を説明するという計画も、漁夫海岸での宣教方式と似ている。ここで注目すべきなのは、ザビエルが日本語学習を通して、中国宣教の基礎を作ろうとしたことである。

四、日本文化の観察

ザビエルがコーチンから出した書簡の中で、山口の領主・大内義隆がザビエルたちに、宣教の許可と同時に「大道寺」という寺院をも与えている。

学院のような一字の寺院を私たちが住むようにと与えてくださいました。私たちはこの寺院に住むことになり、普通、毎日二回説教しましたが、神の教えの説教を聞きに大勢の人たちがやって来ました。そして説教の後で、いつも長時間にわたって討論しました。質問に答えたり説教したりで、絶えず多忙でした。この説教には大勢の僧侶、尼僧、武士やその他たくさんの人が来ました。家の中はほとんどいつも人がいっぱいで、入りきれない場合がたびたびありました。……幾日間も質問と答弁が続きました。そして幾日かたった後、信者になる人たちが出はじめました。説教においても、討論においても、もっとも激しく敵対した人たちがいちばん最初に信者になりました。

と報告している。[*39]

このような宣教活動を通して、多くの日本人とつきあったザビエルは、日本人をよく観察し、非常に感心しているようである。「日本人はたいへん立派な才能があり、理性に従う人たちなので、これこそ真理であると思い、信者も信者でない人もキリストの奥義を喜んで聞き」、「これは今まで出会った未信者には決して見られなかったこと」であり、「好奇心が強く、うるさく質問し、知識欲が旺盛で、質問は限り」がなく、ザビエルたちの出した答えについて「彼らは互いに質問しあったり、話したりしあって尽きること」がなく、地球が円いこと、太陽の軌道、流星、稲妻、降雨、雪などについての質問に「私たちが答え、よく説明しましたところ、たいへん満足して喜び、私たちを学識のある者だ」と思い、これらの知識は日本人が「私たちの話を信じるために少しは役立っ」たと書いている。[*40] 宣教の実りとして、山口で二ヶ月後、五〇〇人前後が洗礼を受けるようになり、ザビエルたちがそこを離れてからも、洗礼者が続出していると伝えられている。[*41]

ザビエルはよほど日本人の知識欲に感銘を受けたようで、詳細に描写し、繰り返しそれに言及している。「日本の人びとは慎み深く、また才能があり、知識欲が旺盛で、道理に従い、またその他さまざまな優れた資質がありますから、彼らのなかで大きな成果を挙げられないことはありません[*42]」という確信をもっている。

ザビエルは二年間あまりの日本宣教を通して、自分自身への内省を深めたことも一つの成果といえよう。この内省は、その後の多くの宣教師もまた日本で得ることができた大きな宣教成果である。つまり、日本人への宣教は、日本人から学ぶことでもあった。

ザビエルはロヨラへの手紙の中で次のように書いている。

主なる神は日本人「の救霊に働くこと」によって、私自身の限りない惨めさを深く認識する恵みを与えてくださったのですから、日本の人たちにどれほど感謝しなければならないか、書き尽くすことはできません。なぜなら、日本において数かずの労苦や危険にさらされて自分自身を見つめるまでは、私自身が自分の内心の外にいて自分の中に［どれほど］たくさんの悪がひそんでいたか、認識していなかったからです[*43]。

このように書いたザビエルは、日本人に一方的に宣教するのではなく、日本人に啓示されていることをはっきりと意識しているのである。これは初期の東西文化交流の情景として記憶すべき場面といえよう。

そして同じ手紙において、ザビエルは次のように日本のことを予言している。「日本の地はキリスト教を長く守り続ける信者を［増やす］ためにきわめて適した国ですから、［宣教のために］どんなに苦労をしても報いられます。……インド地方で発見されたすべての国のなかで、日本人だけがきわめて困難な状況のもとでも、信仰を長く持続してゆくことができる国民だからです[*44]」と。

実際、度重なる凄惨な迫害により地下に潜ったキリシタンが、二〇〇年余の潜伏期間を経てのち、一八六五年三月一七日に再び現れている。この「奇跡」は世界を驚かせたが、三〇〇年前にすでにザビエルによって見事に予言されている。ザビエルは、日本語学習と日本諸宗派への理解に打ち込んだからこそ、日本人に対するこのような確実な観察がなされ、予言も的中したのだろう。

ザビエルからみれば、日本人全体は、イエズス会の教育方針に適う人たちであり、キリスト教を受け入れる素地が十分ある。だから日本宣教は徒労に終わることはあり得ない。その信念は、ザビエルの書簡によって、イエズス会以外のカトリックの教区や修道会、さらにキリスト教の他教派の人々にも伝わったはずである。信仰の種を蒔けば、結実が期待できるという日本の土壌は、宣教師にとって魅力に満ちている。殉教を覚悟して来日した宣教師たちを呼び寄せたのは、まさにこの日本の土壌である。

五、日本語力の可能性

さて、ザビエルはいったいどのくらいの日本語力をもっていたのだろうか。

シュールハンマー師は数々の根拠を挙げて、これを非常に限られたものとしている。前記の「日本語を習うのはあまり難しいことではありません」というザビエルの言葉は、ザビエル自身の日本語習得を指すのではなく、フェルナンデスのを指すものだとしている。*45 シュールハンマー師は一次資料を十分渉猟したうえでザビエルの日本語力を判断しているので、その説を覆すことのできる新しい資料は当面はまだ見当たらない。しかしながらその説と違う可能性があることを以下で示したい。

ザビエルは、バスク語、スペイン語、ポルトガル語、イタリア語、フランス語、ラテン語に堪能であり、さらにタミル語とマレー語を身につけた人であるから、日本語もある程度身につけたとしても決して不思議ではないだろう。その「ある程度」を測るための文字資料は、本章の第二節で触れたもの以外はない。しかし、それを推測する材料になるものがいくつかあるので挙げておきたい。

まず、ザビエルが生まれ育ったバスク地方のナバラ王国のバスク語は、スペイン語と違う言語で、ヨーロッパのどの言語とも「親近関係」がなく、系統不明とされている。[*46] バスク出身の宣教師は来日してから、すぐバスク語と日本語との類似性に着目し、日本語は学びやすい言語だと感じたことがある。たとえば、本書第4章で述べるパリ外国宣教会の宣教師カンドゥ神父は、獅子文六との対談で、「わたしはバスク地方の生まれですから、ほかのフランス人より遥かにラクに日本語をおぼえることができるんです。バスク語は日本語に類似することが多い」と言い、日本語の「ナニナニだ」という動詞は、バスク語でも「ダ」であり、「バスク語は日本語と同じ順序ですから、ちっとも驚かないですね。その点は助かります」と言ったことがある。[*47]

カンドゥはアジアの他の言語を聞いても特に親近感がないが、日本語だけは故郷の言葉と似ていると感じる。雑誌『声』への彼の投稿は次のように書いている。

> 東京の第二代目の大司教ムガブル閣下は私と同じくバスク人でありましたが、今より五十年ほど前、閣下が始めて日本に到着し、横浜に上陸せられた時、お迎へに往つた日本人が荷物を運び去らうとして「是《こ》ればかりだ」と云ふのを聞いて非常に驚かされたさうです。それは

日本語	バスク語
アキタ（飽きた）	アキツア
アニ（兄）	アニア
ばかり（許り）	バカリック
ボロケル（襤褸ける）	ボロケツ
ダ（過去を示す『である』の略）	ダ
ヘヤ（室）	ヘヤ
メ（牝）	エメ
ヲス（牡）	オサ
チチ（乳）	チチ
シオレタ（萎れた）	シヲレツァ
ウチ（宅）	エッチ
ウツワ（器）	ウンツワ
ヌシ（主）	ナウシ
トリ（鳥）	シヨリ
ウム（産む）	ウミ
ソソウ（粗糙）	ソソウ
カレ（彼）	ハレック
コレ（此）	ホレ
サカリ（盛り）	サカリ
ムスコ（息子）	ムチコ
アマ（母）	アマ

此《この》日本語は発音も意味も全くバスク語と同じであるからで……日本に来る途中私は四ヶ月許《ばかり》マレー半島、印度及び支那を漫遊して、タムル語、マレー語、安南語、支那語などを耳にした時、其《その》発音が毫《ごう》も聞き取れないので大《おおい》に失望し、日本語も之《これ》と同様なものであるならば何《ど》うしようと心配しました。然《しか》るに横浜に上陸して日本人の語を聞くと驚きました。何となく聞き慣れた母国語を聞くやうで、どうしても全くの外国語とは思はれませんでした。……今では殆ど母国語と同じやうに解ります。又是迄《これまで》日本語を学んで、そんなに難しいと思つたことは一度もありません*48。

と書き、さらに同じくバスク出身のリサラグ神父（Jean Lissarrague 一八七六―一九三七）も「私と同じく始めて日本語を聞いた時、前に聞いたやうな気がした」ということを持ち出して、日本語とバスク語との発音の近い単語が「無数」にあるとして、右のようなリストまで作っている。

さらに、日本語の「狐の嫁入り」という表現はバスク語にもあり、日本人が「言霊《ことだま》の幸《さい》はふ国」と思うのと同じように、バスク人はバスク語が「世界無比の立派な語」とみて、「アダムとエワとは楽園にてバスク語を話したと信じて」いると紹介する。[*49]

カンドゥ神父は一九三四年、ラテン語・日本語の対照辞典『羅和字典』（公教神学校刊）を編集したことのある人であり、直感的に両言語の相似性を感じ取っただけではなく、言語学の基礎知識をもって、文法的には「バスク語では日本語と全く同じ順序、同じ構造」で、「日本語の『絶えず』『考へず』『止むことなき』『飲むこと』の如き構造及び『持て来る』『持て行く』『置いて参りました』『見て来ました』の如き構造は英語や仏語には見られないが、バスク語には之と全く同じ構造があ」ると言い、「バスク語は日本語と同じく言語学上の所謂接合語（膠着語の意）に属し、語根に接頭語や接尾語を付加へたり、語尾を変化したりして色々の意味を表し」、「日本語が対話者の身分に従つて『さうだ』『さうです』『さうであります』『さうでございます』など、語尾を変化して普通の語、親密の語、丁寧な語、尊敬の語を造るやうにバスク語でも矢張《やはり》対話者の身分に従つて動詞の語尾を変化する」とし、「バスク語と日本語との発音は非常に似てゐます。日本語の音は残らずバスク語にもあります。母音の長短も両国語において同様に大切」だとみている。[*50]

このように列挙してきた音声、文法、表現などの相似性は、カンドゥ神父の日本語学習をかなり容易にしたようである。実際、カンドゥ神父の日本語は多くの人に絶賛されている。「自在な日本語を駆使し、西欧の本格的な哲学的な信念からほとばしるものだけに、常に新らたな感動を与えられる」と評価され、[51]「ことばは外人的なアクセントのない、知識層にむいたことばだった。ともかく長い間日本に住んでいる人でも、すくなくとも子どものころからいるのでなければ、とてもわからないニュアンスに富んだことばを駆使できた。完全な能弁で人を驚かせ、たくみに漢語を交え、格言や歌舞伎の台詞もはさみ、学生向き、女性向きのことばから労働者、百姓のことばの表現も自由自在だった」と絶賛されている。[52]

バスク人ではないが、一九五〇年代に来日したネラン神父（詳細は第6章参照）は、日本語と「同じ構造を持つ言語はバスク語しかない。だから、バスク人にとって、日本語は覚えやすいはずだと断定している。[53] ちなみに『バスク語辞典――バスク語・英語・日本語』の著者戸部実之は、「バスクの文の構造は、却《かえ》って日本語に近く、バスク語の研究は、日本人の方が適している」と考えている。[54]

もう一人バスクからのパリ外国宣教会神父ヴィンセント・ムジカ（Vincent Mugica 一九二〇―二〇〇六）を紹介しよう。一九四九年に二八歳で来日し、同じ船でほかにも何人かのバスク出身者の宣教師が神戸に到着した。ムジカによれば、バスク人宣教師はその傾向として、ヨーロッパから遠い地域に赴くことを希望し、「バスク人は、異なる習慣や言語を学ぶことをいとわないらしい。冒険心が強いのか、それとも順応性が高いのか」という。

ムジカの話し言葉は「抑揚たっぷりの流暢な日本語」だ、とNHK取材班に観察されている。[*55]一九八二年頃、ムジカ神父の談話から「上質の詩を読んでいるような感じがしてくる」と書いたのは、司馬遼太郎であった。[*56]またフランス在住の作家犬養道子がバスクを訪ねて、日本語とバスク語の文構造が同じであること、関係代名詞が「極めて東洋風」であることを感じていた。[*57]

カトリックの世界においては、バスクから来た司祭の日本語はうまい、ということが常識となっているようである。小平卓保神父によれば、「バスク語と日本語との類似性からか、バスク出身の宣教師が日本語に上達するのはよく知られている」[*58]と書き、仏文学者の篠田浩一郎は「戦後来日したカトリックの神父のなかでもっとも巧みに日本語を操るのが、バスク系の人々であったのは事実である」[*59]と伝えている。

カンドウ神父の甥、ジャック・カンドウ（Jacques Candau 一九二〇―九〇）は「バスク人・日本人同祖論」[*60]を信じていた人である。カンドウ神父が実感した日本語とバスク語との相似は、言語学的に理論化されたものではないが、直感的に覚えた親近感こそが、異言語の学習にとっては、言語学の専門知識と理論よりも大切な役割を果たすものではないかと思う。言語学者の和田祐一は、「われわれが未知の言語に接して、その性格の概要をつかもうとする時、まず試みることの一つは、既知の言語との類似点をとらえることである。既知の言語が多くなれば、それらはおのずと幾つかの型に組分けられてゆく」といい、日本語とバスク語との語順の相似によって、日本留学の外国人の中で、タミル語やトルコ語、バスク語を母語とする人がすぐ上達するということを観察している。さらに「ヨーロッパでは日本に来たバスク人の神父に日本語の達人が多いのは有名で、近くはカンドー神父、遠くはフランシスコ・ザビエルもバスク人であった[*61]」と書いている。ザビエルは日本語が上手だったということが自明のような書き方である。

これに似ている考えをもっていたのはイエズス会司祭で上智大学のキリシタン文庫の創立者ヨハネス・ラウレス（Johanne Laures 一八九一―一九五九）である。ラウレスの『聖フランシスコ・ザヴィエルの生涯』には、逝去前のザビエルが繰り返し祈ったことについて、「彼は時折意識を失ひ、その魂は熱にうかされた。彼は声高らかに何語かで語つたが、……それはタミール語か、マレー語か、日本語か、それともおそらくは郷里の言葉なるバスク語であつたのかも知れない」という段落がある[*62]。意識が朦朧とした時、身についた言葉でなければ、口から流れ出ることはないだろう。ラウネスからみれば、日本語はザビエルが操ることのできた言葉の一つであったようだ。

一方、バスク語の研究者下宮忠雄は、日本語とバスク語との相似について、「言語学をすこしでもかじったことのある読者なら、このような偶然の一致は世界のいたるところにあることに気づくだろう」と考えている[*63]。当然なことだろうが、バスク出身なら誰でもたちまち日本語を身につけたわけではない。

例えば、フランス南部バスク出身の神父ローラン・ラバルト（Laurent Labarthe 一九二四―二〇〇二）は、一九五四年に来日してから日本語学習の困難さを感じた。「横浜港に着いた私は、そこらの日本人よりずっと達者な日本語を操る日本史通でした、というのはまったくの冗談。実際には西も東も分からぬまま、心細さをロザリオの祈りで紛らわしながら、東京にある管区本部へと駆け込んで」、「二年間の日本語の特訓をようやく終え、川越教会助任司祭として司牧生活を始めた」と言い、晩年の空想として「神様にもう一度この世の生を与えられるとしたら、やはり司祭の道を選ぶでしょうね、……こんどはもう少しましな日本語をしゃべることができるようになっているでしょう」と、自伝『宣教師の自画像』で語っている。[*64] もっともこの本を読めば、ラバルト神父のユーモア溢れる語り口から、その日本語力の高さを感じることができる。もちろん、かなりの努力を積み重ねてきたものだろう。

また、バスク出身で後にイエズス会総長になった司祭ペドロ・アルペ（Pedro Arrupe 一九〇七―九一）は、日本語を非常に難しく感じ、多くの時間をその勉強に割いていたことを自伝 *Este Japon Increible*（信じがたい日本）に書いているし、彼の懸命な努力も同じバスク出身のイエズス会司祭トマス・エセイサバレナ（Tomas Eceizabarrena 一九二三―二〇一五）に証言されている。[*65] ただ、アルペ神父は、一九三八年秋の日本上陸から二年足らずの一九四〇年半ばには、もう日本語に堪能になっていたと思われる。[*66]

前述のムジカ神父によれば、当時の日本には宣教師と修道女をふくめてバスク出身者が、約三、四〇人いた。[*67] NHK取材班がパリ外国宣教会の本部をパリで訪問した時（一九九七年）、同宣教会から日本に派遣された宣教師は総数一四九人だが、そのうちの一二人がバスク出身だったと言われた。[68] 二〇一七年一〇月現在、パリ外国宣教会のオンライン・アーカイブスで調べる限りでは、日本に派遣された、バスク出身者あるいは幼少期をバスクで過ごした宣教師は少なくとも一六人いる。[69] イエズス会を含む他の修道会のバスク出身者を入れれば、かなりの人数になるだろうと思われる。

もちろん、一九三〇年代のカンドウ神父の感じたバスク語と日本語の相似性は、そのまま、一六世紀後半のバスク語と日本語にあてはまるとはかぎらない。ただ、当時のザビエルは、辞書も教科書もない時代において、母語との相似性を最大限に利用していたことは想像に難くない。今日の外国語学習者なら、直感的に母語の発音、文法、表現と似ている外国語に出会ったら、いち早く覚えてしまうことは、誰でも経験したことがあるだろう。したがって、ザビエルが「日本語を習うのはあまり難しいことではありません」と書いたことを、バスク語を母語とする彼自身の率直な感想として受け止めてよいと思う。

もう一つ見過ごしてはいけないのは、ザビエルには日本語と同様にインド・ヨーロッパ語族に属しないタミル語とマレー語を苦労して学んだ経験があり、そのタミル語も文法的に「日本語と平行した現象が多く見られ」ると研究されている。[70] すでに述べたように、ザビエルはタミル語習得のために「精神的にも身体的にも驚くほど大きな苦労をしなければな」らなかったが、それと違って、「日本語を習うのはあまり難しいことではありません」と書いていることは、注意すべきである。前者はロヨラへの「私信」に書かれた言葉であり、後者はイエズス会会員に与えた「公的」書簡であることを考えれば、前者は本音、後者は建前という「仮説」も立てられるだろうが、ザビエルの数多くの書簡を読めば、このような本音と建前の使い分けは見当たらない。したがって、日本語の学習は「あまり難しいことではありません」ということは実感であり、額面通りに受け取ってよいと思う。タミル語の基礎をも身につけたザビエルにとっては、日本語は途方もない困難を伴う言語ではなかったはずである。

また、南インドの古代タミル語と古典日本語との深い関係について、言語学者大野晋は大量な研究を行い、日本語とタミル語の間に多くの対応語があり、文法形式が基本的に同じで、五七五七七という韻律も同じであることを証明し、タミル語が古代日本語の一源流であると結論している。この研究をまとめたのが『日本語の起源』（一九五七）、『日本語とタミル語』（一九八一）、『日本語以前』（一九八七）、『日本語の起源新版』（一九九四）、『日本語の源流を求めて』（二〇〇七）である。もしかしたら、ザビエルは、日本語学習に臨んだときに、母語バスク語に加えてタミル語という補助道具をも使っていたかもしれない。

ザビエルが習得した日本語を用いて直接日本人に宣教していたことは、彼の書簡からもフロイスがフェルナンデスから得た情報からも見ることができた。今日の「日本語能力試験」の基準をもってザビエルの日本語力を測ろうとすれば、レベル2の「日常的な場面で使われる日本語の理解に加えて、より幅広い場面で使われる日本語をある程度理解することができる」[*71]というものになるのではないかと思う。

ザビエルの日本語力を客観的に判断する資料は限られている。本章であえてこのような推測をしたのは、アジアにおいて現地語を懸命に習得し、現地の人々との交流を盛んに行い、宣教の成果を大きくあげたザビエルの実践こそが、のちにヴァリニャーノが提出した「順応」政策の基礎づくりだったことを確認したいからである。

六、ザビエルを慕う日本の文人

現代日本の知識人はおおむねザビエルに好感をもっていることは周知の通りである。鶴見俊輔は国家という概念の薄いバスク人に親近感をもっているようで、「ナヴァラ王国も、あるいはスペイン王国とフランス王国も、バスク人にとって関係のないものでした。……ながいあいだバスク人たちは平和に暮してきました。たれもが自分たちは独立していると思っていたんでしょう」というムジカ神父の話を書評に引用している。[*72] この国家意識の薄さは、たぶんロヨラやザビエルたちの世界宣教にもある程度働きかけたのかもしれない。少なくとも、心の中で人工的な境界線をつくることは少なかったのだろう。

一九四九年五月下旬、ザビエルの来日四〇〇年の記念祭が行われ、ザビエルの遺体の右腕がローマからサンフランシスコ経由で、日本巡礼に請来された。歴史小説家の吉川英治（一八九二―一九六二）は『毎日新聞』に随筆「早朝のノック――聖ザヴィエルの記念祭を前に」を書き、ザビエルが「中世の混乱頽廃の末期」の日本にもたらした「神の福音」は、「世界史的なことであり、日本自体にとつては、日本の建国に次ぐ近世史の第一ページを開いたもの」だとして賞賛し、
ザヴィエルほど日本の地上で酷い目にあつた宣教師はその以外ないと思はれるが、かれほど日本人なるものを、心のそこから愛してゐた外国人もまたないとおもふ。……日本は、地球のうちでも、もつともめぐまれた国家にはちがひない。フランシスコ・ザヴィエルが一度まで訪れてくれるなどゝいふ果報をもつ国家は神の恩寵に祝福されたものといはなくて何であらう。すこしこつちはその誠意と博愛にたいし甘えすぎてゐる観がなくもない。[*73]

と書き、ザビエルの日本宣教のありがたさをかみしめている姿が印象的である。

当時の連合国軍最高司令官マッカーサーも声明を発表し、ザビエルの日本宣教を「宗教の根本をなす考え方を広く人類すべてにおよぼそうという遠大な目標をもった一大伝道運動の端緒」として、「魂に一点の汚れもないこの伝道師聖ザビエルは、それまでの世界が知りえた最大の思想を極めて謙虚な心持ちをもって極東にもたらした」[*74]と言った。この発言は日本の知識人に注目されていただろうと想像できる。

司馬遼太郎『街道をゆく22　南蛮のみち』所収の「バスクとそのひとびと」は、ザビエルの足跡をたどり、シュールハンマーの大著『フランシスコ・ザビエル』及び他の文献と突き合わせ、ザビエルの家庭、履歴、性格を緻密に調査し、日本への献身、日本に与えた影響を解き明かそうとした大作であった。「日本に滞留することわずか二年余ながら、大きな影響をあたえ、さらに

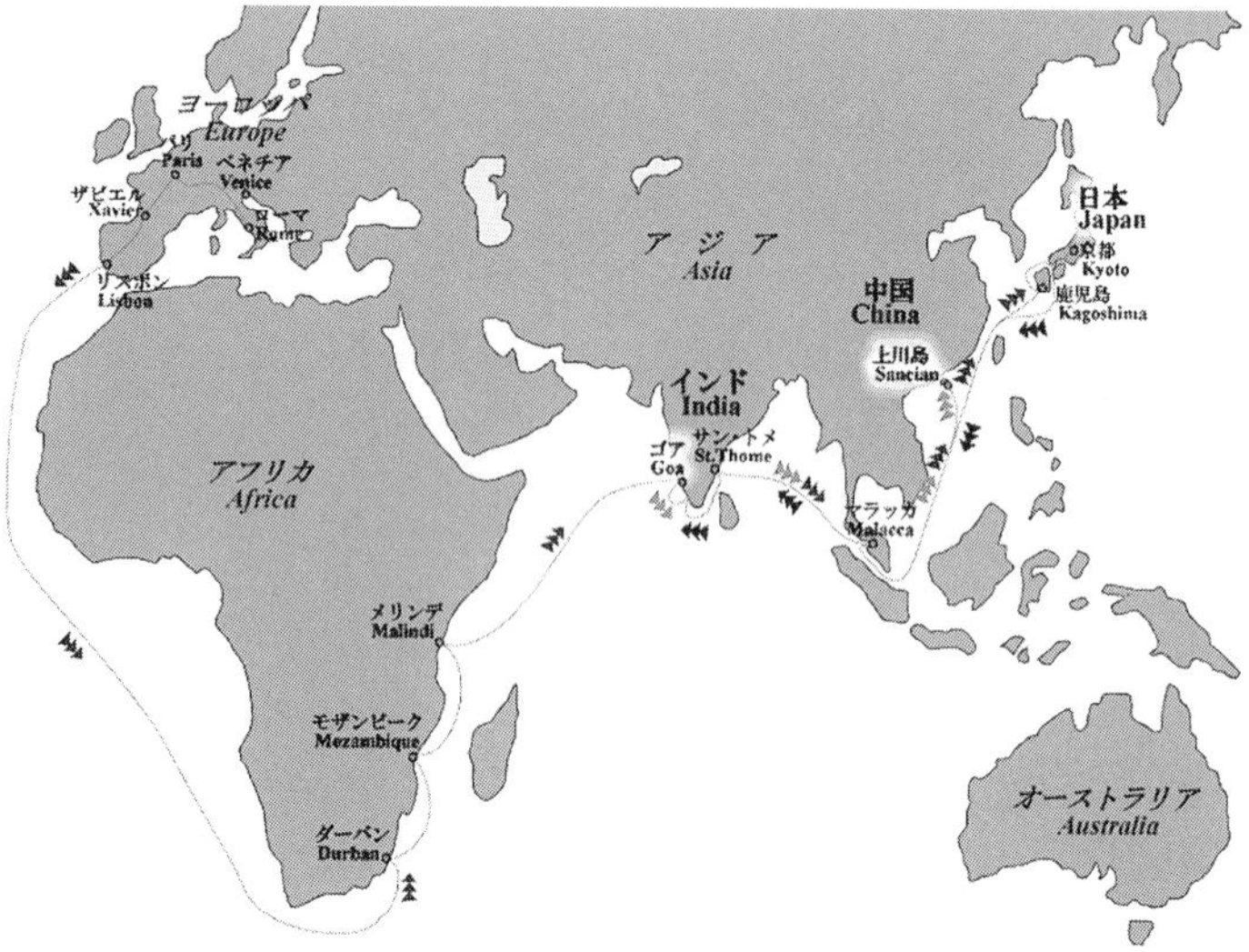

図6　ザビエルの渡航図。カトリック中央協議会HPより転載

は当時の日本についてヨーロッパ世界への最初のまじめな報告者になった。……もっともザヴィエルは、私どもに断りなく（?）日本国を大天使ミカエルに捧げたひとでもある。以後、こんにちでも大天使ミカエルはカトリックでは日本国の守護天使になっている[*75]」という紹介の仕方は、いきなりザビエルを身近な存在として、読者の前に現出させてくれる。鶴見俊輔は本書の書評において、ザビエルとカンドウは「日本文化に影響をあたえ、日本人とともに日本文化をつくってきた」という司馬の観点を繰り返している[*76]。

　萩尾生の訳したジャック・アリエール『バスク人』の「訳者あとがき」において、日本人にとって馴染みのあるバスク地方の代表者は、ロヨラ、ザビエル、カンドウ、それからピカソの絵「ゲルニカ」の示した、ドイツ軍の爆撃を受けたバスクの町であると書いている。[*77] 犬養道子はカンドウ神父の生家をバスクに訪ねて、カンドウの姉妹の営む地方産の織物の商店から、「博多織の帯の模様にそっくりの」布を買い、「そういう布はヨーロッパ広しといえど、バスクでだけ買える」と書き、バスクと日本との相似性を熱心に見つけようという意欲が感じられる。[*78]

河野純徳訳『聖フランシスコ・ザビエル全書簡』(平凡社) が、一九八六年の第二二回日本翻訳出版文化賞と、第二三回日本翻訳文化賞とを同時受賞していることは、翻訳レベルの高さはむろんのこととして、ザビエルの精神世界を日本語に翻訳、出版し、多くの日本人に触れさせること自体の歴史的意義への褒賞でもある。

日本宣教を志す人たちは、ザビエルの書簡を読まないことはないだろう。むしろ、ザビエル書簡を読んでから、日本宣教を志した人たちがほとんどではないかと思われる。ザビエルが日本にもたらしたさまざまな「贈り物」の中に、彼の日本への情熱を継承し、発展させた数多くの宣教師がいることを、ここで書き添えておきたい。

略年譜＊79

西暦	年齢	事蹟
一五〇六年	零歳	四月七日にバスク地方のナバラ王国のザビエル城で誕生。
一五二五年	一九歳	夏の終わり、パリ大学の聖バルバラ学院に入学。以後、哲学を学ぶ。
一五二九年	二三歳	九月、イグナチオ・デ・ロヨラと同室となる。
一五三〇年	二四歳	三月、哲学教授の資格を得、アリストテレス論を講義。
一五三三年	二七歳	六月、ロヨラの影響で大回心。
一五三四年	二八歳	八月一五日、ロヨラ、ザビエルを中心に同志七名がパリ城門外のモンマルトルの丘の聖堂で、清貧・貞潔・聖地巡礼の誓願を立てる。イエズス会の始まりである。
一五三六年	三〇歳	パリ大学の神学部ソルボンヌ学院で神学を学ぶ。
一五三七年	三一歳	四月三日、ローマで教皇パウロ三世に謁見、聖地巡礼と叙階の許しを願う。 六月二四日に同志七名とともに叙階。
一五四〇年	三四歳	六月末にインド宣教へ出発するまで、ジョアン三世の宮廷で働く。

一五四一年	三五歳	八月リスボンを出帆、一〇月末アフリカ・モザンビークに到着、病者の看護に専念。
一五四二年	三六歳	二月末モザンビークを出発、五月六日インド・ゴアに到着。『公教要理』を執筆。一〇月漁夫海岸に赴き宣教。以後、ゴア、コーチンなど諸地方を宣教。
一五四五年	三九歳	インド南部のチェンナイ地方で、イエスの使徒聖トマスの墓所教会で祈り、東方宣教を決意。九月末、マラッカに到着。祈りをマレー語に抄訳。
一五四七年	四一歳	一二月七日、マラッカの丘の聖母教会で日本人アンジロウに出会い、日本渡航を考え始める。
一五四九年	四三歳	四月一五日、トレス神父、フェルナンデス修道士、アンジロウ、その他日本人二名、中国人マヌエル、マラバル人アマドルを伴い、ゴアを出帆。八月一五日、鹿児島に着く。九月二九日、領主・島津貴久に会い、宣教の許可を得る。
一五五〇年	四四歳	アンジロウの助力で『公教要理』『使徒信経の説明書』を日本語に翻訳。八月末、平戸へ行き、領主・松浦隆信に歓迎され、宣教の許可を得る。一一月初めに山口に着き、街頭で説教。領主・大内義隆に引見される。一二月、堺港に着く。

年	年齢	事項
一五五一年	四五歳	ミヤコ（京都）に到着。滞在一一日間、宣教の夢は水泡に帰す。三月中旬に平戸に帰る。再び多くの贈り物を携えて、四月末山口に乗り込み、領主に会い、インド総督と司教の親書を奉呈し、進物を贈る。領主は宣教を許可し、大道寺を与える。説教と質疑応答の日が続き、二ヶ月間で五〇〇人に授洗。豊後領主・大友義鎮の招きを受け、九月下旬、府内に到着。インドの状況を心配し、一一月一五日、九州南端を出帆、琉球列島北を経由し、広東の上川島に到着。中国宣教を決意。一二月二四日マラッカに着く。
一五五二年	四六歳	一月二四日、コーチンに着く。二月中旬ゴアに帰着。さらに、コーチン、セイロン島南端、ベンガル湾を経由してマラッカに着く。長官をはじめ多数の市民から歓迎を受ける。八月末、広東の上川島に再び到着。九月四日に、丘の上の教会でミサを捧ぐ。一一月二一日、病に倒れる。二六日から意識を失い、一二月一日に意識回復、祈り続ける。二日、病状さらに悪化。一二月三日（土曜）の夜明け前、イエズスの聖名を呼びつつ、帰天。

注

＊1　本章は、小文「聖フランシスコ・ザビエルの日本語学習の決意」（郭南燕編著『キリシタンが拓いた日本語文学――多言語多文化交流の淵源』明石書店、二〇一七年、所収）を大幅に加筆したものである。

＊2　村山斉『宇宙は何でできているのか』幻冬舎、二〇一〇年、五一―五八頁。

＊3　一五四八年一月二〇日ローマのイエズス会宛て書簡。河野純徳訳『聖フランシスコ・ザビエル全書簡』2、平凡社東洋文庫、一九九四年、一〇六頁。

＊4　Georg Schurhammer, *Das kirchliche Sprachproblem in der japanischen Jesuitenmission des 16. und 17. Jahrhunderts: ein Stück Ritenfrage in Japan*, ― Deutsche Gesellschaft für Natur-u. Völkerkunde Ostasiens, 1928 (Mitteilungen der Deutschen Gesellschaft für Natur- und Völkerkunde Ostasiens, Bd. 23). 本書の内容は、土井忠生の「『十六・七世紀における日本イエズス会布教上の教会用語の問題』」『キリシタン研究』第一五輯（一九七四年一一月）に詳細に紹介されている。土井論文の再収は、土井忠生『吉利支丹論攷』三省堂、一九八二年、一九―二二頁。

＊5　岸野久『ザビエルと東アジア――パイオニアとしての任務と軌跡』吉川弘文館、二〇一五年、一三二頁。Stephen Neill, *A History of Christianity in India: The Beginnings to AD 1707*, Cambridge, 1984, pp.126-127.

＊6　一五四四年一月一五日コーチンよりローマのイエズス会員宛て書簡、河野純徳訳『聖フランシスコ・ザビエル全書簡』1、平凡社東洋文庫、一九九四年、一七九・一八六―一八七頁。

＊7　一五四九年一月一二日コーチンよりローマのロヨラ宛て書簡。前掲書『聖フランシスコ・ザビエル全書簡』2、一九七頁。

＊8　一五四八年一〇月三一日エンリケスからロヨラ他宛て書簡。引用は岸野久「第三章　イエズス会士エンリケ・

＊9 エンリケスとタミル語」岸野久『ザビエルと日本』吉川弘文館、一九九八年、四八頁。
＊10 一五四九年一月一二日コーチンよりローマのロヨラ宛て書簡。前掲書『聖フランシスコ・ザビエル全書簡』2、二〇七頁。
＊11 一五四八年一〇月三一日エンリケスからロヨラ他宛て書簡。引用は岸野久「第三章　イエズス会士エンリケ・エンリケスとタミル語」前掲書『ザビエルと日本』四八頁。
＊12 岸野久「第一〇章　ザビエルの通訳アンジローとフェルナンデスの働き――インドでのエンリケ・エンリケスとの比較において」前掲書『ザビエルと日本』一九二頁。
＊13 一五四五年一一月一〇日マラッカよりヨーロッパのイエズス会員宛て書簡。前掲書『聖フランシスコ・ザビエル全書簡』2、二七頁。
＊14 一五四六年五月一〇日アンボンよりヨーロッパのイエズス会員宛て書簡。前掲書『聖フランシスコ・ザビエル全書簡』2、四四頁。
＊15 同右、五四頁。
＊16 一五四八年一月二〇日コーチンよりローマのイエズス会員宛て書簡。前掲書『聖フランシスコ・ザビエル全書簡』2、一〇三頁。
＊17 一五四九年一月一四日コーチンよりロヨラ宛て書簡。前掲書『聖フランシスコ・ザビエル全書簡』2、二二二頁。
＊18 一五四九年一一月五日鹿児島よりゴアのイエズス会員宛て書簡。河野純徳訳『聖フランシスコ・ザビエル全書簡』3、平凡社東洋文庫、一九九四年、九六頁。
＊19 同右、一〇二頁。
＊20 同右、一一七―一一八頁。
＊21 同右、一一七頁。
＊22 同右、一三一―一三二頁。

＊22　同右、一四二頁。
＊23　ルイス・フロイス、松田毅一訳『日本史9　西九州篇1』、中央公論社、一九七九年初版、一九八二年普及版、二九九頁。
＊24　ルイス・フロイス、松田毅一訳『日本史6　豊後篇1』、中央公論社、一九七八年初版、一九八一年普及版、四二頁。
＊25　同右、六二頁。
＊26　同右、六二―六三頁。
＊27　「第十章、フランシスコ・ザビエルの「大日」使用について」岸野久『西欧人の日本発見――ザビエル来日前日本情報の研究』吉川弘文館、一九八九年、二〇一―二〇五頁。岸野久「フランシスコ・ザビエルと「大日」」坂東省次、川成洋編『スペインと日本――ザビエルから日西交流の新時代へ』行路社、二〇〇〇年、八一―八五頁。
＊28　一五五二年一月二九日コーチンよりヨーロッパのイエズス会員宛て書簡、前掲書『聖フランシスコ・ザビエル全書簡』3、一六九頁。
＊29　同右、一七六―一七七頁。
＊30　同右、一七八頁。
＊31　同右、一七八頁。
＊32　同右、一七八―一七九頁。
＊33　前掲書『日本史9　西九州篇1』二九八―二九九頁。
＊34　一五五二年一月二九日コーチンよりローマのロヨラ宛て書簡、前掲書『聖フランシスコ・ザビエル全書簡』3、二一七頁。
＊35　同右、二一七―二一八頁。

＊36 一五五二年一月二九日コーチンよりヨーロッパのイエズス会員宛て書簡。前掲書『聖フランシスコ・ザビエル全書簡』3、一九九―二〇〇頁。
＊37 同右、二一九―二二〇頁。
＊38 同右、二二〇頁。
＊39 同右、一八二頁。
＊40 同右、一七七、一八六頁。
＊41 同右、一七七、一八七頁。
＊42 同右、一九七―一九八頁。
＊43 同右、二一一頁。
＊44 同右、二一八頁。
＊45 前掲 Georg Schurhammer, 土井忠生『吉利支丹論攷』二一頁。
＊46 吉田弘美「バスク語」石井米雄編『世界のことば・辞書の辞典――ヨーロッパ編』三省堂、二〇〇八年。
＊47 「日本あれこれ〈獅子文六氏との対談〉」初出『週刊朝日』一九五一年一月二一日号。再録は、S・カンドウ、宮本さえ子編『思索のよろこび――カンドゥ神父の永遠のことば』春秋社、一九七一年、一四六―一四七頁。
＊48 カンドウ「日本人とバスク人」『声』六一二号、一九二七年一月、三〇―三一頁。
＊49 同右、三一―三二頁。
＊50 同右、三二頁。
＊51 辰野隆「バスクの星――序にかえて」S・カンドウ『バスクの星』東峰書房、一九五六年、二頁。
＊52 ディアルス「人類愛の使徒」池田敏雄編『カンドウ全集』別巻1、中央出版社、一九七〇年、一四三―一四四頁。
＊53 G・ネラン「日本語、地獄」『おバカさんの自叙伝半分――聖書片手にニッポン36年間』講談社、一九八八年、二〇二―二〇三頁。

＊54　戸部実之「序」『バスク語辞典――バスク語・英語・日本語』泰流社、一九九六年、八頁。
＊55　ＮＨＫ「街道をゆく」プロジェクト『司馬遼太郎の風景３、北のまほろば／南蛮のみち』日本放送出版協会、一九九八年、一三一―一三二頁。
＊56　司馬遼太郎『司馬遼太郎全集』第59巻『街道をゆく８　南蛮のみち』文藝春秋、一九九九年、一二二頁。
＊57　犬養道子『西欧の顔を求めて』文藝春秋、一九七四年、二五〇―二五一頁。
＊58　小平卓保『鹿児島に来たザビエル』春苑堂書店、一九九八年、五三頁。
＊59　篠田浩一郎『修羅と鎮魂――日本文化試論』小沢書店、一九九〇年、一八一頁。
＊60　同右書。
＊61　和田祐一「統辞類型論――日本語の位置づけについて」『季刊人類学』一巻四号、一九七〇年、三―四・二〇頁。
＊62　ヨハネス・ラウレス、松田毅一訳『聖フランシスコ・ザヴィエルの生涯』エンデルレ書店、一九四八年、三八七―三八八頁。
＊63　下宮忠雄『バスク語入門――言語・民族・文化』大修館書店、一九七九年、三〇頁。
＊64　ローラン・ラバルト、ラバルト神父金祝実行委員会編著『宣教師の自画像』フリープレス、一九九八年、三八―三九頁。
＊65　Pedro Arrupe, *Este Japon Increible*, Bilbao: El siglo de las misiones, 1959; 4th edition, Bilbao: Mensajero, 1991?, pp.47-48; ジャック・ベジノ、越前喜六編『仕えるために――イエズス会士の歩み』サンパウロ、二〇〇七年、三二二頁。
＊66　ホアン・カトレット、高橋敦子訳『ペドロ・アルペ――希望をもたらす人』新世社、一九九六年、三七―四〇頁。
＊67　前掲書『街道をゆく22　南蛮のみち１』一二五頁。
＊68　前掲書『司馬遼太郎の風景３、北のまほろば／南蛮のみち』一四二―一四三頁。
＊69　Pierre Mounicou (1825 -71), Joseph Marie Laucaigne (1838-85), Pierre Xavier Mugabure-Saubaber (1850-1910),

Justin Balette (1852-1918), Pierre Anchen (1879-1967), Jean-Marie Martin (1886-1975), Marc Bonnecaze (1893-1991), Sauveur Candau (1897-1955), Jean-Baptiste Lissarrague (1876-1937), Jacques Candau (1920-90), Vincent Mugica (1920-2006), Jean-Pierre Aïnciart (1923-87), Laurent Labarthe (1924-2001), Manuel Labarta (b. 1926), Paul Jean Louis Marie Lovens (1928-84), Pierre Dominique Harguindeguy (b. 1935).

＊70 家本太郎「タミル語」柴田武編『世界のことば小事典』大修館書店、一九九三年、二七一頁。

＊71 日本語能力試験ホームページ「N1-N5：認定の目安」http://www.jlpt.jp/about/levelsummary.html

＊72 鶴見俊輔「バスクまで来た長い長い道」司馬遼太郎『街道をゆく22　南蛮のみち』、初出『朝日新聞』一九八四年八月七日、再録は『鶴見俊輔書評集成』2、みすず書房、二〇〇七年、三九四頁。

＊73 吉川英治「早朝のノック――聖サヴィエルの記念祭を前に」『毎日新聞』一九四九年五月二九日、六面。

＊74 「聖人の心で平和を――マ元帥きのう声明」『朝日新聞』一九四九年五月二六日朝刊、二面。

＊75 前掲書『街道をゆく22　南蛮のみち』一三頁。

＊76 前掲「バスクまで来た長い長い道」司馬遼太郎『街道をゆく22　南蛮のみち』、三九四頁。

＊77 ジャック・アリエール、萩尾生訳『バスク人』白水社、一九九二年、二五八頁。

＊78 犬養道子『西欧の顔を求めて』文藝春秋、一九七四年、二四九頁。

＊79 河野純徳訳『聖フランシスコ・ザビエル全書簡』4、平凡社、一九九四年、二六七―二八二頁、を参照。

第2章　ザビエルの予言へ呼応する近代宣教師たち

一、日本に根付いた信仰

ザビエルの到来（一五四九）から、わずか四〇年足らず後の一五八七年に、キリシタンとなった日本人は二〇万人とされた。[*1] 当時の総人口の一パーセントとなるわけである。

ザビエルの書いた多くの書簡は日本を詳しく紹介し、日本を初めて世界の舞台に登場させた。ザビエルの日本紹介は、この東洋の島国に対する好奇心と憧憬を掻き立て、多くの宣教師を日本に呼び寄せることになる。また、迫害のために殉教した日本人の強い信仰心も、その後の宣教師にとっては心に響く抗しがたい「手招き」であった。

一六三四年に始まった徳川幕府の完全禁教のため、あらゆる宣教師は追放され、あるいは処刑されて、日本から消えてしまった。しかし、一七〇八年、殉教を覚悟の上で、日本潜入を果たしたカトリック司祭がいた。イタリア人ジョヴァンニ・シドッティ（Giovanni Battista Sidotti 一六六八―一七一四）である。まもなく官憲に捕らわれて、投獄された彼は、当時の幕府の政治家で学者の新井白石との対話を通して、キリスト教の精神と西洋の科学知識を提供することができた。その内容は、白石の『西洋紀聞』と『采覧異言《さいらんいげん》』に記録され、日本社会におけるキリシタン文化の伏流となっている。

潜伏キリシタンは仏教徒あるいは神道信奉者を装い、信仰を偽って踏み絵を踏んではキリスト教に回帰し、二五〇年近く信仰の火種を維持し続けた。長い間、日本国内外のキリスト教を巡る断続が続く一方、ヨーロッパの状況をみると、一六五三年に創設されたパリ外国宣教会は、外国宣教に専念する最初の教区司祭によるカトリック修道会であり、主に東アジアと東南アジアを布教地としており、幕末期には宣教師を日本にも派遣しはじめた。一八四四年にはフォルカード（Théodore-Augustin Forcade 一八一六―八五）、一八五五年にはカション（Eugène-Emmanuel Mermet Cachon 一八二八―八九）、ジラール（Prudence Seraphin-Barthelemy Girard 一八二一―六七）、フュレ（Louis-Theodore Furet 一八一六―一九〇〇）らが、琉球語学習の名目で那覇に到着した。*2

一八五八年の日仏修好通商条約が締結されてから、パリ外国宣教会は宣教師を日本本土へも派遣するようになった。著名なプティジャン神父（Bernard-Thadée Petitjean 一八二九―八四）は、一八六二年に横浜に上陸し、一八六三年に長崎に赴任した。パリ外国宣教会が長崎で建立した大浦天主堂は、一八六五年三月一七日の潜伏キリシタンの出現を目撃する証人となった。

プティジャン神父の書簡によれば、その日の昼一二時半頃、一二から一五名の男女が聖堂に現れて、「単なる好奇心とも思われないような様子で天主堂の門に立っていました。天主堂の門は閉まっていましたので、私はそれを急いで開けに行きましたが、私が至聖所の方へ進むにつれて次第に、この参観者たちも私について来」て、神父の祈りをしばらく見てから、年齢約四〇ないし五〇歳位の女性は胸に手を当てて、「ワタシノムネアナタノムネトオナジ」と告げ、浦上からきたと自己紹介してから、「サンタマリヤご像はどこ?」(Sancta Maria go zō wa doko)と尋ねた。プティジャン神父が聖母子像を示したら、村人は祈りをするよりも喜びに夢中になって、「そうだ、本当にサンタ・マリアさまだ！　ごらんなさい、御子イエズスさま(on ko Djezous sama)を御腕に抱いていらっしゃる」と叫び、自分たちが耶蘇の聖誕と受難前の四旬節を守り続けてきたことをも知らせた。「彼らは十字架を崇拝し、聖母を愛し、祈りを誦《とな》えております。しかし、それらがどんなものか私にはよく分りませんが、あとでその他のことも詳しく分かることと思います」とプティジャンは、教区長あてに書いている。[*3]

この「信徒発見」は、プティジャンの報告によって世界に知れ渡り、「奇跡」だと思われた。前述したように、ザビエルの予言通り、日本人は凄惨な迫害を二五〇年近く耐え忍ぶほどの堅固たる信仰の持ち主であった。

のち「第二のザビエル」と呼ばれるパリ外国宣教会のA・ヴィリオンは、このニュースに接した時、「この発見こそ迫害二世紀後の神の恵みの光である。よくも彼らは神父なくして、かくも

図7　「慶応三年三月十七日長崎大浦天主堂に於て昔代切支丹の子孫信仰を告白する図」。ビリヨン閲、加古義一編『日本聖人鮮血遺書』、村上勘兵衛等出版、1887年、による

永く信仰を保ち得たものである」と驚きを禁じ得なかった。[*4] ヴィリオンの共著書『日本聖人鮮血遺書《やまとひじりちしおのかきおき》』（一八八七年）に、「慶応三年三月十七日長崎大浦天主堂に於て昔代《むかしよ》切支丹の子孫信仰を告白する図」が掲載されている（図7）。

この「奇跡」について、本書第6章で論じるG・ネラン神父は、日本人は残酷な磔の刑、火あぶり、温泉地獄への投げ入れにもめげず、「どの教会からも隔離され、また、一人の神父に接することもなしに、実に二百五十年間にもわたって信仰を守ってきたのだった。感嘆のほかはない。目頭が熱くなるほどだ。キリスト教史をひもといても、これに匹敵する事実はほかにまったく見られない」[*5]と讃えている。

なぜ、このような根強い信仰心を保つことができたのだろうか。小説家の大佛《おさらぎ》次郎（一八九七―一九七三）は、キリシタン迫害を日本史の汚点として、長編『旅』の最後に「実に三世紀の武家支配で、日本人が一般に歪められて卑屈な性格になっていた中に浦上の農民がひとり〝人間〟の権威を自覚し、迫害に対しても決して妥協も譲歩も示さない、日本人としては全く珍しく抵抗を貫いた」と述べている。[*6] 即ち、キリスト教が当時の農民の心に「人権」意識を植え付けていたことを指摘している。

ネランは「こういうことを可能にしたのは、キリストを絶対的な存在と見たことである。命を奪われても、決してキリストを棄てようとはしなかった。キリシタンのこのすばらしい功績は何にたとえようもない。それは彼らの不屈の魂がかちとった確乎たる信仰の勝利であったと言えよう」と考えている。[*7] 実際、この「奇跡」は、日本人の信仰の根強さを示すことになり、ヴィリオンを含む数多くの宣教師を日本へ呼び寄せる役割を果たしていた。

明治維新後も、明治政府はキリスト教を迫害し続けた。岩倉具視らの遺欧使節団がヨーロッパに渡ってから、当時の駐米公使・森有礼《ありのり》は一八七二年一一月に「日本における宗教自由」という論文を、太政官・三条実美にあてた建白書の形式で発表し、キリスト教の信仰を尊ぶべく、信仰は政治権力をもって左右さるべきでないことを論じ、大日本帝国宗教令の草案をも作製して、添付している。[*8]

使節団の一員である伊藤博文は、翌一八七三年日本政府に、「吾人は行く所として、切支丹追放者と信教自由との為に外国人民の強訴に接する。この際、前者は速に之を解放し、後者に就ては幾分自由寛大の意向を表明しなくては、到底外国臣民の友誼的譲与を期待することはできない」と建言する。[9] また、一八七三年二月二一日、岩倉はベルリンから東京府宛に電文を送り、「追放したキリスト信者を直ちに釈放しなければ、使節団は何らの成果も収めえない」と圧力をかける。[10]このように外国政府からの強い圧力のため、明治天皇は禁教策を中止させた。同月二四日、キリシタン禁制の高札が撤廃された。その後、宗派を問わず、キリスト教宣教師が相次いで日本に入国し、日本全国において宣教、教育、福祉、医療、産業促進などに従事した。

「信徒発見」に関わったパリ外国宣教会派遣の宣教師たちは、口頭宣教の限界をみて、広範な影響をもたらす印刷物を宣教の一手段とするべく、日本語の書籍を刊行しはじめた。一八六八年、長崎に到着したド・ロ神父（Marc-Maria de Rotz 一八四〇―一九一四）は、非識字層の農民と漁民にもキリスト教が理解できるように、漢字をあまり使わず仮名中心の活版印刷物を出版した。俗称「ド・ロ版」である。[11]

ド・ロ神父は、日本語の会話力があまり高くないので、説教は日本人助手の中村近蔵に頼っていたといわれる。[12] しかし、いつもローマ字で日誌を書き、農業の手順、金銭の出入り、救助院の作業、子供たちへのプレゼントなどを几帳面に記録している。[13]

ド・ロ版の宣教書「オシエ」は、隣人愛のおきての七つの慈悲を当時の言葉によってやわらかく表現して、次のように印刷されている。

ヒモジキ人ニハタベモノヲ　（飢えたるものに食を与ふること）
カワキタル人ニノミモノヲ　（渇したるものに飲物を与ふること）
ビンボウナル人ニハキモノヲバ　（肌をかくしかねたるものに衣類を与ふること）
ヤドナキ人ニハヤドヤヲバ　（行脚のものに宿を貸すこと）
ジユウナキ人ニハアガナイヲバ　（捕われ人に身を請《うけ》る事）
ビョウ人ニハ　カイホウヲ　（病人とろう者をいたはり見舞ふこと）
死ニシ人ニソウレイヲ　（人の死骸を納《おさむ》ること）
カナフホド　アタフルハ
カラダノ七ツジヒノショサ　（明治一二年、ド・ロ[*14]）

この口語体で仮名中心の書き方は、児童文学の文体を連想させてくれる。実際、宣教師たちが日本語で書いた書物は分かりやすい用語を使うことが多い。

パリ外国宣教会の宣教師は、日本語による著作を多く残している。そのうち、日本社会にとって意味深長な書籍を刊行したのは主に次の人たちである。ヴィリオンは六冊、リギョール（François-Alfred-Désiré Ligneul 一八四七―一九二二）は約七〇冊、レゼー（Lucien Drouart de Lezey 一八四九―一九三〇）は約二〇冊を世に問い、ラゲー（Emile Raguet 一八五四―一九二九）は『聖書』の全訳を完成するとともに約一五冊を出版し、ブスケ（M. Julien Sylvain Bousquet 一八七七―一九四三）は約一二冊、ルモアヌ（柳茂安、Clément-Joseph Lemoine 一八六九―一九四一）は約一一冊を上梓している。これらの著作の大半は、彼らの「述」(口述)と「閲」(監修)を受けて、日本人助手の手による「記」、「著」、「訳」、「編」となっている。つまり、日本人との合作がそれらの日本語著書の誕生を可能にしたのである。

二、ザビエルの「楽しみ」を生きる

宣教師たちに共通するのは、ザビエルに対する尊崇、日本人への敬愛、そしてキリスト教を日本社会に根付かせようとする努力である。

前記のヴィリオン神父は、山口に赴任してから、ザビエル山口宣教の足跡を探し続け、前出の山口領主・大内義隆から与えられた「大道寺」の跡地をも見つけた。ザビエルの書簡集をよく読みこみ、その活動全般を把握し、ザビエルの日本賛美の言葉を、自分の著書において繰り返している。

信徒の山崎忠雄に書いた絵葉書では、ザビエルの言葉の和訳を次のように引用している(左記写真を参照)。その絵葉書の表は、「大道寺」の跡地に建立されたザビエル記念碑の写真であり、その裏はヴィリオン神父の直筆によるローマ字表記で書かれた、ザビエルが一五五二年一月二九日にコーチンから出した書簡の最後の言葉の日本語訳の写しである。

Waga cocoro no yukwai no tanoshimi Nihon no Kuni nari

Xaverio
Indo-Cochin
29 janv 1552
Tenbun 20 nen, 12 gwats[15]

この絵葉書をうけとった山崎は、このローマ字表記を「わが心の愉快の楽しみ　日本の国なり」と、漢字かな表記に直している。

ザビエルの件《くだん》の書簡を見てみよう。日本からインドに戻ったザビエルは、一五五二年一月二九

図8　ヴィリオン神父の絵葉書の写真。山崎忠雄『偉大なるヴィリヨン神父——ヴィリヨン神父にまねびて』、著者出版、1965年、より転載

日にコーチンに滞在し、そこからローマ在住のロヨラと他のイエズス会員にそれぞれポルトガル語の手紙を出している。ヴィリオンが読んでいたのは、一九世紀のザビエル書簡集の仏訳、英訳、浅井乕八郎による和訳だろうと思われる。この英語版の浅井乕八郎の和訳『聖フランセスコザベリヨ書翰記』（一八九一）では、

図9　浅井乕八郎編『聖フランセスコザベリヨ書翰記』、浅井乕八郎（東京）、1891年、の口絵。「我等の愉快国となせる日本国の事に就きては書することも能はざるなり」

「我寵愛なる神父神弟等へは詳細の報道を記するの暇を得ず又残懐なるは我等の愉快国となせる日本国の事に就きては書することも能《あた》はざるなり」[*16]とある。この訳書の口絵に、ザビエル像があり、キャプションはこの一文の最後の部分を使っている（図9）。

浅井訳書の底本は、一八七二年刊行のコールリッジ（Henry Coleridge 一八二三―一八九三）による英訳であり、すなわち「I know not how to end when I am writing to my dearest fathers and brothers, and about my joys in Japan too, the greatness of which I could never express, however much I might wish to do so.」[*17]とあり、傍線部は「日本における我が喜び」という意味である。一方、パジェス（Léon Pagès 一八一四―一八八六）が仏訳したザビエル書簡『*Lettres de* *saint François-Xavier de la Compagnie de Jésus*』（一八五五年）も、「Mais je cesse d'écrire, quoique j'aie regret à le faire, en écrivant à de si ciiers Pères et Frères, et sur le Japon, mes délices, dont je ne pourrais jamais tout dire, quel qu'en fût mon désir. Je termine en suppliant Dieu de nous réunir un jour dans la céleste béatitude.」[18]とあり、傍線部は英訳と同じ意味である。つまり、仏訳（一八五五）、英訳（一八七二）、和訳（一八九一）はみな、ザビエルが日本で感じた幸福感そのものを示している。

　ヴィリオンは一九二九年に仏語の小冊子『*Pourquoi j'aime les Japonais?*』（なぜ私は日本を愛しているのか）を出版している。その中で、自分は日本の信者から献身的な愛をいただいたが、自分の幸福感をとても十分に表現することはできないという感慨を表すために、ザビエルの言葉を引用している。「Mes délices, dont je ne pourrai jamais assez dire. Et nos chrétiens, comme ils nousaiment, dévoués à l'extrême... J'ai goûté ici des fruits de vie plus délicieus qu'en aucun temps de mon existence.」[19]（我が人生の中でもっとも美味しい生活の果実を味わっている）とある。つまりヴィリオンは、ザビエルの喜びに共感しつづけてきたのである。

　ザビエルが山口宣教の結果を喜んだ時の表現の河野純徳訳（一九九四）は、「主なる神が私たちを通じて不信者たちを恥じ入らしめ、彼らとの［討論において］絶えず勝利を収めさせてくださったのですから、私の生涯で、これほどの霊的な満足感を受けたことは決してなかったと、ほんとうに言うことができると思います」としている。[20]この傍線部の英訳は「I had so much joy and vigour and delight of heart, as I never experienced in my life before.」[21]とあり、パジェスの仏訳は「que j'ai goûté des fruits de vie plus délicieux qu'en aucun autre temps de mon existence.」[22]となっているので、ヴィリオンが自伝の中でそれをそっくり引用していることがわかる。

ヴィリオン自身は、ザビエルの宣教場――山口の藩主から与えられた「大道寺」――を探し当てていたこと、多くの山口人を洗礼したこと、信徒からいろいろな支援を受けたことを、ザビエルと同じように喜んでいた。ヴィリオンは、ザビエルの喜びを自ら生きようとしたのである。

また、前記の浅井訳書の「序文」はヴィリオンの執筆による。ここもザビエルへの深い尊敬を表すために、序文の執筆時と場所が、三〇〇年前のザビエルのそれと同じだったことを次のようにことさらに強調している。

　三百四十有一年の昔聖師が山口に於て其日本国に対する至《し》仁《じん》至《し》愛《あい》の心を以て我等に書遣せし第八十四号の書翰を認《したた》め給ひしと同月に同山口に於て

　一千八百九十一年七月三十一日　派遣宣教師　ア、ヴキリヨン。[23]

とある。

三、「誤訳」から出た本音

ザビエルがポルトガル語で書いたこの有名な一文は、本当に正確にフランス語、英語、日本語に翻訳されているのだろうか。

ポルトガル語原文書簡は二つの刊行本がある。一つ目は、一八世紀末刊行の『*Sancti Francisci Xaverii: epistolas aliaque scripta complectens*』であり、原文は「Com isto acabo, sem poder acabar, escreuemdo a meus Padres e Irmãos tam queridos e amados, e escreuemdo de amigos tam gramdes como são os xpãos, de Japão;」とあり、[24]二つ目は、シュールハンマー師の考証を加えた書簡集であり、右の傍線部だけを訂正して、「Com isto acabo, sem poder acabar, escrevemdo a meus Padres e Irmãos tam queridos e amados, e sprevemdo de amigos tão gramdes como são os cristãos de Japão;」[25]とある。こちらに従う河野訳は「私はこれほど親しく、これほど愛している神父たちや修道者たちに手紙を書いているのですし、またもっとも親しい間柄の日本の信者たちについて書いていますので、あり余るほど書くことがあるのですけれど、ここで筆を擱《お》きます[26]」とある。つまり、ザビエルの本来のニュアンスは「親しい間柄の日本の信者」について言いたかったのであり、「我等の愉快国となせる日本国」(my joys in Japan, sur le Japon: mes délices)ではなかったようである。

当時のザビエルのポルトガル語書簡は、ヨーロッパに届くと、すぐラテン語、スペイン語、イタリア語などに翻訳され、各修道院に届けられることになっていた。まず、ラテン語訳を見てみよう。一六〇〇年刊行のトルセリーノ（Orazio Torsellino 一五四五—九九）によるラテン語訳（一五九六年訳出）では、「de Iaponibus meis delitiis」[27]（我が日本の喜び）とあり、ポルトガル語原文から離れている。このラテン語訳の仏訳（一六二八）も「de mes delices, les Iaponnois」（我が喜びの日本）[28]となる。二〇〇年後の仏訳（一八二八）は「de mes chers Japonois, de l'objet de mes affections et de ma tendresse」[29]とあり、「我が親愛なる日本人、我が愛情と優しさの相手」という意味となっている。

　ポルトガル原文は「我が愉快」を言っているわけではないので、ラテン語と仏訳は、日本人から受けた幸福感を強調した「誤訳」となるわけである。しかし、これは単純な誤訳ではなく、「私の生涯で、これほどの霊的な満足感を受けたことは決してなかった」というザビエルの気持ちに引きずられた訳者の気持ちから出たものだろうと推測できる。

　ヴィリオンはこの「愉快」を非常に強調している。ほかの神父たちもこのようにザビエルの言葉を理解しているようである。たとえば、一八六二年一月に竣工した「横浜天主堂」に押しかけた一万人以上の日本人に、一〇日間にわたって宣教することができたパリ外国宣教会のジラール神父は、「我々が最近見た奇跡、聖フランシスコ・ザビエルが『おお、日本、私の無上の喜び！……』と言った言葉を従来よりも現在私によく理解させてくれる奇跡を再び見る機会が我々に与えられることを望みましょう」と書き、ザビエルの気持ちを追体験することを望んでいる。[*30] 誤訳かどうかとは別に、ザビエルの「喜び」は、大きな感染力があり、次から次へと神職者に移り、日本へ導いていたようである。

ヴィリオンが小さい時、子守りからザビエルが日本の山口で辻説法したことを聞き、「あなたも大きくなったらこのような人にならなければならない」と繰り返し言われたことを、後年山口の信者に言ったことがある。[*31] そして、講演会のとき、ザビエルの書簡集を高く掲げて、「この本、この本たゞ一冊が私を日本に導いたのです」と言ったこともある。[*32]

ただ、ヴィリオンを日本へ惹き付けた人はもう一人いる。吉田松陰である。ヴィリオンが中学四年生の時、日本に関する新聞記事があった。ある日本人青年が命を賭けて、アメリカの軍艦に乗船しようとしたが、米国のペリー提督に頑なに拒まれたことを読み、その青年の勇気に敬服した。[*33] この事件が「私をこの日本国へ連れてこさせた最も近い原因であった」[*34]と、萩の松陰神社の社司・高田盛穂に宛てた手紙（一九二二年一二月一日付）に書いたといわれる。

ヴィリオン神父はザビエル以来、「日本に於けるカトリック教会の、最も多彩な、熱意あふれる有能な司祭の一人」[*35]と目されるようになる。実際、ヴィリオン神父はザビエルを真似て、次のような覚悟で宣教師を務めようとしながら、自分ははるかにザビエルに及ばないという謙虚な気持ちを表している。

宣教師というものは乞食のようなものです。わが身を忘れ、家を離れて、ひたすらキリストのために、人々の魂を求めて歩く一介の物乞いに過ぎません。その資本とする所は、祈りと学識経験、それに人々の魂を救おうとする情熱です。……聖フランシスコ・ザベリオの伝記を読んで、私の最も感じたことは、神のお恵みではからずも聖師の後継者に選ばれた私が、努めても努めても、聖師の足もとにも寄りつけないことです。[*36]

ザビエルにとって山口宣教の成功が人生最大の喜びであれば、ヴィリオン神父にとっては、明治憲法が発布された一八八九年二月一一日が「私の生涯を通じてもっとも歓喜に満たされた日であ」った。信教の自由が公に認められたからである。[*37]

ザビエルが日本で一番長く滞在したのは鹿児島と山口であった。政治研究者の嘉治隆一は、「明治維新の原動力が薩長両雄藩に発したことについて、鹿児島と山口とに残るフランシスコ・ザヴィエルの駐在に発するキリスト教の影響という点について一種の解釈をもっているものであるが、南洲や松陰の天道説、人道説には儒教とキリスト教との特異な化合が認められるのではないかと思っている」[*38]と考えたことがある。

また、ザビエルとは直接関係ないが、上智大学の経済学教授の小野豊明によれば、昭和天皇裕仁が親王時代にフランス語を教わった教師はカトリック信者の海軍少将山本信次郎（洗礼名はステファノ）であり、その時に使ったフランス語のテキストは『公教要理』であった、と山本から聞いていた。[*39]天皇に直接キリスト教を吹き込もうとする山本のもくろみと考えられよう。

近代の宣教師たちは、日本滞在の期間がザビエルのそれよりはるかに長いため、ザビエル以上に日本語を学習し、日本人と広く交流することができた。これから紹介するヴィリオン、カンドウ、ホイヴェルス、ネランの四人は、いずれも日本語で著作を執筆し、それらの作品は日本社会に広く読まれていた。

ヴィリオンはザビエルの再来と思われ、カンドウは「聖フランシスコ・サヴィエルがはじめたところの事業を現代の日本において最も適切有効に遂行した」[*40]と見られ、ホイヴェルスはイエズス会に入り、ザビエルのいわば後輩として日本への情熱を貫き、ネランはザビエルの辻説法をスナック説法に変化させた人である。彼らに共通するのは、日本語の習熟と日本文化への理解である。日本の宗教を包容し、仏教のもつキリスト教との共通点を肯定したうえで、キリスト教を宣教し、仏教徒をキリスト教に改宗させるか、または仏教徒のままで親しく付き合うような関係を築いてきた。

ザビエルの耕した日本の土壌から、四〇〇年後、多くの宣教師による日本語文学が生まれたのは、宣教師が日本語と日本文化に順応しながら日本人に新しい価値観と世界観を紹介した、それらの作品を愛読する日本人がいたからこそである。宣教師の日本語文学を分析することによって、日本の研究者が看過してきた、宣教師が日本社会に及ぼした広範な影響力を知り、また言語・文化交流の結実である「日本語文学」という宝の山に分け入ることもできるだろう。

注

＊1　Jean Crasset の仏語原本の英訳。*The History of the Church of Japan*, Vol. 2, London, 1705-1707, p.439.

＊2　クリスチャン・ポラック「日仏交流略史」西野嘉章、クリスチャン・ポラック編『維新とフランス――日仏学術交流の黎明』東京大学総合研究博物館、二〇〇九年、五〇―六〇頁。西岡亜紀「宣教師が運んだフランス――長崎・築地・横浜の「近代」」『比較日本学教育研究センター研究年報』一〇号、二〇一四年三月、一五―二五頁。

＊3　純心女子短期大学長崎地方文化史研究所編『プチジャン司教書簡集』純心女子短期大学、一九八六年、六九―七二・一七四頁。ビリヨン閲、加古義一編『日本聖人鮮血遺書』村上勘兵衛等出版（京都）、一八八七年、三八五―三八六頁。

＊4　山崎忠雄『偉大なるヴィリヨン神父――ヴィリヨン神父にまねびて』著者出版、一九六五年、五五頁。

＊5　G・ネラン『おバカさんの自叙伝半分――聖書片手にニッポン36年間』講談社、一九八八年、一八〇頁。

＊6　大佛次郎『旅』『天皇の世紀（16）武士の城』朝日新聞社、一九七八年、一一三―一二二頁。

＊7　前掲書『おバカさんの自叙伝半分――聖書片手にニッポン36年間』、一八一頁。

＊8　池田敏雄『ビリオン神父――現代日本カトリックの柱石　慶応・明治・大正・昭和史を背景に』中央出版社、一九六五年、一一六頁。

＊9　同右書、一二九頁。

＊10　同右書、一三〇頁。

＊11　「カトリック出版物」上智学院編『New Catholic Encyclopedia 新カトリック大事典』研究社、一九九六年、一一三七頁。佐藤快信、入江詩子、菅原良子、鈴木勇次「ド・ロ神父の外海での活動の研究意義」『地域総研紀要』

七巻一号、二〇〇九年、七三―七八頁。

＊12　矢野道子『ド・ロ神父その愛の手』著者出版、二〇〇四年、四六頁。

＊13　矢野道子『ド・ロ神父黒皮の日日録』長崎文献社、二〇〇六年。

＊14　片岡弥吉『ある明治の福祉像――ド・ロ神父の生涯』日本放送協会、一九七七年、六一―六二頁。

＊15　前掲書『偉大なるヴィリヨン神父――ヴィリヨン神父にまねびて』、一四八―一四九頁。

＊16　ザベリヨ、浅井乕八郎編『聖フランセスコザベリヨ書翰記』下巻、第五巻第三章、浅井乕八郎（東京）、一八九一年、二七七―二七八頁。

＊17　Henry James Coleridge, *The Life and Letters of St. Francis Xavier*, Vol. 2, London: Burns and Oates, Portman Steet, 1872, p.349.

＊18　Léon Pagès, *Lettres de saint François-Xavier de la Compagnie de Jésus, apotre des Indes et du Japon: traduites sur l'édition Latine de Bologne*, Vol. 2, Paris: Libr. de Mme Ve Poussielgue-Rusand, 1855, p.238.

＊19　A. Villion, *Pourquoi J'aime les Japonais?* Louvain: Xaveriana, 1929, p.7.

＊20　一五五二年一月二九日コーチンよりヨーロッパのイエズス会員宛て書簡、『聖フランシスコ・ザビエル全書簡』3、平凡社東洋文庫、一九九四年、二〇四頁。

＊21　Henry James Coleridge, *The Life and Letters of St. Francis Xavier*, Vol.2, London: Burns and Oates, Portman Street, 1872, p.349.

＊22　Léon Pagès, *Lettres de saint François-Xavier de la Compagnie de Jésus, apotre des Indes et du Japon: traduites sur l'édition Latine de Bologne*, Vol. 2, Paris: Libr. de Mme Ve Poussielgue-Rusand, 1855, p.237.

＊23　ヴィリオン「序文」浅井乕八郎編『聖フランセスコザベリヨ書翰記』上巻、浅井乕八郎（東京）、一八九一年、四頁。

＊24　Monumenta historia Societatis Jesu, *Sancti Francisci Xaverii: epistolas aliaque scripta complectens*, Matriti:

Typis Agustinin Avrial, 1899-1900?, pp.696-697.

*25 G. Schurhammer, I. Wicki, eds. *Epistolae S. Francisci Xaverii aliaque eius scripta*, Tomus II, Romae: Monumenta Historica Soc. Jesu, 1944-1945, p.279.

*26 前掲書『聖フランシスコ・ザビエル全書簡』3、二〇六頁。

*27 Orazio Torsellino 訳、*Francisci Xaverii Epistolarum libri quatuor*, Moguntiae: Apud Balthasarum Lippium, 1600, p.249:「Itaque finem scribendi, etsi finem facere non possum, cum ad carissimos patres meos, fratresque scribam, & de Iaponibus meis delitiis scriba, de quibus omnia persequi, vt maxime velim, nullo modo possim.」

*28 *Lettres du B. pere Saint Francois Xavier, de la Compagnie de Iesus, apostre du Iapon: diuisees en quatre livres*, traduites par un P. de la mesme compagnie, Paris: Che Sebastien Cramoisy, 1628, p.713:「Ie fais donc fin puis qu'il la faut faire, jaçoit que i'aye bien de la peine de trouuer la fin d'vn fi doux & agreable entretien, auvec vous mes tres-chers Peres & frerea, mefmement quande ie fuis vne fois fur le propos de mes delices, les Iaponnois; defquels ie ne vous pourrois iamais acheuer de dire tout ce qui en eft.」

*29 Antoine Faivre 訳, *Lettres de S. François-Xavier, apôtre des Indes et du Japon*, Tom.2, Lyons: Sauvignet, 1828, p.239:「et je la finirai comme je l'ai commencée, quoiqu'il m'en coûte beaudoup de rompre brusquement un entretien aussi doux avec vous, mes très chers Pères et Frères, quand je parle surtout de mes chers Japonois, de l'objet de mes affections et de ma tendresse sur lequel je ne puis jamais tarir.」

*30 フランシスク・マルナス、久野桂一郎訳『日本キリスト教復活史』みすず書房、一九八五年、一九九頁。

*31 友田寿一編『鮎川義介縦横談』創元社、一九五三年、二七頁。

*32 岡田弘子『右京芝草』立命館出版部、一九四一年、三一頁。

*33 ア・ヴィリオン記、竹中利一訳「吉田松陰を懐ふ（大正十年十二月）」山口県教育会編『吉田松陰』一〇巻、岩

波書店、一九八六年、六八六―六八七頁。
＊34　玖村敏雄「ヴィリヨンさんの逸話」『全人教育』三四巻八号、玉川教育研究所、一九六〇年八月、二〇―二四頁。
＊35　ア・ソーデン、深井敬一訳『聖母マリアと日本』中央出版社、一九五四年、一五五頁。
＊36　前掲書『ビリオン神父――現代日本カトリックの柱石　慶応・明治・大正・昭和史を背景に』、四〇八頁。
＊37　長富雅二「附録ビリオン師の回顧感想談」『ザベリヨと山口』白銀日新堂（山口市）、一九二三年、一二二頁。
＊38　嘉治隆一「道徳的心性における東洋と西洋」和辻哲郎監修『外国人の道徳的心性（現代道徳講座　第二巻）』河出書房、一九五五年、二七四―二七五頁。
＊39　小野豊明「比島宗教班の活動」日本のフィリピン占領期に関する史料調査フォーラム『日本のフィリピン占領――インタビュー記録』龍渓書舎、一九九四年、五八一頁。
＊40　田中耕太郎「カンドウ神父と日本」『現代生活の論理』春秋社、一九五七年、二九八頁。

第3章　日本人に一生を捧げたヴィリオン神父

一、日本理解への打ち込み

ヴィリオン神父は日本において、宗派や国境を越えて、政界、財界、宗教界、陸海軍に多数の友人をつくり、長崎、神戸、京都、伊勢、山口、徳山、下関、萩、津和野などで六四年間宣教しつづけ、広く影響力を及ぼした。自分の使命を、「憎悪や疑惑を愛と信頼に変える」[*1]ことと言って、忍耐強く「救い」の道を拓こうとしたことは、ザビエルの近代版といえよう。

ヴィリオン神父（Aimé Villion 一八四三―一九三二。ヴィリヨン、ビリオン、ヴリヨン等の表記もある）には自分の日本宣教の経歴を詳しく記した著書『*Cinquante ans d'apostolat au Japon*』（日本宣教五〇年、一九二三）と小冊子『*Pourquoi J'aime les Japonais?*』（なぜ私は日本を愛しているのか、一九二九）がある。

前者の内容を詳しく紹介している三つの評伝があり、狩谷平司『ヴィリヨン神父の生涯』(稲畑香料店、一九三八)、池田敏雄『ビリオン神父――現代日本カトリックの柱石 慶応・明治・大正・昭和史を背景に』(中央出版社、一九六五)、山崎忠雄『偉大なるヴィリヨン神父――ヴィリヨン神父にまねびて』(著者出版、一九六五)である。また、ヴィリオン神父の記入した洗礼台帳から、神父の宣教活動をたどる、イエズス会司祭ホセ・パラシオス著『今、ビリオン神父を追う――幕末から昭和まで』(アガリ綜合研究所、二〇〇三)も興味深い。

ヴィリオン神父は一八四三年、フランス・リヨンの司法官の家に生まれ、四歳にして母を失い、七歳の頃、亡き母の備忘録の中に書かれてあった「わが神よわが子等を祝福したまえ! 子等の一人を御神の奉仕に供させたまわんことを!」の言葉に、召命の閃きを感得した。[*2] 五歳のときすでに「小さいシナ人の国へ行きたい」と考えていた。ただ、その時の彼は中国と日本との区別がつかなかったかもしれない。彼が七歳のとき、小学校に通う途中、ソーヌ河にかかったピエール橋を渡りながら、フルビェールの丘に聳える聖母像を仰ぎ見ていると、ふと一つの声が耳に響いた。「坊や、坊やは大きくなったら私の宣教師になってくれますね」と。[*3] その後もこの召命の声を度々耳にした。

ヴィリオンは一八六六年、二三歳の時、大神学校を卒業して五月に司祭に叙階され、翌六月一四日に父親との永別を覚悟して、マルセイユを出発した。主に香港で二年間待機してから、「信徒発見」のプティジャン司教に招かれて一八六八年一〇月に長崎に上陸し、「信徒発見」で知られる大浦天主堂付となり、浦上のキリシタンと居留外国人の司牧を担当した。*4

長崎に上陸した時から、すべてのものを見て驚いた。「両刀を帯びて、威儀堂々と闊歩する武士、叮嚀慇懃《ていねいいんぎん》に挨拶する町人、其他《そのほか》一般の人々が悉《ことごと》く礼儀正しい習慣」に感心した。*5 その時、居館に四、五名の役人が調べに来て、その従者らしい青年が秘かに神父に近寄り、西洋の文物を調べたいから書籍を譲ってくれと頻《しき》りに頼み込んだ。その時、神父は「此人の様な若手が世に出る頃には、屹度《きつと》新日本として現状を打破せずは止むまい」と思って数冊の本を与えた。その「従者らしい青年」は実は大隈重信（一八三八―一九二二）で、当時は三〇歳くらいであった。大隈の知識欲は、ザビエルを感心させたアンジロウの「旺盛な知識欲」をヴィリオンに思い出させたのだろ

図10　ヴィリオン神父。山崎忠雄『偉大なるヴィリヨン神父――ヴィリヨン神父にまねびて』、著者出版、1965年、口絵より

う。のちに神戸に住んでいた間、神父は大阪の造幣廠で参議となっていた大隈と再び出会い、「将《まさ》に新日本となつて来たと互《たがい》に昔噺《むかしばな》しに花を咲かしたことがあ」る。[*6]

ヴィリオン神父が長崎に到着した時、幕府と明治政府はいまだキリスト教徒迫害を続けており、浦上の信者を拷問し、萩、津和野、福山、和歌山、金沢、名古屋などへ追放した。神父自身も軟禁生活を余儀なくされ、二ヶ月のあいだ、役人が来て「今日斬る、明日殺す」と脅かしたが、神父は「一命を賭して故国を去り渡来したからには、危害とか生死などは更に無関心」だという態度であった。[*7]そして、他の宣教師とともに信者をかくまい、若い人を上海へ脱出させるための船を探し、海外の神学校で教育を受けるように手配し、今まで教理書の出版に役立っていた石版工場のすべての部品を上海の神父宛に届けた。[*8]

ヴィリオンが長崎で目撃した数多くの信徒が棄教よりも苦難に満ちた追放を選んだことは、彼の日本における今後の宣教姿勢を決めたといえよう。二〇年後に山口に赴任した神父は、長崎より萩と津和野に追放され、迫害によって死んだ信者の死没地を探し回り、記念碑を建てて、彼らの霊を懇《ねんご》ろに弔ったことが何回もある。[*9]このように殉教者を大切にする神父の努力は、のちの日本キリシタン史の研究にも貢献している。

ヴィリオン神父は一八七一年一一月に神戸教会に赴任し、居留外国人と配流されていた浦上キリシタンを世話した。また、捨てられた孤児を多く保護するために、フランスに修道女の派遣を依頼し、「ショファイュの幼きイエズス会」会員の神戸到来を実現させた。「ショファイュの幼きイエズス会」は、一八五九年、フランスのショファイュで創立された修道会で、青少年と病者への奉仕を主旨とする。修道女たちの献身的な奉仕によって、神戸の人々の見方は変わり始めた。修道女が道を歩いていると、通行人はうやうやしく道を開けて、これを先に通し、「りっぱな人たちだ。貧乏人の世話に身を打ちこむとは」とつぶやいたりした。教会に対する偏見は、こうした修道女の献身的な奉仕で次第に尊敬の念に変わっていった。[*10]

一八七八年に神戸地域でコレラがはびこり、死者が続出した。ヴィリオンたちは昼夜を問わず救護に駆け回り、自分たちが感染する危険を度外視した。その自己犠牲的な隣人愛に感激した人々は、「伝染病が流行していた当時、わしらはあの人たちのやったことを、ちゃんとこの目で見たんだ。もし真の宗教でなかったら、あんなことはできなかったろう」と口々に言った。[*11] キリスト教の尊ぶ隣人愛を口先ではなく、実際の行動で表したため、人々の心を摑むことができたのである。

一八七九年に京都に移り、しかも宣教を許可されなかったため、最初は「正則仏語学教師」という身分で滞在し、「生徒ヲ授業スルノ外更《ほか》ニ亜細亜日本古代ノ事ヲ研究」という仕事を行った。[*12] ヴィリオンは日本文化を理解するために、かつて比叡山の仏僧だった伝道士に仏教の手ほどきをして貰ったことがある。

そして、日本人の考え方と風俗、習慣を徹底的に理解するために仏教の研究を深めようとして、浄土宗大本山智恩院に通った。そのうち、仏教について「なぜ宇宙を超越する絶対者の存在を認めず、宇宙そのものを絶対者とみなすのであろうか。またすべてが永遠無限の輪廻に、すなわち不可避的な転生の法則に支配されて、前世の功罪に応じ死後全く別なものに生まれ変わるとするなら、……人間は自由でなくなり、自己の行為の責任をとれなくなり、少なくとも理論的に倫理の土台を失うのではないか」などの疑問を抱きつつも、暇な時にいろいろな宗派の仏寺や神社を訪れた。[*13]このように得た仏教の知識は、彼のキリスト教宣教にとっても有用であった。

その後、京都でも宣教を許可されるようになってから、仏僧からのしばしばの妨害があったにもかかわらず、キリスト教の教理を語る。そのために、縦五尺、横三尺ほどの大きな絵入り本を使ったが、その左頁にはキリストの生涯の場面を表した挿絵があり、右頁には日本語の解説が筆で書いてある。絵と言葉、眼と耳を通して、キリストの教えを生き生きと印象づけようとした。また挿絵は神父の日本語不足をも補ったようである。[*14]ヴィリオンの言動が人々の心の琴線に触れて、受洗希望者が少しずつ現われた。

またクリスマスには道路に面した部屋の片隅にベツレヘムの洞窟の模型を作り、そこに聖母と聖ヨゼフに見守られた幼子イエスの像を飾り、夜になると照明をした。見物人は黒山のような人だかりになった。馬ぶねの中から小さい手を拡げて、ニッコリとほほえむ幼子とそれに見入る群衆とを見較べて、ヴィリオン神父は満足げに微笑み、群衆にキリスト降誕祭の意義を語って聞かせた。[*15]

三〇〇年前、ザビエルが京都で宣教を試みたが、戦乱のために諦めたことはよく知られている。

二五年後、織田信長の支援を受けて、イエズス会は南蛮寺を京都において建立し、一五七六年八月一五日に完成した。これはザビエルが一五四九年八月一五日に鹿児島に上陸した二七年目の記念日にあたる。南蛮寺は絵師たちによって扇面[*16]や南蛮屏風[*17]に描かれ、名所となった。しかし禁教のため、南蛮寺は破壊され、そこの鐘だけが京都の妙心寺春光院に現存している。ザビエルの京都布教の夢を、近代において実現しようとしたヴィリオン神父は、聖堂建設のために奔走した。京都では三条・河原町の界隈で土地を手に入れて、教会建設の条件を整えた。

当時、西洋文化の紹介に活躍した福沢諭吉は、最初は反キリスト教的であったが、一八八四年になると「西洋諸国の文明はキリスト教に立脚しているのだから、それと対等の地位に立つには、キリスト教を輸入したほうがよい」（『時事新報』社説）という考えを示したことがある。[*18]同じ年、伊藤博文がドイツ皇帝ウィルヘルム二世に「すると陛下は、崇高な唯一の神を信じていますか？」と尋ねたら、皇帝は「信じますかって？　もちろんです。神を信じないで、この拙《つたな》き者が四〇〇万の国民をどうして統治しえましょうか」と答えた。それを聞いた伊藤はひどく感動し、帰国後もこの時の深い感銘をたびたび思い出して、会う人ごとに「文明国の仲間入りするには、戒律を守るのが難しくとも、キリスト教信者となる必要がある」と言ったことが、有力新聞によって伝えられた。[*19]法律上で信仰の自由を保証したのは、一八八九年発布の明治憲法であった。これはヴィリオン神父が滞在一一年の京都から山口に転任した年でもある。

二、ザビエルの遺跡の探索

山口はザビエルの宣教がもっとも成功した土地であり、領主大内義隆から「大道寺」を与えられ、そこで多くの人に説教していたことはすでに前章で触れている。[*20]ヴィリオンは徒歩で山口にたどり着く。そして当時の様子を信者たちに次のように言っている。聴衆にはのちに詩人となった、幼い中原中也もいた。

ザビエルの町は近い。すると白い川が私を迎えにきた。椹野川《ふしのがわ》だ、その名はザビエルの書物にある。通りすがりの娘さんが、川の向うが山口ですという。私は、両手をひろげ、鳥のように、橋を飛んでザビエルの街に着陸した。大地にうち伏し、主とザビエルの名を呼んでいると、頭の上に石つぶてが飛んできた。ヤソやーいという声がする。有難い有難い、私はザビエルに近づいた。岩のような苦難が飛んでこないかと、辺りを見廻したら、チョンマゲを結った老人がいた。ザビエルの時代そのままです、私は石つぶての栄光をうけながら山口の街に入りました。[*21]

という機知に富む描写である。受難前にエルサレムに入り、棕梠《しゅろ》の枝で迎えられるイエスと、山口に入るやいなや石つぶてに見舞われた自分自身との対比はユーモラスでありながら、切ない。と同時にヴィリオンがいかにザビエルに憧れ、その日本宣教の足跡を辿ろうとしたのかがわかる。

しかも、度々うけた迫害を茶化すだけの余裕をも見せている。

ヴィリオン神父は中原中也の養祖父・中原政熊の家をよく訪れたようである。政熊は、ヴィリオンから洗礼を受け、山口の大道寺跡の発見に協力した人であった。中也の弟思郎によれば、神父は「蝙蝠《こうもり》のような黒い衣服」を大きくひろげて、「お化けがきた！」といって家に入ってきてから、子供たちをみつけると、首筋から飴玉とか、ビスケットとか、ときには五厘銭を着物の中に滑り込ませたりする。[*22] 中也は小さいときから養祖母コマに連れられてよく教会に行ったが、ヴィリオン神父に対する敬愛の念が強く、「生涯を通じて、キリスト教の環境から離れたことはほとんどなかった」と思郎が回想している。[*23]

中也の母フクもヴィリオン神父のことをよく憶えている。「お帰りになるとき、お見送りしますと、編上靴のひもを結ばずに、さようなら、といって、門の外にでていかれました。ひもを結ぶ間、人を待たせるのが悪いというんで」といい、また「布教活動の途中では、石も投げられたり、ずいぶんひどい目にあわれたそうです。それで、普通の目からみると神経質そうにみえましたが、ビリオンさんは思いやりの深い神父さまでしたね」と繰り返している。キリスト教を嫌っていた中也の父も、ヴィリオンの語った聖書の話から感化を受けたらしく、「ビリオンさんという人はえらい人だな」とほめている。[*24]

ヴィリオンは、京都と同じように山口でも絵画付の大きな要理読本を用いて、キリストの生涯や教えを説明してから、「私たちに信教の自由を賜わった明治大帝の胸をごらんなさい。そこにさん然と輝く勲章は、十字架ではありませんか。最も崇高な愛の犠牲となったキリストの十字架は、今や全世界で、名誉のしるしに用いられているのです」[*25]という熱弁は、たちまち聴衆の注意を集めた。ヴィリオンの宣教方法の一つは、十字架や教会といったキリスト教のシンボルを利用して、日本にとってキリスト教は縁遠いものではないことを、話の枕にすることである。

山口に赴任してから四年後の一八九三年には、「大道寺」の跡を、現地の有識者の提供した古地図によって探し当てることに成功した。そしてザビエル記念碑を作ろうとしたが、日清戦争のため頓挫した。しかしその後、東洋製鉄会社社長の鮎川義介、義介の妹の久原房之助夫人キヨが「莫大な寄附金を快諾」し、かつての教え子であり総理大臣であった原敬も建立に尽力した。原は、「今日顕職に在り乍《なが》ら相も変らず、いと心易く私を引見して快く記念碑の世話を引受けてくれ」と神父は言っている。[*26] 財界・政界からの援助は、ヴィリオンの活動がいかに人々の心を打ったのかを物語る。

また、数回上京し、実業家・渋沢栄一に寄付金を要望し、それに対する感謝の書簡を送る当時のヴィリオンの並々ならぬ努力は、『渋沢栄一伝記資料』によって詳しく転載されている。[*27] 渋沢は若いときにヴィリオンと知り合っていたようで、寄付金の件で久しぶりの再会となり、「小生も同氏も共に老人なる為《た》め非常に深き興味を感じ、愉快なる印象を得候次第に有之《これあり》」と鮎川義介宛の書簡（一九二四年七月二三日）に書いている。[*28] 渋沢がヴィリオンと最初に知り合った年代と場所はまだわからないが、若い時に二人に接点があったことは興味深い。

渋沢の呼びかけで、三井、岩崎両家も寄付することになる。このように財界の寄付金によって、ついに記念碑を建立することができた。一九二六年一〇月一六日の記念碑除幕式に参加したのは、スペイン、イタリア、フランス、ポルトガルの公使たち、日本政府の要職者たちである。

除幕式のヴィリオンの日本語による祝辞はこうである。

私ハ六十年以上コノ日本ノ地ニ住ミ、神ニ使ヘテ居マスガ、コノ聖ザベリヨ記念碑建設ノコトヲ思ヒ立チ、時ノ知事林・中川両氏ヲ始メトシ、歴代ノ知事ヤ保存会ノ方々其他各方面ノ皆様方ノ御尽力ニ依リマシテ、私ガ死ナナイ前ニ此碑ヲ見ルコトガデキマシテ最早ヤ思ヒ置クコトアリマセン[*29]

この機会にヴィリオン神父の貢献に感心した有志は、ひそかにヴィリオン像を作り、ザビエル記念碑のそばに置き、除幕式のときにお披露目をした。しかし、これを見た神父は、「その草履を取るにも足らぬ私のような者が、聖フランシスコ・ザベリオと並べ置かれるなどはもってのほかです。すぐ取り払ってしまいなさい」と息巻き、山口県大森知事をはじめ、関係者を閉口させた。いろいろ説得した結果、やっと「では、私の死ぬまで蓋をして置きなさい」ということで話がついた[*30]。

この世の名誉、権力、金銭に無頓着で、優越感をもって西洋の文化を押しつけることもなく、ひたすら「魂の救い」をのみ求める宣教師の献身的な姿勢は、多くの日本人の心に刻みつけられたのだろう[*31]。

図11　山口市のザビエル記念公園（大道寺の跡地）にあるザビエル記念碑。筆者撮影

図12　建立を固持して、没後公開されたヴィリオン像のクローズアップ。筆者撮影

ちなみに筆者は近頃、山口市のザビエル記念公園を訪れて、ザビエル記念碑の雄大さに圧倒された。そこから一五メートルほど離れたところにある小さなヴィリオン像が夕日に輝いていた。公園で遊んでいる三人の子供（山口市大殿小学校の生徒）に銅像の前に立ってもらって、写真を撮ろうとしたら、三人ともザビエルの胸に両手を組み合わせる姿を真似してくれた。微笑ましい夕暮れのひと時であった。

三、ヴィリオンの日本語力

ヴィリオン神父の日本語会話力はどのようなものだっただろう。彼に関する伝記や回想は彼の日本語力についての言及はあまり多くはないが、管見で見つけることができたものを下記に挙げておく。

京都本願寺派西養寺の学僧・阿満《あま》得聞《とくもん》（一八二六―一九〇八）の記録したヴィリオンとの対話は、彼の日本語力を部分的に示している。この対話は阿満の仏教説の勝利と、ヴィリオンのキリスト教説の惨敗を示そうとしたものである。阿満によれば、ヴィリオンは日本で死ぬつもりはなく、「本国ニ還テ死セント欲ス固ヨリ教会ニ約スト」と言い、死んだら、フランス訪問予定の阿満に仏式の葬儀を依頼するとも言ったという。阿満の言葉はどこまでヴィリオンの心情を反映しているかはわかりかねるが、ヴィリオンが繰り返し、二度とフランスに帰国しない、日本に骨を埋める、という宣言の決意とまったく違う。

しかし、阿満の記した「対話」がヴィリオンの日本語力をある程度反映しているのかもしれない。たとえば、「僕ハ仏国宣教師ナリ。日本ニ来テ伝教セントス。然ニ日本人民ハ勿論ナリ官員社会ニ至ルマデ。神ノ道ヲ信ゼサルノミナラス。之ヲ嫌テ悪《にく》ムモノサヘアリ不審千万ナリ。何程思考スルモソノ理由ヲ求メエズ。又多ノ人ニ問フニ十年間一人ノ答辯シテソノ理由ヲ語ルモノ有コトナシ」と言い、また「僕日本ニ来テ日本語ヲ学ブコト僅々十年ナリ日本語ニ熟知セズ[32]」と言ったりするのを見れば、仏僧との言語交流は一応成り立っていた。

もう少し同情的な証言を見てみよう。ヴィリオンの学生の萩原新生は、一九一七年か一八年に萩時代の神父を訪ねてフランス語を教わったことがあるが、彼のもつ第一印象は「巧み」な日本語の話し手であった。[33] 歴史評論家の横山健堂は、たまたま汽車の中でヴィリオンと隣り合わせになって、肩を並べて話したことがある。「氏の日本語は流暢であった。氏は、神戸に初めて来た頃、ちょうど伊藤公が兵庫県令、廿八歳の壮年にして、威風堂々として押しまわした光景を語った」ことを記録している。横山は山口でヴィリオンの影響を受けた人は笹尾粂太郎《くめたろう》、和田琳熊《りんゆう》、成瀬仁蔵らだとしている。[34]

神父と長く知り合った信者原きくは、山口の大道寺跡に聖フランシスコ・ザビエル記念碑の除幕式（一九二六年一〇月一六日）の時、「神父様はイタリア、フランス両大使代理、スペイン、ポルトガル両公使代理の祝辞を次から次へと一人で日本語に通訳されました。ドイツ語と朝鮮語だけはできないと言って辞退されましたが、神父様は学者としても中々のお偉い方です」と語っている。[*35]

神父は萩で伊藤博文と初対面したとき、伊藤から「英語で話しますか、フランス語ですか、日本語ですか」と聞かれて、神父「私どれでもよろしい」と答え、日本語で話すことを躊躇していない。[*36]しかしその時、自分の日本語は「アカデミック」で聞きづらいから英語で話そうと言ったという神父の提案に関する記録もある。[*37]

長崎、神戸、京都、山口、萩、奈良に滞在したことがあり、それぞれの地方の言葉をまぜて話すことがヴィリオンの日本語の特色らしい。信者・阿武保郎は、神父様の日本語は方言まる出しで、イントネーションも文の構成も一種独特のものだったとしている。[*38]

一方、神父の日本語力に関しては、「あまり上手ではない」という証言のほうが多い。たとえば、前記の原きくの娘工藤敏子は「日本の生活は七〇年近いものでしたが、日本語はお上手とは申せませんでした。正確な日本語を組織的に学ばれる機会はなく、京都時代に仏語の教授をされた頃教え子の伊藤博文、岩倉具視、大隈重信、渋沢栄一、原敬、西園寺公望、井上馨等諸氏から日本語を少しずつ習われた程度で、地方地方の方言をそのまま覚えてお使いになる為会話には随分滑稽味がありました」と回想している。[*39]ただ、工藤の言葉をこのまま鵜呑みにすることはできない。なぜなら、ヴィリオンのそれらの人々との接触は、日本語を学べるほどの頻繁さではなかっただろうと思われるからだ。

山崎忠雄も「上手と褒めるわけには行かなかった。説教も巧みな手真似身振りと情熱による以心伝心で、人を感服させるものであった」と書いている。[*40] 神父が各地で説教し、多くの人を信仰に導くことができたのは、「口で説く所を、自ら実行した神父の崇高偉大な人格に基くことの多い」ことのためであり、「教理の美しさや、不馴れな神父の日本語の弁舌の結果」ではないとも言われている。[*41]

長年の日本生活に拘らず、日本語は「余り流暢と云ふ程ではな」く、「あの神父様の言葉は時として難解の所があつた」と思った信者たちは、むしろ神父の「あの人間性を超越したやうな聖い生活、良寛のやうな淡白な、しかも朴訥な言葉の端々に閃く熱誠と、ひたぶるに基督の精神の中に生きやうとする真摯な態度」に惹かれており、ヴィリヨン神父は常住坐臥をもって、「私の言葉の不足はこれを見て補つて下さい」と言っているように見られている。[*42]

神父自身も助手なしで講演することはあまりなかったようである。一九一三年八月、誘われて高野山の僧侶のために講演したとき、「私は一人で講演をした事は一度もない。それは私の日本語が聊《いささ》か怪しいからです。ましてこんな人々に向つてお話しすることは、それこそ生れて初めてゞす。私はその日一日、聖母マリアに祈つて必要な御援《たす》けを懇禱《こんとう》しました」とかなりの緊張ぶりであった。[*43]

流暢ではなく、上手でもなかったが、ヴィリオンは自分の口で直接日本人に話しかけようというザビエルの伝統を受け継いでいた。彼が各地をかけめぐって、多くの人に洗礼を授けることができたのは、言葉よりも、その人柄によってであったようである。

ヴィリオンの自伝『*Cinquante ans d'apostolat au Japon*』（日本宣教五〇年）によれば、津和野に行ったとき、長崎のキリシタンが津和野に流されて、光琳寺で迫害に遭っても、けっして屈服しないことについて、「光琳寺のキリシタン」と題する講演会を開いたことがある。[*44] その時、「聴衆の中には、光琳寺の切支丹を目撃した者が少くなかった。神父は光琳寺迫害の模様を、微に入り細に亘《わた》って説き、廊下に立ったまま固唾を呑んでいるヨハンナ岩永を、被迫害者の一人として聴衆に紹介し、次いで大胆にも当時、光琳寺切支丹牢で訊問の任に当っていた金森某の名を呼んで、真実の承認を求めた。場内には俄然殺気さえ帯びた緊張感が漲った。神父の弁は或は訴うるが如く或は糾弾するが如く、遂に聴衆を感動の頂点に導かずには措《お》かなかった」というのであり、講演が終了した途端、沸き起こった拍手がしばらく鳴り止まなかった。金森一峰はのちに、神父の説得で当時の尋問記録を公開することにしたため、キリシタン迫害史の研究に貢献した。[*45] このようなインパクトを与える講演は、通訳を介してできたものではなかっただろう。流暢ではなくても、自分の言葉で語ったため、それだけの迫力があったのである。

以上は、話し言葉についての証言を挙げてきたが、書き言葉はどうだったのだろうか。

ヴィリオン神父は、よく手紙を書く人であった。中原中也の養祖父母の政熊・コマに手紙を頻繁に書いた。現存するのは中也の弟・思郎の著書『兄中原中也と祖先たち』所収の政熊宛書簡一三通（一九一二年一〇月から一九一四年四月まで、一二通が主にカタカナ書き、一通は漢字・カタカナ混じ

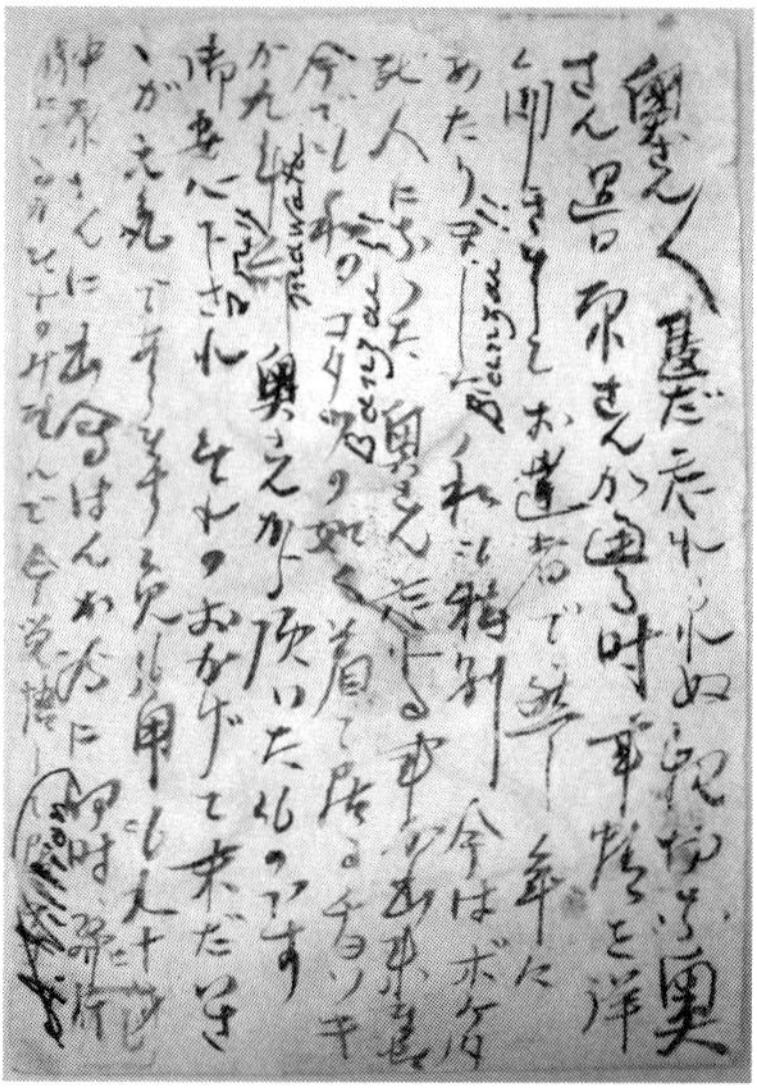

図13　ヴィリオン神父からの中原コマ宛のハガキ（絶筆と思われる）。中原中也記念館蔵、筆者撮影

り）と、コマ宛書簡二通（一九三〇年八月八日付、一九三二年一月一五日付、漢字・平仮名混じり）である。その内容は主に、大道寺跡の土地の購入の手続きの依頼に関するものである。政態が全般的にこの土地購入を手伝っていたことがわかる。

書簡はすべて話し言葉で書かれたもので、カタカナの場合は、長音と単音、清音と濁音の混同があった。同書掲載のコマ宛の書簡の写真をみれば、漢字も平仮名も滑らかで麗しく、日本人女性の筆跡を思わせる。[*46] コマは幼い中也を機会あるごとに教会に連れていき、カトリック教会の雰囲気に親しませた人である。ヴィリオンのコマ宛の書簡の全文を引用してみよう。

奥さん〳〵　甚だ忘れられぬ　親切な奥さん　過日　原さんが通る時、事情を詳［し］く聞きました　お達者で　然し　年にあたりました BANZAI!!　私も特別今はボケタ死人になった　奥さん忘れる事が出来ません　今でも私のコタツの如く着て居るチョッキ MAWATA が九年前奥さんから頂いたものです BANZAI!!　御安心下され　それのおかげで未だいささか元気であります　兎も角も九十才中原さんに出会はんが為に何時　飛行機にのるか　それのみ望んで今覚悟して居ます

奈良　昭和七年一月一五日　ビリヨン㊞

このハガキは、ヴィリオン神父の絶筆ではないか、と指摘されている。長年親しく付き合ってきた政態・コマ夫妻に対する愛情の溢れる文面である。九年前にコマからもらったチョッキを、「コタツ」（ロザリオ）のように毎日身につけているおかげで元気でいる、という書き方も微笑ましい。また、一一年前の一九二一年に逝去した政態に会いたい、飛行機に乗って天国に行きたい、というふだんよく口にする冗句もここで繰り返している。

これより一〇年前に執筆された直筆の手紙がいま津和野教会に所蔵されている。それはヴィリオンが一九二二年三月一三日に守山甚三郎に宛てたものである（「森山」とあるのは誤記）。守山は長崎浦上のキリシタン信徒で、明治初期に津和野に配流された苦しい経験をもち、神父と親交があった。この手紙もなめらかな漢字・平仮名混じりの文章である。口語的であり、漢字の使い方と文法から、ヴィリオン神父の直筆だっただろうと推定できる。この内容を見れば、ヴィリオン

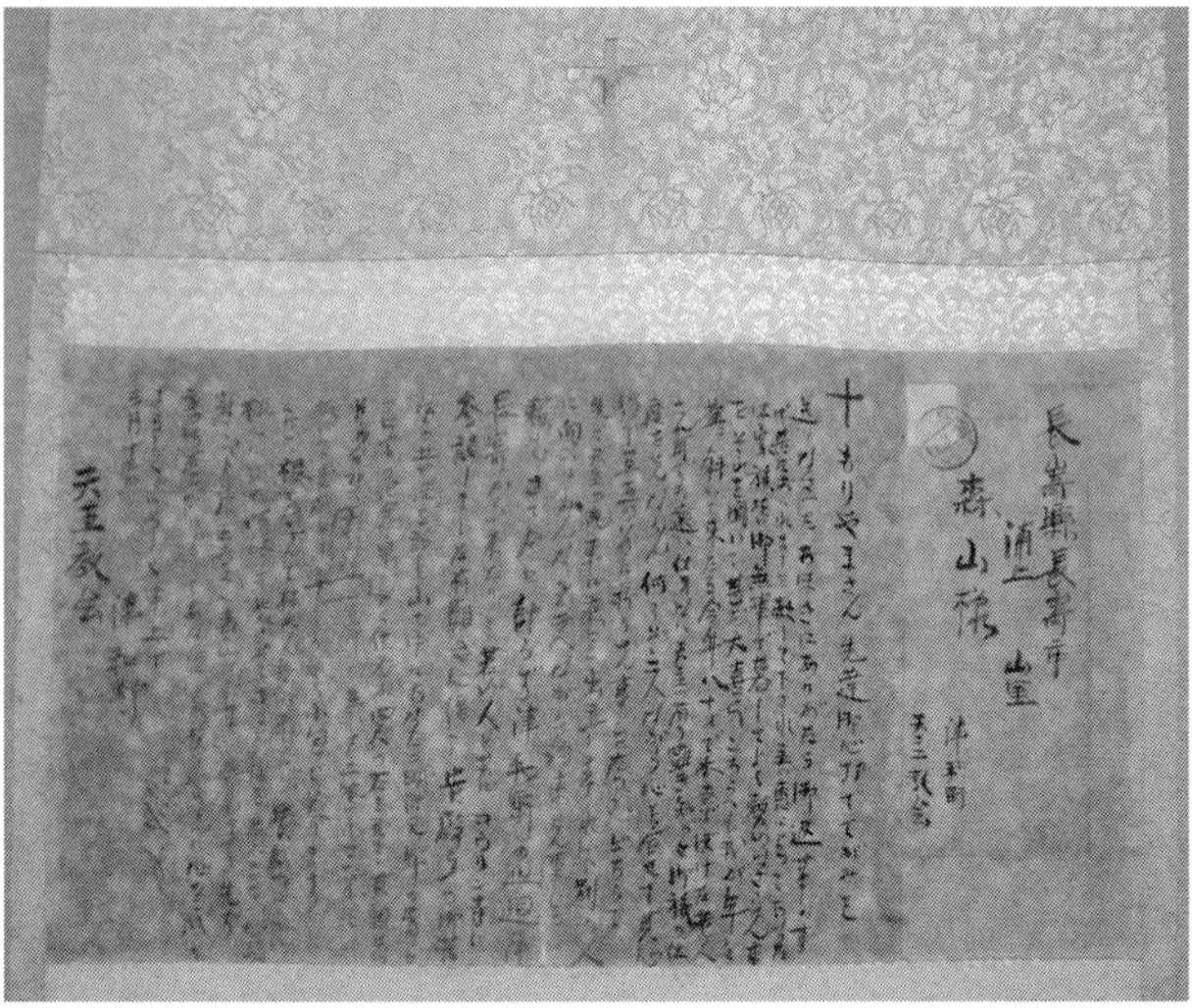

図14　ヴィリオン神父から守山甚三郎への手紙。カトリック津和野教会・乙女峠展示室。筆者撮影

神父は自分で著述をすることができるだけの日本語の素養があったことがわかる。

この手紙は守山甚三郎に、ヴィリオンが一九二二年三月に津和野の光琳寺址の池の傍に建てた「† 信仰の光」の石碑付近の木の苗を送付したことを知らせる内容で、また二人が天国で会おうという冗談をも交えている。光琳寺はかつて配流された浦上のキリシタンを厳冬の氷責めで拷問した場所であった。この手紙の全文を原文通りに複写する。

† もりやまさん、先達御心切で、てがみを送りなさった、おほきにありがたう。御返事の事で甚だおくれました、赦して下され。主の恵によって、あなたは家族皆御無事で暮して、よく務めなさらん事を、それを聞いて甚だ大喜

び。こちらへも我が年々益〻斜いて来たる、今年で八十才で、本当でぼけた老人さん。耳でも遠い、仕方ない。天主の有り難き知らせ、御旅の仕度をせんならん。何うぞ二人ながら心を合せて、其心得で互互の為に、祈りせん事をたのむ。どちらで先で、天守の汽車に乗って出立しますれば、別の人に向ひに出んならん。二人ながら約束せん事を頼む。さて今日、計らず津和野の巡廻の中、長崎から来たりし若い人と共に、コウリン寺に参詣しました。有難き心得で、貴殿方の御苦労の昔話を致し、山の中にあなたの、明治元年の二月のフロ場の記念卑《ママ》の如く、信者が四尺の石を立てて、其親共の片身の如く　† 信仰の光　其所で生じた二本の小さい木を抜いて、貴殿にしるしの如く小包で送ります。こけで根を包んで枯れん様に来たら、貴殿の庭に植えなされ、何時も此処に於て、あなたの話を忘れません。地福に於てペトロ原医者さん、森山さんの事を尋ねます。先づ主の御聖寵によりて、あなたに家族の皆さんに、心の底よりよろしくよろしく申し上げ。

A. Villion

三月十三日　　　　津和野　天主教会

この手紙から見られるのは、神父の豊富な語彙と流暢な漢字運用である。この手紙に言及された木の苗は、一本は枯れて、一本は大きく成長したが、一九四五年八月九日の長崎原爆で跡形もなく消滅したという。[*47]「† 信仰の光」碑は今も乙女峠に現存し、ヴィリオン神父の殉教者追悼

図15　上記の手紙で言及された「信仰の光」碑。津和野町乙女峠キリシタン殉教史跡。筆者撮影

の気持ちをよく表している。ちなみに図13と図14の執筆者は違う可能性があることを、中原中也記念館の菅原真由美氏にご教示いただいた。つまり神父の直筆ではない可能性も否定できないことになる。

また、ヴィリオンは前記の原きくにも手紙を書いている（一九三一年一二月四日付）。これは原から届いた手紙への返事で、「奥さんおいでになった事で真に喜び天主に有難き千万聖フランシスコの祝いのおかげで私に其の嬉しい事にあたりました。大切なる原さんの話をした事で私に地福の愉快な布教の事を思いました。天主の恵でお大事しなされ。A. Villion」[48]とある。これを読むだけでは、神父の書簡用語は話し言葉のままといえよう。

もう一つ見られるのは、永田亀子に書いた見舞状（年代不明）である。「聞キマスレバ御病気ニ罹リマシテ大ニ御苦痛デアリマセウ、然シ神様ノ御恵デ洗礼ヲ授カラレル事ハ実ニ有難事デアリマス、数年前ニ神ノ道ヲ御聞キニナッタ上御忘レニナラナカッタ、其ハ特ニ大ナル御恵デアリマス、就テ貴女ノ為ニ祈リナガラ御伺ヒ致シマス、A. Villion」とある。[49]

この頃までに、ヴィリオン神父は日本語を書き慣れたようである。しかし、単独で書籍を執筆できるほどのレベルには達していなかったのではないかと思う。そのため、日本人助手とともに著書の執筆を進めたのだろう。

四、日本語著書の数々

日本キリスト教史の研究家で、カトリック神父の池田敏雄は、ヴィリオン神父の執筆とした本を次のようにあげている。「仏教史のほか、鮮血遺書、波《ママ》羅門教論、キリシタン大名記、聖フランシスコ・ザベリオ書簡集、日本宣教五〇年などの名著をものにした」とある。[50]これらの著書こそが、ヴィリオンを「日本キリスト教史家の間に、確乎たる地歩を得せしめた」[51]と思わせるが、神戸出身の日本人助手・伝道士加古義一との共同作業というべきである。合計六作があるが、もっとも著名なのは『日本聖人鮮血遺書』である。
明治、大正、昭和の知識人でこれを知らない人はないといえるほど広く読まれた本であり、海老沢有道はこれについて「教会内外に広く読まれ、翌年再刊を出して以来、明治年間に六版を重ね、大正になって松崎実の考註により、再び教会外にも注意を喚起し、これまた版を重ねた。『日本西教史』とともに、キリシタン史研究前史を飾るものというべき」[*52]という。一八八七年初版から一九三一年七版まで、四四年間のロングセラーである。現時点でわかった書誌情報は下記の通り。

初版：仏国ビリヨン閲、日本加古義一編『日本聖人鮮血遺書』村上勘兵衛（京都）、一八八七年、四〇〇頁

再版：仏国ビリヨン閲、日本加古義一編『日本聖人鮮血遺書』村上勘兵衛（京都）、一八八八年、四〇〇頁

訂正増補六版：『日本聖人鮮血遺書』編輯兼発行（鹿児島）加古義一、発行所（大阪）聖若瑟教育院、一九一一年、五五二頁（序は仏語原稿の影印とその和訳、書名と著者名はヴィリヨン直筆）

訂正増補六版：姉崎正治、山本信次郎監修、ヴィリヨン著『日本聖人鮮血遺書』日本カトリック刊行会（東京）、一九二六年、五二三頁

七版：日本カトリック、宣教師　ア、ビリヨン著『鮮血遺書――日本聖人』日本殉教者宣伝会（西宮）、一九三一年、四三八頁

ヴィリヨン著、松崎実考註『切支丹鮮血遺書《きりしたんちしおのかきおき》』改造社、一九二六年、六〇四頁

ほかに以下の書籍があり、ヴィリオンのキリシタン史の研究内容をよく示してくれる。

2、加古義一編、ビリヨン閲『婆羅門教論——仏教起原』清水久次郎（京都）、一八八九年、五〇一頁
3、加古義一編、ビリヨン閲『山口公教史』加古義一（京都）、一八九七年、三八二頁
4、加古義一編、ビリヨン閲『長門公教史』天主公教会（萩町）、一九一八年、一一五頁
5、ア・ヴィリヨン著『山口大道寺跡の発見と裁許状に就て』ヴィリヨン（奈良）、一九二六年、一五頁
6、スタイシエン著、ビリヨン訳『切支丹大名史』ヴィリヨン（奈良）、一九二九年、三九三頁。

ヴィリオンの『日本聖人鮮血遺書』（初版一八八七）は、主にパジェスの『*Histoire des vingt-six martyrs japonais*』（日本二十六殉教者史、一八六二）、『*Histoire de la religion chrétienne au Japon*』（日本吉利支丹宗門史、一八六九—七〇）に基づき、自分の調査を加えて一七世紀から一八世紀までの殉教者史をまとめたものである。[*53] この本は、カトリック教会の祝日表にしたがって、長崎二十六聖人をはじめとする殉教福者の列伝に「日本教会の最後」「日本教会の復活」の研究を付け加えたものである。ザビエルの宣教から始まり、殉教した日本人を鮮やかに描いた読み物であり、版

を重ねるごとに、内容が徐々に磨きをかけられていくが、初版の文学性は少し摩滅する側面も見られる。

第一章の「聖師日本に公教を弘《ひろ》む」の冒頭の、ザビエルについての文学的修辞に富む叙述の数版を比較しよう（旧字体は新字体とした）。

◎初版一八八七年、再版一八八八年（原著はいずれも総ルビ）

抑《そもそ》も世界の公教《こうけう》たる天主教を大日本国に拡張せられしは日本と天竺の教法師《けうはふし》聖フランシスコ、サベリヨと云ふ人なり此人寔《まこと》に希世の聖師にして胸に徳善の智識を貯へ口に博愛の能辯を有し一度教を説く時は事理分明なるのみならず微妙の音四方《よも》に達し為に空飛鳥も翼を垂て樹梢に下り流に遊ぶ魚鱗《うろくず》も鰭を縮めて水涯《みぎは》に集り之を聴《きく》かと疑はる況て霊妙不可思議なる感情を備へし人間をや如何なる頑夫愚婦とても其徳善に感化せられ邪《じや》を去り正《せい》に帰するもの……

◎訂正増補六版（総ルビ）、一九一一年

夫《そ》れ世界万国の人が一般に守るべき公教を大日本国に伝播せられしは、日本印度の布《ふ》教師《けうし》フランシスコ・ザヴエリヨてふ人なり。此人稀世の聖師にして、高徳博識絶倫なるより、感化せられて邪を去り正に帰するもの頗《すこぶ》る多く……

◎ヴィリヨン著、松崎実考註『切支丹鮮血遺書』（総ルビ）、一九二六年夫れ世界万国の人が一般に守るべき公教を大日本国に伝播せられしは日本印度の布教師《ふけうし》フランシスコ・ザヴエリヨてふ人なり此人稀世の聖師にして高徳博識絶倫なるより感化せられて邪を去り正に帰するもの頗る多く……

◎七版、一九三一年

同右

以上から見られるように、初版・再版は文学的表現が豊かで、一般読者の興味を深く引くような書き方であるが、しかし訂正増補六版になると、その色彩がすっかり褪せて、「客観的な」記述に傾いてしまう。

この初版について、新村出（一八七六―一九六七）は「文章通俗平明にして信仰の情熱の能《よ》く人心を鼓動せしむる点に存せり、従ひて本書がいはゆる殉教実録として読物の随一に位せること疑を容《いれ》るべきにあらず。抑《そもそ》も此書が明治二十年代の初、日本西教史訳述以来十年、この種の著作殆ど絶無なりし時代に成りしは、明治の出版史上に特筆し記念するに足る所なる」と褒め称えている。*54 日本文学史におけるこの本の価値を定め、「読物」という言葉は本の文体にふさわしいものとしている。

この本を考註し、『切支丹鮮血遺書』と書名をも変更した松崎実は、初版は「もと〱歴史上の文献としての著書ではなく、信徒の霊生を培《つちか》ふための物語本とでも云ふべきもので、殊に外人が不自由な日本語で説教したものを筆記したのであるから、用語や修辞の稚拙、地名人名など固有名詞の誤、年代月日などの間違ひの多いのは、止むを得ない事である」としている。[*55]

新村と松崎は初版本に関する見方がかなり違う。新村はその「文学性」に注目し、松崎は「史実性」に関心があるようである。だが、松崎も「今から考へれば文も想も稚拙たるを免れぬけれど、いかにも真情流露してゐて、且つ明治初代の文体も偲《しの》ばれ、仲々興趣深いものである」[*56]と書いていて、その文学的価値を十分意識している。

松崎は、助手加古義一の役割にも言及している。「ギリヨン師が京都に居られる頃、日本殉教者の祝日毎に此れをテキストとして殉教の事実を説教した。それを信徒の一人であった加古義一氏が筆記し、その筆記を集めてギリヨン師校閲のもとに加古氏が編纂して出版した」のが本書「鮮血遺書」であり、即ち、滞在時以来の説教を編集したものと言う。[*57]

加古義一は、ヴィリオンが神戸にいた時に知り合った人で、彼の父は播磨藩の旧武士で教養が高く、ヴィリオンは一八七二年に初めてその父から漢字を習ったのだが、彼の息子からもまた漢字を習っていた。ヴィリオンが京都に転任すると、義一は神父の後を追うように京都に来て、友人の紹介で『京都新聞』の編集部で働くこととなった。一八八二年のクリスマスに妻とともに京都で洗礼を受けた（洗礼名はヨゼフ）。[*58] 加古は講演するとき、仏教の論理の誤りを指摘し、信仰の真理を論証していく鮮やかな弁舌をもち、そのため聴衆の数はかなり増え、少しずつ求道者が現れて受洗した。[59] のちにヨゼフ加古義一は、『京都新聞』の編集部をやめて、毎日のように押しかけてくる学僧たちの激烈な論争に立ち向かい、神父と一緒に大きな絵本をかかえて、京の四区を月に二回ずつ講演して回った。[60] 神父が山口に赴任してから、加古は一八九一年からカトリック誌『声』の主筆を務めた。[61] 加古は一九二四年、七二歳で鹿児島で帰天した。[62] ヴィリオンの数々の著述に大きく貢献した人として評価されている。[63]

『日本聖人鮮血遺書』の執筆の目的は、加古の「自序」によれば、日本では知られていないが、「日本《やまと》の聖人《ひじり》と尊ばれ欧米各国の人は事実を知らぬ者なき程」の三〇〇年前の切支丹人のことを、現在の日本人に知らせるためである。なぜなら、かれらは官僚を諫《いさ》め、仏僧を批判した「我邦に於て民権の元祖開化の魁とも称すべき一大義人《おおのりびと》」なのだからとしている。[64] これの一八八七年の初版より前に出た類書に、イエズス会士のフランス人ジャン・クラッセ（Jean Crasset 一六一八―九二）の日本宣教に関する研究書『*Histoire de l'eglise du Japon*』（一六八九）の一七一五年版本に基づき翻訳係の太政官が翻訳した『日本西教史』（一八八〇）があった。しかし、ヴィリオンと加古の本はより文学色に富むため、多くの読者を獲得したようである。

『婆羅門教論――仏教起原』（一八八九）は、仏教に与えたキリスト教の影響を論述したもので、興味深い読み物である。『山口公教史』（一八九七）、『長門公教史』（一九一八）、『山口大道寺跡の発見と裁許状に就《つい》て』（一九二六）は、ヴィリオンのキリシタン史の踏査を記録しており、氏がいかに日本社会の隅々を歩き回ったのかが理解できる。スタイシエン（シュタイヘンとも）著『切支丹大名史』の和訳（一九二九）も、キリシタン史の研究に貢献する一書である。

ヴィリオンの日本語知識は、彼がシュタイヘン神父（Michael Steichen 一八五七―一九二九）の著書の英語版『The Christian Daimyos』（一九〇三）を翻訳して一九二九年に出版した右の『切支丹大名史』から見ることができる。[*65] 原書のフランス語版『Les Daimyô chrétiens』（一九〇四）は吉田小五郎によって日本語に翻訳され、一九三〇年に出版されている。[*66]

ヴィリオン訳の「序文」には、「茲《ここ》に拙き筆を以て翻訳出版したるは悼《いた》むべき故スタイシェン師の遺書である」[*67]という謙遜な言葉を使っているので、この翻訳は主にヴィリオン自身がしたものではないと考えられそうだ。英語版と仏語版の冒頭部のヴィリオン訳と吉田訳とを比較してみよう。

◎ヴィリオン訳

西暦一五四九年（天文十八年）八月十五日、フランシスコ、ザヴェリヨはキリスト教を日本に布教する目的を以て九州鹿児島に渡来したのであるが、此日こそは日本に於ける宗教史並に政治史中に永く記念せらるべき日である。即ち当時欧米諸外国から全然孤立してゐた特殊の事情の下にある日本国民が、フランシスコザヴェリヨの渡来した事によつて此等キリスト教諸外国と国際上の友交関係を開始するの機会が与へられたのである。（一―二頁）

◎吉田訳

フランシスコ・ザベリヨが鹿児島に到着した日、一五四九年八月十五日（天文十八年七月十二日）は、日本の政治史・宗教史の上に、永く記憶されるであらう。実に、この日こそ、当時まで深い淵を以て隔てられてゐた、この不思議な国民を、基督教徒の大家族に引入れようとする計画の樹《た》てられた最初の日なのである。（二頁）

以上の引用を比較すれば、わかるように、ヴィリオン訳は文語体であり、吉田訳は口語に近く、より読みやすい。*68 ゴツゴツとしたヴィリオン訳だが、三ヶ所の傍線部が示したように、より多くの情報が含まれている。実際、傍線部の内容は英、仏版原書にはなく、ヴィリオンが翻訳時に付け加えた啓蒙的な知識である。宣教活動と社会事業に忙殺されたヴィリオンは、著作を書く時間が非常に限られたから、加古との共同作業こそがキリスト教を日本人に届ける確実な方法だっただろう。

五、『日本聖人鮮血遺書』の波及効果

ここでは、『日本聖人鮮血遺書』にある、細川夫人ガラシャの言動を含む、豊臣秀吉の禁教策の部分だけを引用し、中心テーマである殉教心の一端を見てみよう。

①第一章「聖師日本に公教を弘む」（初版本、二頁）
蓋《けだ》し天主教十誡の第一に天主の外は何物たりとも拝む事を禁ずとある故に秀吉の望みは到底

切支丹に向ひ実施し得ざる事なれども秀吉は之を悟らず曽《かつ》て切支丹の一人なる嬋妍窈窕《せんけんようちょう》たる美女の姿に懸恋《けれん》し之を引入て妾と為し婬楽を貪らんと欲せしに美女は貞操を守り固く辞して従はざるより秀吉心に切支丹を嫌忌し……

秀吉の禁教令は、好色な彼が細川夫人を所望していたが拒絶されたためだという説があるが、研究者によって確認されていない。しかし、天下人を拒否した夫人の勇気と信念は、今日の歴史小説やテレビドラマによって度々取り上げられている。

②第一二章「二有司切支丹の罪を論ず」（初版本、三九―四〇頁）

（秀吉は）京阪地方に在る切支丹の教師を斬殺すべしと命じたり此事忽地《たちまち》世間に漏れ聞え神父神弟は勿論夥多《あまた》の信者等教の為に命を捨る事を喜び貴賤貧富の差異なく老若男女の区別なく各自死出の首途《かどで》を急ぎ西に告げ東に報じ友呼千鳥《ともよぶちどり》それならで最も騒がしき形体なれば奉行城代を初め有司の人々窃《ひそか》に胸を痛め万一不測の変をあらんを知れずとて予《あらかじ》めかの備を為し非常を警《いまし》むる程なりしが既に十年以前奉教の為め一度流罪に処せられし高山右近は今度こそと思ひ定め京都奉行玄意法印の二子も致命の決心し丹後田辺の城主細川越中守忠興の夫人も臨終の用意を為し皆な此報の耳に達するや直に親族知音《ちいん》の人を集め今生の離別に天主の教を説き今や縛吏の来るかと待ち受たる態の殊勝さに心なき人々まで孰《いず》れも深く感じ入り知らず識らず涙に衿《えり》を潤したる

これは、秀吉の禁教令と宣教師処刑のおふれは信者たちを脅かす効果がなく、むしろ多くの信者の勇気を奮い立たせることになり、老若男女、殉教の準備でウキウキしていて、細川夫人も官吏の来るのを待ち受けたほど、心の準備ができている、という話である。この二つの段落から見られるのは、細川夫人を含む人々の根強い信仰心といえよう。

細川夫人の容貌についてだが、夫人の生存期にもっとも近い時に執筆された、イエズス会の歴史に関する、グスマン（Luis de Guzman 一五四四―一六〇五）の『*Historia de las missiones que han hecho los religiosos de la Compañia de Iesus*』（一六〇一年刊、スペイン語）は、夫人の容貌にふれず、その聡明さだけを紹介している。[*69] 和訳でも、「聡明にして才智ある夫人はきりしと教はどんな教であるか、又どんな事を教へるか、それを知りたいと切望してゐた[*70]」とある。

クラッセの『日本西教史』（一六八九）になると、容貌に対する絶賛の言葉が現れた。一六九一年刊本と一七一五年刊本はいずれも「C'estoit une Peincesse d'une rare beauté, d'un esprit vif, d'un jugement solide, d'un cœur noble & d'un genie au dessu du commun.[*71]」とあり、それの太政官翻訳係訳（一八八〇）は「丹後侯ジャクンドノ二嫁シ容顔ノ美麗比倫ナク精神活潑穎敏《えいびん》果決《かけつ》心情高尚ニシテ才智卓越セリ[*72]」と翻訳している。ちなみに、一七〇五年刊の英訳は「She was a Princess of a rare beauty, of a quick wit, of a sound judgment, and of a Spirit and Genius above the Common sort.[*73]」となっている。クラッセの本とヴィリオンの本は、細川夫人の美貌説を広く流布させることになり、今日に至るといえよう。

これからは、「信徒発見」についてヴィリオンがどのように記述したのかをみてみよう。

羅馬法王は斯《かく》の如く日本の昔時の信者の子孫が陸続輩出する報を得て特に喜び給ひ目に涙を浮て大勢の人に向ひ斯《かか》る天主の恩恵は我一世紀に一度ならんと仰られ当時世界各国公教信者は悉《ことごと》く日本の為め天主に謝し奉り続て日本人民が信仰の自由を得て真の道に歩を進めん事を祈り仏国を初め欧洲大小の国々より米国の諸新聞紙は皆なこの事を記し将来日本人民が独り信仰の自由のみならず万般の自由を得ん事を望めり。（初版本、三八七―八八頁）

とある。これは、世界各国のキリスト教信者がいかに日本の潜伏キリシタンの信仰心に感動し、日本人の自由を世界規模で祈ったかを伝えてくれる。このように宣教師たちは、再び近代日本を世界の舞台に登場させたのである。

『日本聖人鮮血遺書』が日本の文化に広く影響を与えたことは、すでに山梨淳の論文「パリ外国宣教会の出版物と近代日本の文学者」によって論述されている。たとえば、木下杢太郎が神父の自伝（『日本宣教五〇年』）について「一頁は往々十頁百頁の小説の材料を潜《ひそ》ましている」と評価したこと、徳富蘇峰が「ビリヨン神父と肩を並ぶ可き高僧を、我が現代の仏教徒の中に見出す能《あた》はざるを遺憾とする」と言い、愛読していたこと、内田魯庵《ろあん》の『読売新聞』連載の「貘《ばく》の舌」が『日本聖人鮮血遺書』を紹介したことや、内田の文章によって本書は大正末期に知名度が急にあがり再版されたこと、山路愛山が浦上四番崩れに触れたとき、『日本聖人鮮血遺書』を長く引用したこと、大川周明がこの本を読んだこと、木下杢太郎、与謝野寛、北原白秋たちが南蛮文学の作品を創作するときこの本に出会ったこと、芥川龍之介がヴィリオンの『山口公教史』に目を通して、『鮮血遺書』を手に入れるために、古本屋を必死に探し回ったこと、吉野作造が本書に少し触れたこと、石川淳も本書に馴染んでいたこと、三木露風、吉田紘二郎、森有正、坂口安吾の文章にこの本が登場していること、堀辰雄がキリシタン物の小説化のために本書を物色したこと、大佛次郎が『天皇の世紀』を書くために本書を参照したことなどを、紹介している。[*74] 山梨は「戦前この本がいかに広範にキリシタン史の代表的著作として親しまれてきたか」を示してくれた。

本章では、山梨論文が言及していないことを補足して、ヴィリオンの影響範囲の輪郭をもう少し具体的に浮き彫りにさせたい。

山路愛山（一八六四—一九一七）は『現代日本教会史論』（一九〇五）の一章「日本人民の醒覚」において、ヴィリオンの『日本聖人鮮血遺書』（初版本）の三八八頁から三九七頁までの明治初期のキリシタン迫害の部分を引用してから、「行文往々誇張に流れ、想像に過ぐるものありと雖《いえど》も、而《しか》も其記す所の大体に於て事実なるは疑ふべからず[*75]」と肯定している。

本書をもっとも好意的に評価し、一般読者に広く紹介したのは小説家、評論者である内田魯庵（一八六八—一九二九）であり、『貘の舌』の「切支丹迫害」（上、下）（一九二〇年六月二五・二六日）では、キリシタン迫害を非難し、「人間として能く思ひ切つてアンナ残酷な所為が出来たと思ふほど身の毛の弥竪《よだ》つ惨刑に処して九族までも絶やして了《しま》つたは日本歴史の最大罪悪であつた」としてから、「日本人の殺伐な残虐性を証明するのも切支丹迫害なら、日本人の熱烈敬虔な殉教者精神を発揮したのも切支丹迫害だ」と書き、この『日本聖人鮮血遺書』と浦川和三郎の『日本に於ける公教会の復活』（一九一五）を「バイブルよりもヨリ以上に私を感激せしめた」と書いてから、

　恐らく日本の歴史中切支丹迫害の犠牲となつた殉教者ほどに日本人の偉大と美しさとを発揮したものは無からう。シカモ此の偉大さと美しさとは日本の史籍に載つてないのだ。楠正成よりも大石良雄よりも私は無知なる切支丹宗徒の火にも焚けず水にも溺れず肉を寸断され骨を搗砕《ひし》がれても毅然として屈しなかつた殉教者精神を偉大なりと信ずる。……古今歴史を尋ねて日本の切支丹宗徒ぐらゐ極端な迫害を加へられたものがある乎《か》。*76

と書いて、極刑に屈しない信徒の壮烈さを絶賛し、これを記載しない日本の歴史の本を批判している。*77 さらに『鮮血遺書』と『日本に於ける公教会の復活』の絶版を惜しく思い、「事実その物が肉を刻まれ骨を拉がれる最大苛責に堪へて信仰と献身の最高頂に達した血に彩どられた人間の記録で、日本の歴史には之ほど人を愕《おどろ》かし感激させる事跡はありません」*78 と書いた。内田の文章がきっかけになったのか、ヴィリオンの本の訂正増補六版が一九二六年に刊行された。

三宅雪嶺《せつれい》（一八六〇―一九四五）は随筆「大平凡の大珍書」（一九四四年三月二日）で、この本の初版も再版も手に入らないことに応じて、一九二六年の六版の刊行と松崎の考証版が同時に出版されたことについて、「如何に当時彼の書が世間受けしたかを語る」とし、「本来レオン・パジエ

スの『日本基督教史』に拠り、内容で何等重きを置くに足らず、愚父愚婦相手の平々凡々たるものに過ぎないが、書名と云ひ、挿絵と云ひ、一時特殊の人々を刺戟し、世間に問題を与へ、今更のやうに当年の切支丹宗門を追憶し、宗教の感化の容易ならぬのに想ひ到り、山口県のフランシスコ・ザヴエリヨ記念碑と共に忘れるを得なからしめる所は、残本の少いだけ、容易に買はれぬ珍書の列に入る」[*79]と書いている。

キリスト教信者の高橋邦輔は「鮮血遺書の各頁は、実に此《かく》の如き尊き殉教者の血を以て彩られてゐるのである。是程残忍な、又是ほど美しい壮烈な史劇があらうか。……日本の仏教史にも迫害があつたが、仏教徒は大抵迫害に反対して勇敢に闘つてゐる。之に反して切支丹宗門は遂に其《その》無抵抗の教義を奉じて従順に苛酷な迫害に黙従したのである。それだけ愈々《いよいよ》悲惨であつたのであり、又同時に壮烈であつたのである。『鮮血遺書』を読まないで宗教の表裏を識《し》ることが出来ないと共に、又宗教を論ずることも難いと信ずる」[*80]と断言している。

吉野作造（一八七八―一九三三）は、日本潜入後まもなく捕らえられた、新井白石との対話で有名なイタリア人司祭シドッティについての本『新井白石とヨワン・シローテ』を書いた。これもヴィリオンの本を参考にしている。また短い随筆「切支丹の殉教者と鮮血遺書」を書き、詳しくヴィリオンの日本宣教とその著書を紹介して、「通俗を旨とせる謂《い》はゞ稗史《はいし》的物語」であり、「少《すくな》とも筆は日本人のものらしい。昔の物語風に中々流麗暢達に綴られてある」としている。[*81]

詩人、童謡作家の三木露風（一八八九―一九六四）は、小品『鮮血遺書考』において、ヴィリオン神父の「殉教に就《つい》て講演するのを聞いたことがあつた」と触れている。[*82] 大佛次郎もヴィリオンの本を精読し、『天皇の世紀』の一五巻『新政の府』の「旅」で、幕末から明治初期にかけたキリシタン迫害の数々を描写した部分は、この本を参考にし、「ヴィリオン神父が日本文で著わした「日本聖人鮮血遺書」に、流血のみならぬ、むごい歴史が精細に綴られている」と感心している。[*83]

前記したように中原中也（一九〇七―三七）は小さい時に、政態に連れられて山口の教会によく行ったが、中也の父親がこれを嫌ったため、足が遠のいていた。[*84] しかし、中也はヴィリオン神父を慕いつづけ、二三歳の時（一九三〇年四月下旬）、高齢の神父を奈良のカトリック教会に訪ねたことがある。[*85] その訪問は、中也がキリスト教的色彩をもつ「汚れつちまつた悲しみに」という詩を発表した直後であり、[*86] カトリシズムに対する彼の関心を意味するだろう。河上徹太郎は、カトリシズムが中也の行為を縛るより、正しい自由を与え、「旧約人の如く厳しく、且《か》つ放埒に振る舞わせてくれたと見ている。[*87]

哲学者・森有正（一九一一―七六）は中学生の時、『日本聖人鮮血遺書』を読んで「異常な衝撃をうけたこと」があり、暁星小中学で学んだとき、フランスの神父や修道士から授業を受けて、「こういう静かな先生方が、一たん迫害が起これば殉教されるのかと思って子供ながら畏敬の念を抱い」た。森は校内で一度だけヴィリオン神父を見かけたことがある。

黒衣をまとい、おわんのような、広いふちのある黒い帽子をかぶっておられた神父は、たしか九十歳位になっておられたようである。その枯れ切った姿を見た時、誰に教えられなくても、ヴィリオン神父だということはすぐ判った。細い黒靴を穿いた小柄の身体は、信仰で鍛えあげた鉄の意志そのもののように見えた。それは何となく流されながら生きている周囲の世間との何という対比であったであろう。

と振り返っている。[*88] また、石牟礼道子が島原・天草の乱を作品化した小説『春の城』（一九九八―九九）は、ヴィリオン著・松崎実考註の『切支丹鮮血遺書』を参考文献としている。[*89]

ヴィリオンの『日本聖人鮮血遺書』は、読物としては興味深いが、歴史書としてはあまり重視されていない。たとえば、上記の浦川和三郎の『日本に於ける公教会の復活』（天主堂、一九一五）や片岡弥吉の『日本キリシタン殉教史』（時事通信社、一九七九）はこの本を引用していない。また、本の中に不正確なものもある。たとえば、松田毅一の『近世初期日本関係南蛮史料の研究』（風間書房、一九六七）は、日本二十六聖人の一人コザキ・トメ少年が殉教前に母親に著名な書状を書いた場所を、西宮の宿駅とした『日本聖人鮮血遺書』の箇所は「ヴィリヨン師の想像」であると言い、[*90] 海老沢有道は、この本の目的は「信者の霊性を高めるためであり、かならずしも研究とはいえず、初版には年月日や地人名の誤りが目立つ」としている。[*91]

しかし、歴史研究書の緻密さよりも、文学作品の優れた描写のほうが読者の心を打つ力があることはよく知られる。本書はむしろ宣教師の〈日本語文学〉として日本文化に広く影響を与えていたこととしての意味がある。

六、ヴィリオンの遺産

ヴィリオン神父は「私は国籍こそ仏蘭西であるが日本人の積《つも》りで居ります、日本を愛する点は日本人に劣らぬ考へです。……僅々六十年足らずの短月日間に、目覚むる程物資的文明を築き上げた日本人が、何故精神的方面では今日は却《かえ》つて未開人の如く、真理の探求を怠り依然偶像を礼拝して居るのでしょう？　……抑《そもそ》も真の文化とは決して物質的方面丈《だけ》が発達せるを申すのではなく、必ず精神的方面の進歩が伴つて居なければならないのです」*92と日本人に注文をつけている。

晩年の七年間は奈良で過ごし、自分のことを「大仏様の門番」「鹿の友」と呼んでいる。ここでも、聖堂建設の募金に苦心した。このことについて、布教聖省次長サロッティ神父がローマ教皇に次のように報告した。「遠い〳〵日本の国で働いてゐる、或年老いた仏人宣教師の話が出ました。彼はもはや八十に近く、六十年の間一度も故国に帰ることなく生涯を日本の布教の為に献げ尽した勇者でした。彼の熱心は年老いて益々盛んで、今度も日本の或町に青年の為の学校を建設しようと志し、資金調達の為ローマにまで手紙を出したのでした」と。それを聞いたローマ教皇は感動して、即座に「よろしい、それでは余が半分金を出すから、あとの半分は布教省から出すことにして、そのミッショナリオに送金しなさい」と言い、「直《す》ぐ電報為替でも何でも造りなさい。早く送金して年老いた宣教師を喜ばしてやり度《た》い」と言った。*93

ヴィリオン神父は、フランスから日本へ渡ってから、帰国したことは一度もない。明治初期、京都から伊勢街道を歩きながら宣教し、松坂村で地元の役人に、なぜ日本へ来たのか、いつ帰国するのか、父親一人を残して親不孝ではないかと散々尋ねられたことがある。「帰る位なら来はしませんよ、私は日本の仏になるんです！」と言った。[*94] その役人は妻に「見かけた処はちつとも精神に異常は無いやうだから、よく有難い宗旨なのだらう」と感心していたようだ。[*95]

満八〇歳を迎えた神父は「もし私に、この上更に八〇年の生涯が与えられるならば喜んで神学校へもう一度入学を願いに飛んで行くでしょう。そして再び愛する日本に渡って、生涯を神の愛を説くためにささげるでしょう」と言っているほど、日本を愛していた。[*96]

ヴィリオン神父は一九三二年四月一日、大阪の教会で八九歳で帰天した。訃報は翌朝の『大阪朝日新聞』、『大阪時事新報』などをはじめ、全国の諸新聞に大々的に掲載された。また、神父に関する逸話や記事は、神父の逝去の前後に国内及び欧米の新聞雑誌に掲載された。その遺体は「大阪府豊中市一〇八三、大阪施設服部霊園構内、外人墓地事務所、そね駅（服部緑地）に埋葬され、望み通りに「日本の土となる」ことができた」といわれる。[*97]

一九三二年四月三日の『大阪朝日新聞』は、「奇行、飄逸《ひょういつ》、信念、九十年の生涯を閉ず、園公らの名士にも教を説いて、永眠したビリヨン翁」という見出しで神父の死を報じた。「日本における殉教者迫害図絵を少年時代に見て発憤し、今から六十六年前にフランスのリヨン市から長崎に来航して、萩、神戸、京都、奈良をはじめ全国を遍《あまね》く布教のために東奔西走し、その間一度も帰国せず、……日本の禅僧のように飄逸で非常に面白いことをいつたが決して人の悪口や社会の批評をしたことがなかつた。『天国には飛行機で行きます』といふやうな戯談めいたことを真面目にいつてゐた。生死の境界は問題でないといふ風であった」と書き、さらに、「明治の元勲岩倉具視公、大隈重信侯、伊藤博文公、原敬氏、渋沢栄一氏らを始め西園寺公望公ら多くの名士に教へを説き、かつその熱情と奇行の逸話に富んだ……、慶応三年二十四歳の時日本に来朝、長崎から神戸へ更に萩に移り日本で最初の布教者聖フランシスコ・ザベリオの記念碑を建設し、その間到る所で路傍説教し、幼児を集めて図絵を広げて教義を説き、布教のため一生を捧げ、……さきに日活が映画化した「殉教血史　日本二十六聖人」は同師の著書「鮮血遺書」を脚色したもので、そのほかに山口公教史、長崎公教史、バラモン教論、聖フランシスコ・ザベルオ書翰記、キリシタン大名の訳書など多数の著書がある」[*98]と報道している。

明治から昭和にかけて、日本人の歴史観を左右した思想家であり、ジャーナリストの徳富蘇峰もヴィリオンに傾倒していた。彼は随筆「ビリヨン神父と其の伝記」において、「三百七十年を隔てたる聖僧ザヴェリヨの再来では無いかと思はしむるものがあつた」と感じ、さらに「我等はビリヨン神父に於て、其の謙遜と、其の博愛とに、吾心を打たるゝ。……神父の身辺は、恒に一団の和気をもて囲繞《いにょう》せられた。而《そ》して其の和気の中には、一種のユーモアありて、自然に人身の緊《きび》しき紐を緩めしめた」と書き、狩谷平司『ヴィリヨン神父の生涯』に描かれた神父が、長年宣教の旅に付き合ってくれて、もうこれ以上働けない愛馬と別れた情景を読んで、「塩原多助のそれよりも、白楽天のそれよりも、尚ほ情に禁《た》へ難きものが察せらるゝ」と感嘆する。[99] 蘇峰は司馬遼太郎にも大きな影響を与えた人である。[100]

ちなみに、ヴィリオンのデスマスクは今、奈良カトリック教会の納骨室に陳列してある。

ヴィリオン神父は、逝去する三年前の一九二九年に刊行した仏語の小冊子『*Pourquoi J'aime les Japonais?*』（なぜ私は日本を愛しているのか）の末尾に日本に対する心情を記している。それは、前章で言及されたザビエルの書簡の終わりにある、「私はこれほど親しく、これほど愛している神父たちや修道者たちに手紙を書いているのですし、またもっとも親しい間柄の日本の信者たちについて書いていますので、あり余るほど書くことがあるのですけれど、ここで筆を擱《お》きます[101]」という言葉に呼応したように、私はザビエルと同様に日本について十分に書きつくすことができない、私が日本を愛しているのは日本を知っているからだ、と記している。[102]

図16　ヴィリオン神父のデスマスク。奈良カトリック教会蔵、筆者撮影

ヴィリオン神父は、日本人の心を知る手段として仏教を研究していた。パリ外国宣教会より日本へ派遣される前に、日本で真っ先にやるべきこと

は、仏教研究だと言われたことがある。彼は日本に来てから、仏教徒の真摯な精神から生まれた質問に答えるために仏教研究は是非とも必要なことだとすぐ気づいた。[103] その仏教研究は、「近代初期のカトリックの宣教師として、仏教界と友好関係を築こうとした唯一の人物」[104]と評価されたほどである。残念なことに、その仏教研究の原稿は刊行されることなく、部分的に他の宣教師に提供したことがあるが、その全貌を知ることはできない。

近年、仏教研究に打ち込んだキリスト教の宣教師は稀ではなくなっている。たとえば、ハインリヒ・デュモリンの仏教研究、[105] ルベン・アビトの密教と浄土真宗についての研究がある。[106] ペテロ・バーケルマンスは『イエスと空海』を書いたベルギー人の司祭であるが、「カトリック宣教師としての私の喜びは、二十年にわたる高野山真言密教との恵み深い交流、対話、研究、実践、洞察です。密教の信仰とその神秘を多くの人に伝えようとする本書はその喜びに基づいていますす」と、同書の「謝辞」に書いている。[107]

ヴィリオン神父は、日本人を深く知っているからこそ、日本人を愛することができたのである。わずか二年余りのザビエルの日本滞在に比べ、ヴィリオンの滞在は六四年の長きにわたる。日本語・日本文化へ親しむザビエルの宣教方法をさらに発展させて、日本文化に沈潜した結果、ヴィリオンは日本語による著述をもって、日本文化の建設にも寄与することができた。それはすなわち、日本人の知らなかったキリシタン迫害史を知らせることによって、日本人の歴史認識を更新し、キリスト教の世界観が日本近世の多くの日本人に新しい生命を与えていたことを思い出させ

たということであった。

略年譜＊108

西暦	年齢	事蹟
一八四三年	零歳	フランス南部のエン県、ベレー教区（のちリオン教区に合併）のジュネー村に誕生。
一八五五年	一二歳	リオンの小学校卒業。同市の聖ヨハネ小神学校に入学。
一八六一年	一八歳	小神学校卒業。パリのサン・スルピス大神学校に入学。
一八六六年	二三歳	大神学校卒業。五月二六日、司祭に叙階。六月一四日、マルセイユを出発。香港に滞在、日本布教のため待機。
一八六八年	二五歳	八月、クーザン師以下一〇名の亡命日本人小神学生を保護。一〇月二一日、プティジャン師の司教叙階式に列席。一〇月、長崎に上陸。大浦天主堂付となる。
一八七〇年	二七歳	一月、浦上キリシタン総て流罪、すっかり傷心。

一八七一年	二八歳	一一月二四日、ムニクー師の後を継いで、神戸教会の第二代主任となる。
一八七二年	二九歳	居留外国人および配流浦上キリシタンの司牧。
一八七三年	三〇歳	四月二一日から五月一三日まで、神戸経由の浦上キリシタン帰郷に尽力。八月、小野浜新田に伝道所を設ける。
一八七五年	三二歳	関西地区の孤児を世話し、横浜のサンモール会修道女らに預ける。
一八七七年	三四歳	七月ショファイユの幼きイエズス会修道女を神戸に迎え、福祉事業の基礎を築く。
一八七八年	三五歳	コレラ患者の看護に奔走。
一八七九年	三六歳	九月八日、フランス語教授の名目で京都に入る。
一八八〇年	三七歳	フランス語を教授するかたわら、七月、西田好松伝道士とともに津、松阪に布教伝道。
一八八一年	三八歳	問屋町に仮教会を設立。智恩院へ仏教研究に通う。
一八八二年	三九歳	夏休みに伊勢地方に巡回伝道。
一八八三年	四〇歳	京都での布教は軌道に乗り、受洗者増える。

一八八四年	四一歳	大津、伏見、若狭、小浜、舞鶴、宮津、丹後へ巡回布教。
一八八七年	四四歳	加古義一と『日本聖人鮮血遺書』（村上勘兵衛等出版）を上梓。
一八八八年	四五歳	京都河原町三条上ルの大名屋敷の敷地を購入。聖堂資金集めに奔走。
一八八九年	四六歳	山口に転任。その後香港のベタニヤ病院に数ヶ月入院。七月、日本へ帰国。秋に萩へ巡礼布教。山口市米屋町に仮聖堂を設ける。加古義一と『婆羅門教論――仏教起原』（清水久次郎発行）を上梓。
一八九〇年	四七歳	五月一日、京都河原町天主堂献堂式に列席。六月、島根県津和野へ巡礼。山口で聖ザビエルの顕彰に奔走。
一八九一年	四八歳	宮市、防府、徳山、下関に巡回布教。山口で幻灯と公教図解による布教。
一八九二年	四九歳	萩と津和野で殉教者の石碑を建立。
一八九三年	五〇歳	ザビエルの滞在していた山口大道寺の跡を発見。
一八九五年	五二歳	萩へ赴任。
一八九七年	五四歳	加古義一と『山口公教史』（加古義一発行）を上梓。

一八九八年	五五歳	伊藤博文と萩で会見し、キリスト教徒の墓地問題を解決。愛馬ギーギーに乗って、萩、津和野、地福などを巡回布教。
一九〇四年	六一歳	高野山に登り、真言宗を研究。
一九〇七年	六四歳	山梨県身延山に登り日蓮宗を研究。
一九一二年	六九歳	英国の貴族・ゴードン夫人と知り合い、大道寺跡の土地購入資金を援助してもらう。
一九一三年	七〇歳	再度高野山に登り、仏僧に講演。
一九一四年	七一歳	浦上天主堂献堂式に列席。
一九一六年	七三歳	五月二六日、司祭叙階五〇周年を迎える。
一九一八年	七五歳	加古義一と『長門公教史』（天主公教会）を上梓。
一九二五年	八二歳	奈良市阿字万字町《あぜまめちょう》の教会に赴任。
一九二六年	八三歳	一〇月一六日、山口の聖フランシスコ・ザビエル記念碑の除幕式に列席。『山口大道寺跡の発見と裁許状に就て』（ヴィリヨン発行）を上梓。
一九二八年	八五歳	奈良公会堂で開催された来日六〇年の謝恩会に出席。

一九二九年	八六歳	和訳本『切支丹大名史』（ビリヨン発行）を上梓。
一九三〇年	八七歳	奈良天主堂および学生会館の建設資金を募集。
一九三二年	八九歳	四月一日、大阪川口教会で帰天。

注

＊1　池田敏雄『ビリオン神父――現代カトリックの柱石　慶応・明治・大正・昭和史を背景に』中央出版社、一九六五年、三頁。

＊2　山崎忠雄『偉大なるヴィリヨン神父――ヴィリヨン神父にまねびて』著者出版、一九六五年、一頁。

＊3　前掲書『ビリオン神父――現代カトリックの柱石　慶応・明治・大正・昭和史を背景に』二〇―二一頁。

＊4　同右書、五頁および「ビリオン神父の年譜」参照。

＊5　長富雅二「附録ビリオン師の回顧感想談」『ザベリヨと山口』白銀日新堂（山口市）、一九二三年、一一七頁。

＊6　同右、一二〇頁。

＊7　同右、一一八頁。

＊8　前掲書『ビリオン神父――現代カトリックの柱石　慶応・明治・大正・昭和史を背景に』八二頁。

＊9　沖本常吉『乙女峠とキリシタン』津和野歴史シリーズ刊行会、一九七一年初版、一九九三年六版。前掲「附録ビリオン師の回顧感想談」『ザベリヨと山口』一一九頁。

＊10　前掲書『ビリオン神父――現代カトリックの柱石 慶応・明治・大正・昭和史を背景に』一五五―一六〇頁。
＊11　同右書、一九一―一九六頁。
＊12　ユネスコ東アジア文化研究センター編『資料御雇外国人』小学館、一九七五年、二二三頁。
＊13　前掲書『ビリオン神父――現代カトリックの柱石 慶応・明治・大正・昭和史を背景に』二〇六―二〇九頁。
＊14　同右書、二五七頁。
＊15　同右書、二八三頁。
＊16　神戸市立博物館蔵「都の南蛮寺図」扇面、一六世紀後期、狩野宗秀筆。
＊17　国立歴史民俗博物館蔵「南蛮人来朝図屏風」、リスボン美術館蔵「南蛮屏風」、九州国立博物館蔵「唐船・南蛮船図屏風」。
＊18　前掲書『ビリオン神父――現代カトリックの柱石 慶応・明治・大正・昭和史を背景に』一四七頁。
＊19　同右書、二九四頁。
＊20　一五五二年一月二九日コーチンよりヨーロッパのイエズス会員宛て書簡。河野純徳訳『聖フランシスコ・ザビエル全書簡』3、平凡社東洋文庫、一九八四年、一八二頁。
＊21　中原思郎『兄中原中也と祖先たち』審美社、一九七〇年、一七三頁。再版は中原中也『新編中原中也全集』別巻（下）資料・研究篇、角川学芸出版、二〇〇四年、六三―六四頁。
＊22　中原思郎『中原中也ノート』審美社、一九七八年、二一〇頁。
＊23　同右書、二一〇―二一一頁。
＊24　中原フク述、村上護編『私の上に降る雪は――わが子中原中也を語る』講談社、一九九八年、一二三―一二四頁。
＊25　前掲書『ビリオン神父――現代カトリックの柱石 慶応・明治・大正・昭和史を背景に』三一五―三一六頁。
＊26　前掲「附録ビリオン師の回顧感想談」『ザベリョと山口』一二四―一二五頁。
＊27　龍門社編『渋沢栄一伝記資料』三八巻、渋沢栄一伝記資料刊行会、一九六一年、四八九―五〇一頁。

＊28　同右書、四九一頁。
＊29　ザベリヨ遺跡保存会編「ザベリヨ遺跡大道寺碑建設の経過」前掲書『ザベリヨと山口』四九一頁。
＊30　前掲書『ビリオン神父――慶応・明治・大正・昭和史を背景に』四八六頁。
＊31　同右書、四九九頁。
＊32　阿満得聞『異教対話――一名・因明術』万谷久右衛門（大阪）、一八九七年、三・一九頁。
＊33　萩原新生「ヴィリヨン神父のこと」『青春の夢』高松書房、一九四三年、五七頁。
＊34　横山健堂『長周遊覧記』郷土研究社、一九三〇年、一八三頁。
＊35　原きく「明治の中葉からの知り合い」前掲書『ビリオン神父――現代カトリックの柱石　慶応・明治・大正・昭和史を背景に』五三二―五三三頁。
＊36　「ビリオン神父を語る」前掲書『ビリオン神父――現代カトリックの柱石　慶応・明治・大正・昭和史を背景に』五四八頁。
＊37　前掲書『偉大なるヴィリヨン神父――ヴィリヨン神父にまねびて』六六頁。
＊38　阿武保郎「少年の頃の思い出」前掲書『ビリオン神父――現代カトリックの柱石　慶応・明治・大正・昭和史を背景に』五五四頁。
＊39　工藤敏子「私の思い出」前掲書『ビリオン神父――現代カトリックの柱石　慶応・明治・大正・昭和史を背景に』五三五頁。
＊40　前掲書『偉大なるヴィリヨン神父――ヴィリヨン神父にまねびて』六九頁。
＊41　狩谷平司『ヴィリヨン神父の生涯』稲畑香料店（大阪）、一九三八年／復刻『ヴィリヨン神父の生涯――伝記・A・ヴィリヨン』大空社、一九九六年、一六六頁。
＊42　同右書、一八一頁。
＊43　同右書、二八二頁。

＊44　A. Villion, *Cinquante ans d'apostolat au Japon*, Hong Kong: Imprimerie de la société des missions-etrangères, 1923, pp.384-385.
＊45　前掲書『乙女峠とキリシタン』一五六頁。
＊46　前掲書『兄中原中也と祖先たち』一七三―一九二頁、ヴィリオン書簡の写真は一八九頁。写真抜きの再版は前掲書『新編中原中也全集』別巻（下）資料・研究篇、六五―七〇頁。中原中也記念館学芸員の菅原真由美氏は筆者とともに解読し、上記の復刻で抜けた「MAWATA」を指摘してくださった。
＊47　前掲書『乙女峠とキリシタン』一六四頁。
＊48　原きく「明治の中葉からの知り合い」前掲書『ビリオン神父――現代カトリックの柱石　慶応・明治・大正・昭和史を背景に』五三三頁。
＊49　永田亀子「受洗へ導いた神父様」前掲書『ビリオン神父――現代カトリックの柱石　慶応・明治・大正・昭和史を背景に』五五三頁。
＊50　前掲書『ビリオン神父――現代カトリックの柱石　慶応・明治・大正・昭和史を背景に』三頁。
＊51　ア・ソーデン、深井敬一訳『聖母マリアと日本』中央出版社、一九五四年、一五七頁。
＊52　海老沢有道「日本二十六聖人関係日本文献」『キリシタン研究』第八輯、一九六三年、一七四頁。
＊53　この本を加古義一編として、ヴィリヨンの名前に言及しない文献もある。例えば、折田洋晴「日本関係洋古書の我が国での受容について」『参考書誌研究』六八号、二〇〇八年三月、三頁。
＊54　新村出「改版序文」松崎実考註『切支丹鮮血遺書』改造社、一九二六年、三頁。
＊55　松崎実「諸説」同右書、一一―一二頁。
＊56　松崎実「諸説」同右書、二〇頁。
＊57　松崎実「諸説」同右書、一〇頁。
＊58　前掲書『ビリオン神父――現代カトリックの柱石　慶応・明治・大正・昭和史を背景に』二四一―二四二頁。

＊59　同右書、二六六頁。
＊60　同右書、二七五―二七六頁。
＊61　同右書、二四一―二四二頁。
＊62　松崎実「諸説」前掲書『切支丹鮮血遺書』一二頁。
＊63　山梨淳「パリ外国宣教会の出版物と近代日本の文学者」『キリスト教文化研究所紀要』二五巻一号、二〇一〇年、九三頁。
＊64　ビリヨン閲、加古義一編『日本聖人鮮血遺書』村上勘兵衛等出版、一八八七年、四―五頁。
＊65　スタイシエン、ビリヨン訳『切支丹大名史』三才社、一九二九年。
＊66　シュタイシェン、吉田小五郎訳『切支丹大名史』大岡山書店、一九三〇年。
＊67　「序言」前掲書『切支丹大名史』。
＊68　今宮新「切支丹大名記、シュタイシェン著、吉田小五郎訳、大岡山書店発行」『史学』九巻四号、一九三〇年一二月、一六五頁。
＊69　Luis de Guzman, *Historia de las missiones que han hecho los religiosos de la Compañia de Iesus: para predicar el sancto Evangelio en la India oriental, y en los reynos de la China y Iapon*, Voul. 2, En Alcalá: Por la Biuda de Iuan Gracian, 1601, p.383.
＊70　ルイス・デ・グスマン、新井トシ訳『グスマン東方伝道史』下巻、養徳社、一九四五年、四四五頁。
＊71　Jean Crasset の仏語原本二版、*Histoire de l'eglise du Japon*, Tom. 1, Paris: Chez Estienne Michallet, 1691, p. 546; *Histoire de l'eglise du Japon*, Tom. 1, Paris: Chez François Montalant, 1715, p.546.
＊72　クラッセ、太政官翻訳係訳『日本西教史』上巻、坂上半七（東京）、一八八〇年、一一〇四頁。
＊73　Jean Crasset の仏語本の英訳、*The History of the Church of Japan*, Vol. 1, London, 1705-1707, p.453.
＊74　前掲『キリスト教文化研究所紀要』二五巻一号、八九―九八頁。

＊75　山路愛山『現代日本教会史論』初出一九〇五年、引用は『キリスト者評論集　新日本古典文学大系　明治編二六』岩波書店、二〇〇二年、三五九―三六九頁。
＊76　内田魯庵『貘の舌』「切支丹迫害」（上、下）『読売新聞』一九二〇年六月二五・二六日。
＊77　内田魯庵『蠹魚の自伝』初出は一九二三年、引用は『内田魯庵全集』第八巻、ゆまに書房、一九八七年、四三三―四三四頁。
＊78　内田魯庵『婦人に読ませたい洋書』初出は一九二二年、引用は『内田魯庵全集』補巻三、ゆまに書房、一九八七年、二一四頁。
＊79　三宅雪嶺『雪嶺絶筆』実業之世界社、一九四六年初版、一九五五年三版、一二八―一三〇頁。
＊80　高橋邦輔「切支丹鮮血遺書を読む」『正教時報』一五巻九号、一九二六年九月、二〇頁。
＊81　吉野作造『新井白石とヨワン・シローテ』文化生活研究会、一九二四年、引用は元々社、一九五五年、六六―六七頁。
＊82　三木露風「鮮血遺書考」『書物展望』第六・七号、一九三六年七月、一四―一五頁。
＊83　大佛次郎『旅』『天皇の世紀（一五）新政の府』朝日新聞社、一九七八年、一六四―一六五頁。
＊84　大岡昇平「中原中也伝――揺籃」『群像日本の作家一五　中原中也』小学館、一九九一年、一九頁。
＊85　前掲書『中原中也ノート』、二一〇―二一一頁。吉田凞生「中原中也年譜」吉田凞生編『中原中也必携』学燈社、一九九三年、二二五頁。
＊86　二木晴美「『白痴群』とその周辺に就いて」『日本文学研究資料新集28　中原中也――魂とリズム』有精堂、一九九二年、二一六頁。
＊87　河上徹太郎『日本のアウトサイダー』『河上徹太郎全集』第三巻、勁草書房、一九六九年、四七一頁。
＊88　森有正「思い出　その他」初出は一九七〇年、引用は『森有正全集』補巻、筑摩書房、一九八二年、一六一―一六二頁。

＊89　石牟礼道子『石牟礼道子全集・不知火』第一三巻、藤原書店、二〇〇七年、五四一頁。
＊90　松田毅一『近世初期日本関係南蛮史料の研究』風間書房、一九六七年、一六九頁。
＊91　海老沢有道「キリシタン史研究事始め」『探訪大航海時代の日本八　回想と発見』小学館、一九六九年、三一頁。
＊92　前掲書『ザベリヨと山口』一二五―一二六頁。
＊93　小寺健二「パパ様とヴィリオン神父」『声』七五八増大号、一九三九年三月、六七頁。
＊94　前掲書『ヴィリヨン神父の生涯』一一頁。
＊95　同右書、一二頁。
＊96　前掲書『ビリオン神父――現代カトリックの柱石 慶応・明治・大正・昭和史を背景に』三―四頁。
＊97　同右書、五〇六・五一九頁。
＊98　「永眠したビリヨン翁・神父」『大阪朝日新聞』一九三二年四月三日、一一面、明治大正昭和新聞研究会編集製作『新聞集成昭和編年史 昭和七年度版』新聞資料出版、一九六三年初版、一九九〇年三版、一九五頁。
＊99　徳富猪一郎『人物景観』明治書院、一九三九年、三一八―三二三頁。
＊100　磯田道史『「司馬遼太郎」で学ぶ日本史』NHK出版、二〇一七年、一六頁。
＊101　前掲書『聖フランシスコ・ザビエル全書簡』3、二〇六頁。
＊102　A. Villion, *Pourquoi J'aime les Japonais?* Louvain: Xaveriana, 1929, p.32. 原文は「Eh bien! voilà, je vous ai vidé mon vieux sac; pas jusqu'au fond, bien sûr, car quand je parle de mes Japonais, je suis comme S. François, mon patron, jamais je ne pourrais assez en dire; mais ce peu suffit pour vous faire comprendre comment et pourquoi il me sont devenus chers. En vérité, je vous le dis, si je les aime. c'est que je les connais.」
＊103　Albert Felix Verwilghen, "The Buddhist Studies of Father A. Villion," Japan Missionary Bulletin, No. 25, June 1971, p. 252; A. Villion, Cinquante ans d'apostolat au Japon, Hong Kong: Société des Missions-Étrangères, 1923, p.205.

＊104 Notto R. Tehelle, *Buddhism and Christianity in Japan: From Conflict to Dialogue, 1854-1899*, Honolulu: University of Hawaii Press, 1987, pp.73-75.

＊105 ハインリヒ・デュモリン、西村恵信訳『仏教とキリスト教との邂逅』春秋社、一九七五年。

＊106 ルベン・アビト『密教における法身観の背景』日本印度学仏教学会、一九八七年。『親鸞とキリスト教の出会いから――日本的解放の霊性』明石書店、一九八九年。『聖書と親鸞の読み方――解放の神学と運動の教学』同、一九九〇年。『宗教と世界の痛み――仏教・キリスト教の心髄を求めて』同、一九九一年。

＊107 ペテロ・バーケルマンス『イエスと空海――不二の世界』ナカニシヤ出版、二〇一二年、四四二頁。

＊108 「ビリオン神父の年譜」前掲書『ビリオン神父――現代カトリックの柱石 慶応・明治・大正・昭和史を背景に』を参照。

第4章　日本人を虜にしたカンドウ神父

一、ザビエルへの憧憬

第1章で触れたが、バスク語を母語としたため、日本語の学習にほとんど困難を感じなかったカンドウの経験談は、バスク出身のザビエルの日本語力を推測するのに役立つだろう。

カンドウ神父（Sauveur Candau　一八九七―一九五五。カンドーとも表記。漢字名は貫道、苅田《かりた》澄《すみ》）は、一八九七年五月二九日、南フランスのバスク地方サン・ジャン・ピエ・ド・ポール（Saint-Jean-Pied-de-Port）というスペインの国境に近い山間の町で、敬虔なカトリック家族の一一人兄弟の第七子として生まれた。父フェリックスは布地商を営み、母テレーズは献身的な専業主婦であった。

カンドウは小さい時、叔父のもっていた富士山の絵を見て、初めて日本という国を知った。

一一歳の時、小学校を終えると、ラレソールの小神学校に入学して、六年間の中等・高等学校の教育を受けた。一九一四年、バイヨンヌ市の大神学校に入学した。まもなく第一次世界大戦が勃発した。カンドゥはサン・シール士官学校に入学。卒業後、陸軍歩兵少尉としてヴェルダンの激戦地に出征して、「最も非人間的な世界」で、「狂暴な野獣性と動物的な本能がものをいう世界」を感じていた。[*1]戦功が表彰され、中尉に昇進した。

戦争が終わってから、軍隊に留まらず、宣教師になることを志望した。父親は司祭になることには賛成したが、他国に赴く宣教師になることに反対した。しかしちょうどその時、カンドゥ家の由緒の古文書に、ザビエルの親戚がこの家に泊まったことや、ザビエルも学生時代、夏休みをこの家で過ごしたことがあると書いてあることが分かったので、父親は感動し、「聖フランシスコ・ザベリオの黴菌《ばいきん》が、この家に持ち込まれていたのではしかたがない」と言って、日本の宣教師になることを許可した。[*2]

ザビエルがその家に泊まったどころか、ザビエルの父方の祖父の家がカンドゥ家のとなりにあった事実を、司馬遼太郎が発見して驚いたことが、『南蛮のみち』に書いてある。司馬は、カンドゥがこのことについてどの著書にも書いていないのは、「あまりにも聖フランシスコ・ザヴィエルの一代とつきすぎていて面映《おもは》ゆかったのではあるまいか。このいわば重大すぎることをだまりつづけていた一事をもってしても、S・カンドゥがどういう人柄だったかを察するに足る」[*3]という非常に好意的な推測をする。司馬遼太郎は、ザビエルとカンドゥの面影を探し求めながら、バスクという「霊的」な土地の旅をしていた。

カンドウは一九一九年にパリ外国宣教会に入ってから、ローマにあるイエズス会のグレゴリアン大学に入学し、五年間、哲学、神学、ヘブライ語、ギリシア語などを学び、神学博士と哲学博士の学位を取得した。一九二三年に司祭に叙階され、二年後の二五年一月に横浜に上陸し、日本宣教という宿望が叶った。

一九二五年から三九年までの一回目の滞在一四年間と、一九四八年から五五年逝去までの二回目の滞在七年間を合わせて、合計二一年間の日本居住となる。一九九七年にバスクを訪れたNHK取材班は、前記したように、「もしザヴィエルが、カンドウ神父が、その他数多のバスク人宣教師が日本に来ていなければ……。日本は、今と違った道をたどっていたかもしれない[*4]」という

図17　カンドウ神父。池田敏雄編『カンドウ全集』第1巻、中央出版社、1970年、口絵より転載

感慨深い思いを記している。

比較文学者の平川祐弘は、ザビエルの日本語知識が「どの程度のものだったか知ることは難しいが、十六世紀の宣教師は日本人の特性を正確に愛情をもって把握している。カンドウ神父は等しくバスクの武人的気質の人として密かにザビエルを典型として極東に来、日本で三十年余を生きられたのだろうと思う」[*5]と的確に指摘している。

カンドウは、ザビエルを敬慕していながら、イエズス会に入会しなかった。イエズス会の有名な倫理神学者フェルメールシュ師を霊的指導司祭に選び、イエズス会士になろうかとも真剣に考えていたが、「イエズス会の従順の義務は自分には適していないように思われたのですね、と苦笑しながら述べ」たことがある。[*6]

カンドウの有名な「欠点」は自由行動をしたがることである。「自由というものは神の人間に与えた賜物のうちで最も貴重な賜物」と繰り返し、「教師という職業の一番とくな点は、二た月三月の夏休みを誰に許可も願わず自由に出来ることだ」といい、旅行をよくしていたようである。[*7]

山梨淳は、「日本語に習熟し、日本文化への深い愛情を抱いたカンドウは、その古今東西にわたる該博な教養と、人格的魅力とが相まって、多くの日本人に感化を与えることができた。現代社会に対する批判や西洋の同時代思想の紹介者としての一面などを含め、彼の言論活動は改めて再評価されるべきものがあるのではないかと考える」[*8]と正鵠を射た意見を出している。

二、日本人を魅了した日本語

マルセイユからの長い旅を終えて、カンドウは一九二五年一月二一日に横浜に上陸した。目にしたものはすべて新鮮で、珍しかったが、日本語だけは故郷のバスク語と似たところがあり、非常に親しみを感じた。カンドウはザビエルと同様に、日本語をもって直接日本人の心に触れようとした。

当時のカンドウは「日本人の気持ちに同化しようと努力し」、あまり苦労せずに身につけた日本語を用いて、「言葉や実生活での直接の接触で、この遠方の民族の気持ちに親しく触れる時、専門家の誇張や空疎な探求はたやすく避けることができる。そして東洋人と同じように、かれらが〝深い〟と思うものを深いと思うようになり、ものごとを深刻に解釈しないことをおぼえるのだ」[*9]と日記（一九四七年一月二一日）に記している。彼がいかに日本語による交流を重んじているかがわかる。ザビエルの考え方と同じである。

カンドウは静岡市追手町の静岡天主公教会に赴任し、主任司祭ドラエー師を助けながら、不二高等女学校（現在の静岡雙葉学園）主事で漢学者の村越金造に日本語を教わった。村越の娘によれば、カンドウは「おそろしく物覚えのよい方で一度聞いたことは必ず記憶し、しかも応用力にすぐれ、文字通り〝一を聞いて十を知る〟という頭の持ち主でした」という[*10]。また村越に日本の国

図18　村越金造一家とカンドウ神父、1925年。池田敏雄編『カンドウ全集』別巻1、中央出版社、1970年、口絵

情、田舎の風俗、習慣を学び、二人が連れ立って町の劇場に行って落語を聞いたりもした。
のちにカンドウが東京の関口神学校に転任し、校長になった頃、日本人からの手紙を自力で読めるように、村越先生はくずし字の手紙を毎週二回カンドウに五年間出し続けたほど、カンドウの日本語学習を援助した人である。[*11] カンドウは、村越先生の手紙は「はじめは楷書で後に段々崩して草書にして。だからあらゆる書体を私は覚えました。四書五経もその人から素読をうけたのです[*12]」と言っている。
カンドウはのちに、「日本語を習いはじめたころは、漢字を五六千字おぼえたものですが、今ではせっかくのむずかしい文字も、実際に目にふれる機会がないため、すっかり忘れてしまったものがたくさんあります。なんだかむだな骨折りをしたような気がします」と不満をもらしたことがある。[*13]
カンドウは自分の日本語の学習方法を次のように総括している。第一は口真似でオウム式、第二はウのみ式で詮議無用。「よその国でそうできていることばはそうできているものとして、謙遜にそのままのみ込むべきである」と。[*14] それから日本語を書くことによって、その表現力を身につけようとした。まずは日本の著述家らの言うことを自分も真似して言い、次は自分の言いたいことを著述家らのことばで言えるようにと、日本独特の言い回し・名文・名文句を借りて、構文と文体の練習を続けた。*15

来日一〇ヶ月目、東京での「アッシジの聖フランシスコ帰天七百年記念講演会」で、カンドゥは「一時間にわたって講演した。苦心の原稿を丸暗記したものだったが、聴衆は流暢な日本語に度胆をぬかれた」*16といわれる（他の講演者は岩下壮一、戸塚文卿、田中耕太郎）。この一年足らずの日本語学習の素晴らしい成果は、外国語が母語の日本語学習者にとっては羨ましいかぎりである。

カンドウ神父は「日本に来て一年半目に西田幾多郎さんの本を全部読みましたが、百二十の熟語を覚えると西田哲学は理解できますヨ」*17と西田哲学をほめているのかどうかわからないようなことを言うが、その極めて抽象的な内容を理解できるほどの日本語力をもっていたことがわかる。三年後の一九二八年一〇月二二日には浦和高等学校カトリック研究会創立記念講演会で講演「価値あるもの」を行った。当時の聴衆の一人によれば、カンドウ司祭の「明快闊達な雄弁」に聴衆は唖然とした。*18

彼の日本語学習は、単語カードにたよらず「刻苦して辞書と取り組」み、表現そのものを覚えようとしたものである。やはり日本語に達者だった先達について書いたカンドウの随筆を引用してみよう。

日本語を自在に操る外人の中でも、名人芸に達していたのは十数年まえに亡くなった前東京大司教レイ師だった。ある冬の寒い日、大司教閣下は人力車で外出した。なじみの車屋は車をひきながら、いろいろぐち話を聞かせる。こんな暮しはまったく情けない。諸式は高くなるばかり。朝から晩まで車をひいても手に残るものは酒代にもならぬ、などとこぼすうちに、うしろの司教さまはゴホンゴホンと咳をはじめた。
「おや、だんな、風邪をひきなすったね」と心配そうにふりかえるのに、レイ師はやおら白ひげを撫でながら、「そうじゃよ。ま、こうしたもんじゃ。なあ、お互いこの浮世に生まれた上は、車か風邪か何かひかにゃならんもんじゃ」と答えた。*19

このように、レイ司教は駄洒落を使う名手であったが、日常生活においてカンドウも掛詞や駄洒落の名人と言われている。カンドウは村越金造とよく狂歌を作ったりした。ある時、村越とドライブした後、狂歌を葉書に書いて寄せた。「ハシなくも三島のハシでハシを買い、熱海のハシで支那ソバを食う」と。村越は「ハシなくもとはなんでしょう」と聞いたら、「偶然にという意味でしょう」という返事が来た。村越は、戦争（第二次世界大戦）であんな大怪我をしたのに頭だけはしっかりしていると感心した。*20

小説家の上林暁（一九〇二―八〇）は、聖心女子大学で催されたカンドウの講座「近代思想批判」を聴き、感銘を受けた。これについて、作品『説教聴聞』で描写している。神父の日本語は「日本の古歌――古今調の和歌のやうであつた。それは驚くべき流暢さだつた。……神父の説教は、文明論であり、芸術論であり、人間論であり、芸術味に溢れた文学的叙述であつた。宗教臭さはどこにもなく、キリスト教のキの字も出て来なかつた。その点さつぱりしてゐて、私などのやうな無信仰者には気持がよかつた」と感じた。その講座の最後に、神父はキリスト教を敵視する哲学者ヴォルテールの「美しい詩」を和訳して、「『若《も》し神様といふものがあるとするなら、神様、どうか私に幸福を与へて下さい』といふ意味になります。皆様も夜中に目がさめて眠れない時には、どうぞこのヴォルテールの詩を口ずさんで下さい」と語り、「会衆はいつまでも恍惚として、動くすべを知らなかつた」[*21]と描いた。上林はさらにカンドウの随筆集『思想の旅』を読み、「流暢な日本語は驚くばかり、説教臭いところが微塵もなく、実に味《あじわ》ひの籠もつた文明批評であつた。私は一遍に魅せられた。その後、新聞雑誌に書かれるものは、目に触れる限り読むやうにしてゐる」[*22]という熱中ぶりであった。

図19　講演するカンドウ神父。出典、図18に同じ

カンドウと親しい関係にあった法学者の田中耕太郎は、バスク人が日本語の習得が早いということではなく、「現にバスク出身の宣教師で、カンドウ神父ほど日本語を巧みに話すものを我々は知らないのである。……かように急速に日本語に上達したのは、努力もさることながら、日本文化あるいは一般に日本という国を熱愛していたことにもよる」のだと考えている。[*23]

日本を知れば日本を愛する、愛が深まれば、もっと多く知りたがる、という良性の循環はザビエル、ヴィリオン、カンドウへと続いていく。日本語・日本文化に対するその親近感こそが彼らの宣教の前提である。したがって彼らは、一方的に日本人に宣教するのではなく、日本人から多くを学ぼうという姿勢を持ち続けた。

禅研究者の島谷俊三は、カンドウ神父とたびたび会い、神父から日本語の手紙（ローマ字でタイプしたもの）をもらっていたようである。神父がいうには、「この頃の若いものは漢字を知らぬし、それに誤字ばかり書くから、口述して手紙を書かせても返って手間がかかる」ということで、自分で「ローマ字でタイプを打って返事を下さることが多」くあり、「しかもその手紙たるや、日本人たるわれわれの及びもつかぬような鄭重な文章」だと言い、神父のハガキの内容を引用する。

> お葉書についで御心づくしの賜りもの無事に到着致しました。早速頂戴してみましたが、このようなお茶は生れて始めて頂きました。店で求める所謂新茶と違って、何ともいえぬ風味があり、成る程純粋の味とは、こういうものかと感心致しました。
> 薬《くす》りにまでなるのでしたら、なおのことだいじに頂きましょう。まことに有難うございました。とりいそぎお礼まで。

と。島谷はさらに、カンドウの慎重な執筆態度を紹介してくれる。カンドウ曰く、「百年前の人々は、いずれもみな、よく熟した考えを発表している。言いたいことがはっきりしており、どういう形式で表現したらよいかにも、よく思いをめぐらした上、読者の姿を目の前に思い浮べて、ゆっくりと落付いた気持で書いている」[*24]ということをほめていた。この態度は今日の文筆者にとってもよい手本といえよう。

カンドウ神父の講演は他の宣教師にも影響を及ぼした。上智大学教授でイエズス会士のロゲンドルフは公開講座を企画して文人作家を多く招き、「カンドー神父は、中でもいちばんすばらしい講師のひとりだった。ほんとうの話、私が日本語の演説で少しでも学んだことがあるとすれば、それはカンドー師から学んだものである。しかし悲しいかな、私には師のように、わくわくさせられるような話し方、示唆に富む言葉づかい、ユーモラスな息ぬきを渾然一体に結び合わせる才能の持ち合わせがない」と傾倒し、カンドウの万全な準備について「原稿には入念に手を入れ、多少は暗記もし、時には鏡を前に練習まで」し、しかも「日本人の心理構造も体系的に研究した」[*25]と教えてくれる。つまり、カンドウの素晴らしい言語表現は、受け手の心理を把握した上で発したものだということがわかる。

カンドウの日本語能力は、文字通り「日本人以上」と評されたことが多い。作家の犬養道子は「彼は、われわれの日本語がかすんでしまうくらいの日本語の達人で、外国人としてはじめて正真正銘自分の筆で、朝日新聞に以前あった「きのうきょう」というコラムを半年か一年、受持って書いた」と書き、そして、ラジオで聞いたカンドウの日本語は「日本人アナウンサーが恥ずかしくなるほど。江戸前のイキのいい啖呵《たんか》も切れるし、昔の諺《ことわざ》にも長じているし、彼の珠玉の随筆集は、一時ベストセラーになったとおぼえている」[26]と絶賛している。

作家の獅子文六（一八九三—一九六九）は、カンドウに日本語を教わったと言い、その日本語力に感服する。[27]カンドウは編集を担当する時、日本人の漢字の書き間違いを訂正したほど書き言葉に敏感であった。[28]バスク・スペインの研究家の狩野美智子は、友人宛てのカンドウの直筆の手紙を読んだことがあり、「日本に育った大人の文字と何の遜色もない達筆さでした」と証言している。[29]

小説家の吉屋信子は、カンドウ神父から洗礼を受けた作家の真杉静枝を見舞うとき、「見舞の先客にカンドー神父が血色のいい頬をして上手過ぎる日本語でニホンの（お灸）が筋肉の痛みに効果のあることを力説していられた」と触れている。[30]この「上手過ぎる日本語」の一言で、日本人作家にちょっぴり気味悪く感じさせたほどのカンドウの非凡さを描出している。

田中耕太郎はカンドウの文章の内容について次のように評価している。

現代日本の最もすぐれた著述家や文明批評家に対して遜色がない。文章は平明であるが、平凡ではない。それは軽妙であるが、軽薄ではない。それはユーモアにみちているが、決して下品ではない。それには都会人らしく神経が隅々まで行き届いていて、極度に洗練されたものでありながら、宣教師にふさわしい重厚性と威厳に事欠かない。戦後公刊された論文や随筆を集録した数々の著書が、いずれも出版界から異常な歓迎を受けたのは、それらがスタイルの点においても、教養ある人々の嗜好に適合するからである。[31]

と適切な賛辞を与え、また「普通の日本人の水準を遥かに超える日本的教養を身につけていた」*32とする。

戦後、カンドウ神父は、東京日仏学院やアテネ・フランセでフランス語を教えながら西洋の哲学や思想を紹介した。そのクラスに足繁く通った平川祐弘は、「静岡で四書五経から学ばれた先生は僕らが生れる前から日本語を御存知だったわけである。その日本語は流麗で素晴らしくお上手だった」と感心した。*33しかし、万人が傾倒したカンドウの文章については、「書かれた文章はあの講義の魅力には到底及ばない」といい、その講義への心酔は並大抵のものではない。また平川は、神父が第二次世界大戦に出征したとき、日本語を忘れないために日本語で日記をつけていたことを記し、「外国人日本研究者でカンドウ神父のように日本語のできる人を見たことがない」*34という感想をもらしている。

仏文学者の辰野隆は「神父さんのように、話し、読み、書く三拍子揃ったのは異例であるということも仄聞《そくぶん》していたので、……折にふれて、神父さんの発表された日本文の随筆や評論を読むにつれて、いつも読後に、感服しないことはなかった。神父さんは正に一流の記者の文章を所有するに至ったのである」*35と言う。

辰野隆が直接カンドウ神父から聞いたのは、「初めから、日本語で書いて書けぬことはないが、暇がかかるので、まずローマ字で書いて、それを後から、自分で日本文に直すこともあり、学生に直させることもある」*36ということ。つまり、文章自体の推敲のための時間を十分に取り、最後に残る表現だけを漢字と仮名に直すという極めて賢明なやり方といえよう。カンドウの遅筆は有名で、「短いものを書かれるためにも非常に苦心され、努力された」し[*37]、『朝日新聞』の「きのうきょう」欄に寄稿し、推敲に推敲をかさねて、「どうしてこれを圧縮し、精錬するか、に骨身を削っておられた」と朝日新聞の宮本敏行に証言されている。[*38]

カンドウ神父は日本語でも難しいと感じた部分があるようである。直接、カンドウに尋ねたことのある言語学者金田一春彦によれば、「神父は日本語で何が一番難しいかというと漢字でもなく敬語でもなく、『気』という言葉を使った熟語が一番難しいと」言ったと聞いて、金田一は日本語固有の表現である、気がせく、気がきく、気が気ではない、気にやむ、気を使う、気が重い、気がめいる、気がとがめる、気をかねる、気をまわす、などを列挙する。[*39]

日本人を魅了したカンドウの日本語は、日本に対する深い観察に基づく。そのような日本理解がなければ、日本人の心をとらえるような表現はできなかっただろうと思う。

三、的確な日本洞察

カンドウは二一年間の日本滞在中、宣教師、教育家、福祉家、講演家、文筆家の役割を同時にこなしていた。毎日の睡眠は四時間だということが知られている。[*40] 彼は抜群の日本語能力をもって日本社会と幅広く交流し、日本の各方面を観察することができた。そのような観察を反映した数々の講演と文章をみてみよう。

カンドウは日本人の「自然徳」に感心することがある。ある時、汽車の中からホームの売り子に五銭を渡して二銭の新聞を買ったが、売り子から釣り銭を受け取るのを忘れて、新聞を読みふけり、次の駅に着いた。そこの車掌から三銭のつりを受け取って、前の駅でのことを教えられた。「なんという正直者だろう。これがキリスト教を知らない人のすることか」と感心し、ザビエルのように日本人の善意にすっかり感心した。[41] カンドウだけではなく、多くの宣教師たちは、日本人はキリスト教徒ではなくても、キリスト教の倫理観をもっていると書いたことがある。第6章のネラン神父もその一人である。

たしかに、日本に一目惚れしたザビエルは「この国の人びとは今までに発見された国民のなかで最高であり、日本人より優れている人びとは、異教徒のあいだでは見つけられないでしょう。彼らは親しみやすく、一般に善良で、悪意がありません[42]」と書いたことがある。なお傍線部分の英訳は、natural goodness（自然徳）であった。[43]

第二次世界大戦末期、ローマに滞在したカンドウは日記（一九四五年七月一七日）に、

いまの日本の不幸は、精神的なものによるものではない。それは、軍部の実際上の支配を可能ならしめた知的折衷主義の結果であり、その軍部が日本を本来の上昇の道から外《そ》らさせたのである。国民の傲慢の結果であるこの「苦難」を通り抜けて、日本は非常に興味あり、魅力ある国となり、進歩への道をたどるだろう。この進歩は、また多分世界の人びとを驚かす

ことだろう。なぜなら、日本には他の国よりずっと人間の堕落が少なく、多くの自然徳、偉大な精神力があるからである。[*44]

と記した。結果からみれば、カンドウの予言は外れていない。日本は敗戦以降、現在までの約七〇年間、経済的に繁栄しただけではなく、文化国として興隆し、世界の平和と進歩への貢献は極めて大きい。注目すべきなのは、日本人の「自然徳」と「精神力」に対するカンドウの確信である。いうまでもなく、この日記は人に見せるものではなく、彼自身の気持ちを表したきわめて私的なものである。

カンドウの日本への理解力は、日本人を絶賛したザビエルの観点を再確認しただけではなく、ザビエル以上に、日本人の心を知ることができた。彼は自分を惹きつけた日本についてこう語る。「わたしをこの日本に生涯引き止めんとするものは実に多くの美しい魂であります。臨終の床にあって神に感謝し、喜びをのべ、従容として死んで行く人びとであります。……自分はこのような美しい魂を見出したこの日本を愛せずにはいられない、といいきるだけの勇気を感じております[*45]」と。

彼は日本の美しい自然よりも、日本人の美しい心に惹かれたのである。彼が見るに、「従容として死んで行く」人たちは、だいたいキリスト教信者になり、「永遠の命」に入る心構えをもっていたようだ。これは、カンドウの日本宣教の成果でもある。

もう少し彼の日本観察を読んでみよう。日本語、日本文学については、第1章ですでに簡単に言及したが、カンドウは日本語とバスク語との相似性を論じる。「文章の構成法から見て、また語尾のぐあいでいろいろな親しみや尊敬のニュアンスを加えられるところなど、非常に日本語に似ている」と言い、バスクの詩歌も日本の和歌俳句と似ていることを書く。「たとえば「相聞歌《そうもんか》」というふうに愛情を歌うようなばあい、まず上の句に一見なんの縁もない景色のことを歌い、次いで下の句に自分の心をのべたりするところ、あるいは、短い形式に象徴的に多くの意味を含ませるところなど、和歌俳句の行きかたに似ていると思う」[*46]と紹介する。

彼の随筆「竹つくし」は、日本人の生活における竹の利用に対する観察をよく示している。試みに指を折って数えてみて、いまさら驚いた。まず家の回りでは、垣根、柵、樋《とい》、かけい、縁台に床几《しょうぎ》、湯殿から台所では、すのこに柄杓《ひしゃく》、よう枝《じ》、ざる、籠、火吹竹、魚串、箸、ほうきにハタキの柄、竹の皮包みに竹皮草履、熊手、竹竿、桶のたが、こまかいところでは提灯、傘、扇の骨、竹戸をあけて座敷にくれば、竹の濡れ縁に竹すだれ、花いけ、額ぶち、筆立に筆、尺八、笛、鳥籠、灰吹にキセルの羅宇《らう》……ときりがない。しろうとがざっとこれだけ思いつくのだから、専門家や閑人《ひまじん》に頼んだらたいへんな目録になるであろう。……

たしかに竹は東洋での貴重な天与の賜物である。しかも竹製品は独特の長所と趣を有する。竹籠の多種多様の自在さ、茶せんのあの繊細さは、他の何で造り出せるか。日常生活の伴侶であるこれらの竹製品がみな金属に代わる日を想像すると、寒気を感ぜずにはいられない。[*47]

……

この引用した部分を見ただけでも、日本に対する微細にわたる観察力、テンポのよい文章力、「閑人」云々の諧謔味、金属の「寒気」を引き出す想像力は、確かに日本人読者を魅了する力量があると頷ける。

カンドウは、文化や国民性、素質や才能の違いはあるにしても、人間としての類似点、万人の共有する人間的価値を認めた日本観察者であり、いつも他人の功績を高く評価し、プロテスタントや仏教関係の立派な人物、良心的な著述、優れた事業を心から賞賛していた。[*48]「日本的教養」を身につけたカンドウは、「儒教や仏教に対しても理解があり、それらに内在する真理をクリスト教の弁明のために利用し」、よく強調していたのは「各々の道徳に存在する人類普遍の道徳原理すなわち自然法[*49]」だったと田中耕太郎が指摘している。

カンドウの指導で結成された東京の婦人カトリック団体「あけの星会」（一九二九年結成）の一九三五年の総会において、カンドウは「社会に現存するあらゆるよいものを用いるカトリックの包容性を示」すと同時に、「人の心の中のとうといものを見る時、たとえカトリックの理想と異なっていてもこれを尊重すべきである。わたしたちはこの自然の感情を利用して真の宗教に人を導かなくてはならない[*50]」と講演した。つまり、他人の宗教感情を尊重する「寛容性」と、キリスト教へ導く「責任感」を同時にもつべきだと言う。キリスト教以外の信仰をむやみに批判しない彼の態度こそが、多くの日本人に安心感を与えたのだろう。

カンドウが、東洋の精神とアジアの諸宗教を理解しようとしたのは、「東洋人の心に最も訴える表現を見出」すためであった。ある仏教徒は、カンドウ師の説明した天国について、「先生の天国は広いものだ」と感心した。[*51] ある婦人は、日曜は洗濯、掃除、縫物などで忙しくしていて教会にゆく暇がない、とカンドウに言ったら、「あなたは始終にこにこなさって天国のありなしはともかくとして、もし天国があるなら、あなたこそ行ける人だ」と言って大いに慰められたことがある。[*52] そして東洋美術の精神に親しむカンドウの家の応接間には、漢詩の軸の前に菊の花が生けてあったといわれる。[*53]

カンドウは真生会館（フィリッポ寮を戦後に改名）の理事長を逝去するまでつとめた。彼からみれば、日本における布教においては、「日本の文化の方向や雰囲気」を「神と面々相対する方向にむけること」が大切で、学生たちに「絶対の真理たるカトリシズムをたゞ宝の持ちぐされのように胸にたゝんでいるだけでは足りない。折角のこの宝をなんとか日本人の考え方や気質に合うような方法で、愛する日本人に伝え」なければならない、と話していた。[*54] つまり、日本人の文化とカトリシズムとの共通点を見出して、日本人を納得させることのできる宣教の方法こそが効果的ということである。

カンドウは、「日本人の自由な気持をその欲する善の方に向わせるよう誘導して行く親切さと忍耐が大切」といい、「日本の子供の心は非常に単純で立派だから今から子供の心の地ならしをして、福音の種を蒔《ま》く素地をつくることは、本当に大切なことだ、然し決して子供の心を占領してはならない」と日曜学校の時によく言っていた。[*55]

小説家の長田幹彦（一八八七―一九六四）はカンドウと面識を得てから、小説『緑衣の聖母』に「ロザリオ神父」という名前で彼を登場させ、「日本人は、自分では意識しなくても、よく神を知つてゐます。私、もう長い間、日本にゐますので日本の人の性質よく分ります」と言わせている。[*56]この言葉もカンドウ神父の日本人観察をよく表しているといえよう。

カンドウ神父は第二次世界大戦中、アルデンヌの戦場で腰部と頭部に瀕死の重傷を負った。一九四二年に外科手術を受けた後、一九四三年から五年間ローマに滞在し、日本駐バチカン使節館のために仕事をした。健康は回復しつつあったが、胃と血液の障害で、余命は二年と医者に言われた。「わたしに残された二、三年の生命を日本で過ごしたいと思って」日本に戻ることを決心した。

日本敗戦のニュースに接した時、「自分の生涯と活動力の大部分を与えたこの国民を、心から愛するがゆえに、かれらと悲しみをともにする。わたしは、自分の知っている人びとの動揺を思い、起こるべきあらゆる変化、日本が直面しなければならぬであろうあらゆる種類の困難について考える。この敗北によって、この国民に対してさらに愛着を感じる。かれらはその偉大な長所を失わぬであろうし、この試練はかれらが幾つかの短所を持つとしても、それを清めるであろう」[*57]と日記（一九四五年八月一三日）に記した。日本に対するカンドウのこの好意は、日本に愛想をつかした日本人や外国人には理解できるものではないだろうが、その好意は日本人に対する深い観察に基づくものである。

小説家の高見順は、「カンドウ神父は日本と日本人の美点について書いた。単なるお世辞ではない。私たち日本人の気づかない美点の指摘であり、失ひがちな美点の認識、失はれた美点の発掘である。さういふ形で現状への痛烈な批判がなされてゐた。その批判は日本と日本人への愛情にみちみちたものだつた。私は心を打たれた。その愛情が特に日本の民衆への愛情であることが私の心を打つた[*58]」と書いている。

高見は、真杉静枝が病床上でカトリックに帰依した時、ある婦人が彼女に「神に召される日の近いことをお喜びなさい」と言ったことを「軽率であり残酷である」として、「カンドウさんは決してそのやうなことは言はなかつた[*59]」と思い、カンドウに絶大な信頼を寄せている。

カンドウは、戦後日本の思想界について、「この思想的混乱を判断するには宗教的見地に立って観察することはもっとも適当な方法であると思います。なぜかというと、宗教というものは人類の起源、世界の起源、人種問題、宇宙問題、この世および来世における人間の運命、人と神との関係、人間相互の義務、すべての被造物に対する人間の権利、一言にしていえばあらゆる問題を総括するところのものであると言っても過言でないからです[*60]」と言い、「いくらフランス語やフランス文学を学んでも、日本人はフランス文化の霊的基礎《バーズスピリチュアル》には少しも目を向けず、技術的に学ぼうとするばかりで、すこしも本当の消化ができない[*61]」と言う。つまり、フランス文化の根底にあるキリスト教の意味を理解しようとしなかった日本人の姿勢にカンドウは不満だったのである。

カンドウは多くの座談会に呼ばれたことがあるが、満足を覚えたことがないと言う。なぜなら、「内容から定義するなら「空談会」すなわち、からっぽな話、あるいは「食う」談会、食べて話す会、といった方が適切ではないかと思わされることが多い」と揶揄したことがある。[*62] 彼の随筆の中でこのようなからかいの言葉は少なくない。

田中耕太郎によれば、「神父が学徒に与えた貴重なもう一つの警告は、現代文化の一つの病弊と認むべき智識の過度の専門化、排他主義およびその結果である認識相互間の統一の喪失である」[*63] という。このように、カンドウは日本人を愛しつつ、日本人の思想の問題をも指摘している。つまり「盲目の愛」ではなかったのである。

四、日本文化への貢献

カンドウ神父は東京大神学校校長に就任した一九二九年から、第二次世界大戦への応召の一九三九年までの一〇年間、数多くの日本人聖職者を育てた。神学教育に必要なラテン語辞書がまだ当時なかったため、カンドウは早速、約三万の語彙数をもつ『羅和字典』の編集に取りかかった。その「序」によれば、「大正十四年正月日本に来てから未だ十分に日本語の研究に没頭する丈け《だ》の暇もなく、同年秋から学生に神学や哲学の指導をする事になつて、否応無しに日本語になつた羅典語字書の必要を痛感する様になつた。爾来《じらい》毎日午前の八時から午後五時まで、自分にとつては学生の交代する時間々々の切目の十分乃至十五分が字典起草の唯一の時間」だと書き、協力者である「小倉虞人氏の共労」をも明記している。[*64]

この字典の復刻版の解説者・瀬谷幸男によれば、この字典は「優れた実用性と共に、日本に於ける羅和辞典の嚆矢《こうし》としての歴史的価値」をもち、「古典ラテン語のみならず、中世ラテン語、特にカトリック用語がたくさん採り入れられている」ので、「実に得難い利用価値があり」、現在、日本語ラテン語辞典として入手可能な『羅和辞典』（研究社）の編者田中秀央も、語彙数を補充するためにカンドウ字典から多数収録したことに言及しているという。[*65]

カンドウは、東京都内を中心に、カトリックの知識と文化を紹介する講演と著述活動を活発に行った。その講演の回数は驚くほど多い。来日の十ヶ月後の第一回の講演からの四年間、一五〇〇から二〇〇〇回の講演をこなしている。[*66] また多くの随筆を書いていて、それらは以下の七点（合計一一冊）に収められている。

＊『思想の旅』三省堂、一九五二、生前出版
＊『世界のうらおもて』朝日新聞社、一九五五、生前出版
＊『永遠の傑作』東峰書房、一九五五
＊『バスクの星』東峰書房、一九五六
＊『S・カンドウ一巻選集』宮本敏行編集、春秋社、一九六九

*『カンドゥ全集』一―五巻、池田敏雄編、中央出版社、一九七〇

*『思索のよろこび――カンドゥ神父の永遠のことば』宮本さえ子編、春秋社、一九七一

また、一九四九年から五三年にかけて和訳書を四冊上梓している。

*金山政英と共訳『愛の哲学――神の合せ給ひしもの』G・ティボン原著、河出書房、一九四九年

*金山政英と共訳『キリストとその時代』ダニエル・ロップス原著、一―三巻、三省堂、一九四九―五〇

*単独訳『カイミロア』E・ビショップ原著、法政大学出版局、一九五三

*単独訳『聖人地獄へ行く』ジルベール・セブロン原著、法政大学出版局、一九五三

ほかにフランス語の共著本が一冊あり、和訳されている。

*ポール・マルタンと共著『スポーツ人間学』金山政英訳、新体育社、一九五二

さらに鴨長明の『方丈記』の仏語抄訳を行い、逝去二年後の一九五七年に東京日仏学院より出版されている。

カンドゥ神父は第二次大戦後、西洋思想の紹介者としても活動し、「精神の気高さとまれな聡明さ」をもつシモーヌ・ヴェイユやマックス・ピカートなどを早い時期に日本の知識人に紹介した。[*67] 田中耕太郎によれば、カンドゥの「最も大きい功績」は、「フランスの哲学界や文学界に精通しているところから、それらの紹介と批判に努力したことである。……ジードやサルトルがフ

ランスを代表しているように日本で思われていることに対して批判的であった」こと、「百姓たる哲学者」のG・ティボンやアカデミー会員となったダニエル・ロップスのような思想家の存在を、初めて日本人に教えたことである。[*68]

日本に滞在する二一年間、旺盛な講演と執筆活動を行ったのは、キリスト教宣教の使命を果たすためであった。カンドウは、一九三〇年にローマ法王ピウス一一世が、新聞記者に「若《も》し使徒聖パウロが此《この》二十世紀に再来したならば、必ずや新聞記者となつたであらう」[*69]と話したことを紹介し、「今日思想上の宣伝をなすに、出版物が最も有力なる機関である」と強調してから、「今まで日本におけるカトリックの伝道者はほとんど我々外国人の手によつて布教事業をしてゐたからである。我々宣教師の間に日本の国情言語を完全に理解し得る者はなく、それがため深い思想を自由に発表し得なかつたから信者の中の多少知識のある人の手を経て不十分ながらも宣教師の思想を表し伝へてゐたもの」であり、現在を日本における宣教の「過渡期」として、岩下壮一と戸塚文卿のような日本人司祭の善導を待ちたいとも言っている。[*70]

多言語に通じるカンドウは、文化の交流を推奨し、「進歩というものは交換にもとづくものであります。国と国とがその異なるところ、独得な技術、相異なる芸術、あるいは思想と思想とを交換することによって、人類社会は進歩し、その共同の富は増し、頭脳は高まるはず」だと言っている。[*71] このように、ヨーロッパの思想を日本に紹介することによって、日本の文化を富ませようとした。

カンドウの文章は日本の中学校国語教科書にも採用されている。筑摩書房の『国語三』(一九五七年度—六一年度)の「評論」部では、カンドウの「義務と利益」、岸田国士の『人間らしさ』ということ」、伊藤整の「人間の平安」、笠信太郎「歩きながら考える」が並列している。[*72] 外国人の日本語の文章をそのまま国語教科書に使ったのは初めてではないかと思う。

文化人類学者の萩尾生は、カンドウの随筆「沈黙の効用」が『中学国語2』(日本書籍、一九六二)に掲載されたため、「一九六〇年前後の日本の学童は、バスク人が自ら書き綴った日本語を通して、いわゆる「国語」を学んだの」だと指摘し、「カンドウ神父の名前が今日まで日本人の記憶に残っているのは、洗練された格調高い日本語を自在に操り、「第二の故郷日本」において啓蒙・批評活動を継続したからにほかならない。……今日の日本の一定年齢以上の知的教養層に多大な影響を与えたのである」と書いている。[*73]

高間直道の『哲学用語の基礎知識』においては、「意志の自由」という用語の解釈の冒頭に、カンドウの言葉が掲げられる。すなわち「自由とは他から拘束されないことの意味だ。が、それは単なる無拘束状態をさすのではない。この点について、故カンドー神父は、たくみに表現する——『自由とは、レールのある汽車のようなものです』」と。この引用は、哲学研究者である高間がカンドウより受益したことを表わしている。[*74]

カンドウ神父は戦後日本で、ザビエルと同じぐらい有名であった。たとえば、和田清は、ヨーロッパの人種を紹介するとき、「ピレネー山脈の蔭、ピスケイ湾頭にバスク人が居ります。……

有名なザビエル上人はバスク人の血が入つて居るといはれ、今のカンドー神父もバスク人だといはれてゐます[*75]」と並べている。

柳田國男は、カンドウと金山政英共訳によるダニエル・ロップスの『キリストとその時代』を贈呈され、その中の「イエズスの兄弟」「奇蹟の問題」「マリアの処女性」等の項目に赤で「〵」のしるしをつけ、本文中の数ヶ所に傍線を引き、キリスト教の「口伝から記録への推移」に関する論考を、研究の参考にしたようである[*76]。これもカンドウたちの翻訳があったからこそである。

山梨淳は、カンドウの感化を受けた田中耕太郎、岩下壮一、安倍能成などに触れて、「カンドウという一人の神父を通して、カトリック教会に対する好意的イメージを形成した日本人も多かったであろう[*77]」とみて、カンドウは「日本人さながら日本語で言論活動を行い、自身の声を多くの読者に直接届けることができた。従来の宣教師の著作が、概して日本人の協力者の共作といっていいものであったのに対し、カンドウの著作は彼の直筆であったために、自分の考えや心情を自由に伝えることが可能であり、それが彼の著作の魅力を増していたものと考えられる[*78]」と評価している。

銀行家で一九七〇年代の日中関係の正常化に尽力した岡崎嘉平太《おかざきかへいた》もカンドウをなじみ深く感じており、エッセイの中で、「指導的立場の人ほど献身が要求され、それが社会の均衡感覚にかなう」ことを説くとき、カンドウが「〝おえら方にはなりたくねえ、あんなにしんどいのでは〟と、庶民がいうような世の中が、もっとも健全だ」といった言葉を引用している[*79]。カンドウの言葉がいかに日本社会に浸透しているのかを知ることができる。

小学館の『日本大百科全書』は、カンドゥ神父を一項目として立てている。「彼の博識と流暢な日本語は、戦後の文化人をも魅了し、多くの知己を得た。また、東京日仏学院長、聖心女子大学教授を務め、東京・信濃町の真生会館を中心に、多くの若者に宗教的かつ文化的な影響を与えた」[*80]という評価を与えている。

最後に宣教師ハインリヒ・デュモリンは「『聖イグナチオの夕べ』のカンドー師」で、「今まで日本に来た宣教師で言葉と筆をもってこれほどまで広汎な未信者層に働きかけた人はいないであろう」[*81]と、宣教師の目線から高く評価した。

五、カンドゥに導かれた日本人

次に、カンドゥからキリスト教の影響を大きく受けた人々についてみてみよう。カンドゥ神父から受洗した小野豊明（元・上智大学経済学部長）は、カンドゥ神父の開いた夏休みの神学校講習会に参加して、聖トマス・アクイナスの入門書を紹介され、入信することを決めたという。[*82]東洋史学者で民族学者の白鳥芳朗（祖父は白鳥庫吉《くらきち》）は、カンドゥ神父に一年間、カトリックの知識を教わってから、モルバン神父から受洗した。白鳥はカトリック司祭たちの民族学の研究を通して、「この人々の業績に対する関心がむしょうにたかまって、なんとか民族学を本格的に知りたいと思いました」[*83]と回想している。

評論家で文学者の鈴木秀子は、カンドウの聖心女子大学の講義「現代思想批判」を聞いてから、「森鷗外が疑問のまま、その作「高瀬舟」に残した〝安楽死〟の問題を神父様は理路整然と、哲学を初め広汎な学識に基盤を於て、然《しか》もすばらしい話しぶりでとうとうと解決なさいました。それは、日本人の心を描いた「高瀬舟」の、想像も及ばない程の情緒豊かさと文学的薫香の高さを伝えながら、私達に真剣に生命とその源について考えさせるものでございました」[*84]と書き、カンドウを通じて、日本人の精神を豊かにする道を見つけたようである。鈴木は、キリスト教と仏教について学んでから、入信をまだ決めていない時、神父に何気なく「どう？」と聞かれて、即座に「洗礼を受けます」と答えたという。[*85]彼女も神父に導かれて、キリスト教に入信した人である。

森鷗外の次女杏奴《あんぬ》は、一三歳の時に父を亡くして以来、「父を感じさせて下さつたのは、唯一度お眼にかかつたきりの、S・カンドウ神父様であつた」と感じた。四一、二歳の時であった。「師の、慈悲に溢れたお眼を見た瞬間」、それは「父の眼！」以外の何ものでもなかった、と書いている。[*86]この出会いをきっかけに、杏奴は一九五九年一一月、五〇歳のときにカトリックの洗礼を受けた。[*87]杏奴は、鷗外の『高瀬舟』の最後にある「庄兵衛の心の中には、いろ〳〵に考へて見た末に、自分より上のものの判断に任す外ないと云ふ念、オオトリエテに従ふ外ないと云ふ念が生じた」という描写を読んだカンドウが、「オオトリエテの存在を認めた鷗外は偉い」と感心したことを伝え聞いた。

杏奴はこれによって、なぜ父・林太郎があれほど祖母・峰子に従順だったのかを初めて理解し、「祖母を通して、父に生命をお与へ下さつた神に従順であつた！　と云ふことに」気づいたという。[88] 杏奴は、鷗外の小説『護持院原の敵討』を読んで、父をＳ・カンドウ師や、澤木興道御老師にも匹敵する人物と考え、「完璧」に近い父の芸術家としての魂を見出し、深い尊敬を抱くようになる。[89] 言い換えれば、杏奴はカンドウを通じて、父の文学をよく理解するようになったのである。

杏奴はさらに、カンドウ神父の文章は「非常に簡潔、且つ平易で、どん人《ママ》にも解るように、親切に書かれてある。その上に、神父と云う立場にいられる為に、深い思想的な内容を持つものでも、可能な限りそれを読む人にとつて、その内容を理解させ、教え導こうとする、努力が払われてあつた。……神父さまのような方の出現は、実に私のような読者にとつて、福音とも云えるものがあつた[90]」と書いている。

作家の真杉静枝（一九〇一―五五）は、ガンの闘病生活のとき、田中耕太郎夫人の峰子を通してカンドウ神父と知り合い、枕元から聖書を離さなくなる。[91] 自分の過ちを後悔し、「私は宗教の形式によつて、その罪が救はれるものなら、まだ時間があれば、それを求めてみようと思ひます」と遺書に書き、死ぬ直前にカンドウ神父の手によって受洗した。逝去後の告別式が四谷のイグナチオ教会で催されたことも彼女の意向によるだろうと思われる。[92]

田中峰子によれば、真杉は「赤ん坊のような人になって早朝だろうと夜更けだろうと神父様の来訪を願」い、カンドウもなるべくそれを満足させようとした。痛みで苦しむ真杉に「じきに天国へいける」と峰子が言ったのをたしなめて、「私の方針はどこまでも希望をもたらすことだ。あの人は自分で自叙伝にかいているように大分めちゃめちゃな生活をしてきた人なのだから自分で少しでも償いたいという気持をもっている。それが又必要なことなのだから償うという希望をもたらさなければいけない」と言った。[*93] なお、真杉の死は一九五五年六月二九日であったが、カンドウの逝去はその三ヶ月後の九月二八日であった。

広島と長崎に原子爆弾が投下されたことを知ったとき、カンドウ神父は怒り、バチカン法王庁を通じてアメリカに抗議した。「原子爆弾という強力な武器を誇示して、日本人に戦争を止めさせようとするなら、富士山の火口にでも放り込めばいい。日本の象徴である富士山が吹き飛べば、いくら愚かな軍人でも無条件降伏をするだろう。にもかかわらず、広島と長崎に落として、何万人、何十万人という罪もない人々を殺した。しかも、長崎は二十六聖人が殉教している聖地ではないか――。実に、けしからん。アメリカという国は、目的のためには手段を選ばないのか！」といい、神父の起草した「抗議文を法王庁に渡した」ことが外交官・金山政英によって記録されている。[*94]

金山は、旧制一高時代から神父のことを知っていたが、第二次世界大戦中、カンドウ神父がひどい負傷から少し回復していたことを聞くと、バチカン駐在日本使節館の顧問に神父を招き、親日家の神父を通して、日本とバチカンをつなごうとしたのである。[*95]

ローマに住む神父の周りには「いつも階級や立場を超えた人々が集まり、なごやかな雰囲気を作っていた。……一座の話題が芸術であれ、哲学であれ、あるいは経済や社会問題であれ、神父の深い見識と巧みな話術にかなう者はいなかった」という。[*96]戦時中、駐伊日本大使館が北イタリアのサルサ・マジョーレで幽閉生活を余儀なくされたとき、カンドウ神父は満身創痍の体を引きずりながら、「法王庁の使者」という名目で、バチカンから五〇〇キロのでこぼこ道を車に揺られながら、八ヶ月の間に三回も訪ねていき、食料やタバコを差し入れた。大使館員は差し入れよりも、神父の人柄と、心温まる話のほうに励まされた。

カンドウ神父はそのとき、福沢諭吉に始まる日本の近代文明論や戦後のフランス思想界の潮流や哲学論・文芸論を話したが、次いで「請われるままに宗教の話」をすると、「よほど心の中に神父の言葉が素直に浸み込んでいった」ようで、三人の職員が洗礼を受けたいと言い出した。監視役のイギリス人将校も驚き、町の教会での洗礼を許し、近くの町からわざわざ大司教まで呼んだが、職員たちはカンドウ神父から日本語で洗礼を受けたいと希望し、その願いもかなった。[*97]

音楽学者でキリスト教信者の野村良雄（一九〇八—九四）は、一九三四年にカンドウから洗礼を受け、自伝的小説『若い日の出会い』に、「デュバラ神父」と名付けたカンドウへの敬慕を描いている。[*98]

カンドウにフランス語を学んだ小説家の加賀乙彦は、神父からの影響がなければ、カトリック小説家にならなかったかも知れないと言う。それは、加賀が拘置所の医務技官として、一九五三年のバー「メッカ」殺人事件の犯人正田昭と知り合ったことをきっかけとする。正田は、カンドウの導きで回心してキリスト教に入信した人である。

加賀の『死刑囚の記録』（一九八〇）は、正田の「上告趣意書」の一部分を引用している。「神父様は他のひととは全然違った方でした。あの方は黙って私にほほえみかけ、ほほえみつつ私の凡《すべ》てを受け入れ、信頼や愛の定義を教えるよりも、先ず、信頼や愛を私に投げかけられました」と。正田が洗礼を受けたのは一九五五年七月で、神父の逝去は九月であった。*99 正田は「自分は、カンドー神父さんが神を信じろというのだから、あのカンドー神父さんが信じている神様ならば自分は本当に信じようと思う」と言っている。*100

加賀の小説『宣告』（一九七九）も正田をモデルとしており、文中でカンドウは「ショーム神父」と名付けられている。ショーム神父は、死刑囚楠本他家雄に初対面のとき、ペットの話をする。

（神父）「わたしのところに、山羊と猫と犬と文鳥と金魚がいて、みんな仲がいいんだが、よくふざける。……猫と犬は時々喧嘩をする。それで勝つのが決って猫で、だから家の中を威張って歩いている。こう胸を張って尻尾を立てて、アカンベエと言ってるみたいだから、名前はベエだ。なあにベエときたら素性の知れぬ雑種で、ある日強引に家族の一員になってしまったんだが、犬のほうは血統正しきマルチーズで、毛なんか真っ白で房々しているのに、意気地がない。夜なんか、ベエに追っかけられてわたしのベッドのなかに逃げてきて、しくしく泣いている」

他家雄は思わず笑いだした。

「で、その犬はなんていう名前なんです」

「そのものズバリ、泣いて意気地がないからナイという」

「面白いですね」

「そう、面白いでしょう。わたしはうっかり者で、しょっ中物を無くす。そこで、あれどこへ行った。無いぞ、無い、無いと叫んでいるとナイが飛んできてね、心配して一緒に探してくれる」

「それで見付かりますか」

「いや、それが、ナイの鼻はよくないから、さっぱり見付からない。かえって、無い、無いという騒ぎにならないわけにはいかない」

というふうに二人が看守を巻き込んで一緒に笑う場面がある。[*101]

元最高裁判事で法学者の団藤重光《だんどうしげみつ》は、「カンドー神父さんはもう亡くなりましたが、大変偉い方で、私も心のそこから傾倒していました。……もともとカンドー神父さんという格別偉いキリスト者の宗教的な感化によるのでしょうけれど、神に対する頼りきった自分の信仰というものが、彼（正田）を高めたのだと思います」[*102]と振り返る。

正田昭の死刑を決定した一審判決文には次の一文がある。「現在同被告人は大いに過去を反省し悔悟して本来の面目に立ちかえり、カンドー神父の導きを得て洗礼も受け、ひたすら懺悔贖罪に明け暮しておりその心情可憐、当裁判所もこれに一入の同情の念を抱くものであるが[*103]」とある。だが、正田の改心は認められても、罪は赦されなかった。

六、日本人から受けた愛情

日本を愛し、日本のために尽くしたカンドウは、日本人にも愛されている。二八歳の時に日本に到着したカンドウはたちまち日本人を惹きつけたようで、「聖堂へ行く人が多くなった」と言われる[*104]。

ザビエルとカンドウに傾倒した司馬遼太郎は、『街道をゆく22　南蛮のみち』に「カンドウ神父」という一章を設ける。

S・カンドウは神父であり神学者であり、かつ哲学者でもあったが、それ以上にすぐれた〝日本人〟でもあった。一九二五年に日本に上陸して以来、多くの非信徒からもつよい敬愛をうけ、日本人と日本文化を愛し、さらには高度の内容と上質のユーモアをもつ完全な日本語文章を書き、さらにいえばやわらかくて透きとおった魂のもちぬしであったが、幸い『カンドウ全集』（五巻・別巻二巻。池田敏雄編・中央出版社刊）があって、その存在についての多くを感じることができる[*105]。

司馬はこの文章によって、日本文化におけるカンドウの地位を強く印象付けた。また鶴見俊輔は、ザビエルとカンドウを同列に並べ、「日本文化に影響をあたえ、日本人とともに日本文化をつくってきたザヴィエルとカンドウとは、このようなバスクの文化から出てきた」と考えている。[*106]

キリスト教文学者の武田友寿は「戦後の日本でもっともよく知られたカトリック者といえば田中耕太郎氏とS・カンドウ神父ではないかと思う。少なくても十年前の教会では誰でもが話題にするくらいふたりの名前は知られ、またふたりの本も読まれていた」と書き[*107]、「S・カンドウ神父くらい教会内外の人びとに愛され親しまれる人も珍しい。流麗な日本文で書かれた名随筆は多くの人びとに愛読され、朝日新聞の「きのうきょう」の執筆者として、かれの小文は魅力と好感をもって迎えられたものだ。……鋭い知性と高い英知ゆえに人びとから愛好されたものだ[*108]」という。

作家の野上弥生子（一八八五―一九八五）は、加賀乙彦の作品を読んで、「戦後の日本のカトリック教に比類のないほどの影響を与へたカンドウ神父は、一般の教職者とは比較しえない存在で、……私の身うちには熱心な信者があり、その人たちのために、私は噂にはきいてゐたカンドウ神父さんに接する機会をもつた[*109]」と書いている。そして、息子の素一（イタリア文学者）の結婚式を司会することになったカンドウ神父を事前に訪ねた時の印象を日記（一九五二年七月二日）に、「カンドウ神父のいかにもバスク人風な線のかつきりした快活さとが、神の恩寵に充ちてゐるかのやうな暖かさと、優しさが大勢の信者を心服させてゐるらしい。私もこんなお友だちが欲しい気がした。政治的な見地などはもちろん違ふとしても[*110]」と記している。

結婚式の当日（七月一四日）のカンドウ神父の司会についても、野上弥生子は「カンドウ神父は人間が或る年齢に達すると必ず自己検討をして神を求める例としてボードレールの詩をひいて、二人が真によい幸福な生活に入るやうにと教へてくれた。そこいらの牧師の型通りの祝福や、神主の商売臭いのりととは勿論格段の違ひであるが、概念的であるのは免がれない。日本人にも珍しい雄弁とはいへる」[*111]と日記に綴った。

小説家の獅子文六もカンドウの異色な結婚式司会を描いている。自伝的小説『娘と私』では、長女麻理の結婚式の式典を担当する司祭（カンドウ）について、「参列者に向って、喜びの挨拶を、述べてくれた。それは、型通りの文句ではなく、二人を個人的に愛してる教師として、温かい気持が溢れていたが、私の心は、靄《もや》のようなものに包まれ、夢うつつに聞く気持だった」と表現している。[*112]

平川祐弘はカンドウの愛弟子として「幸福を得た生徒の一人」と自認している。[*113]カンドウが日本語で話した朝のラジオ番組を聞き、「その温い人間味にあふれた声は多くの聴取者を惹きつけて励ましとなったことだろう。自分の両親もよくその講話に耳を傾けていた」と書く。平川にはカンドウのフランス語のリズムが移ったらしく、フランス語の本を朗読したとき、「まるで司祭さんのお説教のようよ」[*114]とフランス人のお嬢さんにからかわれたことがある。フランス語だけではなく、「人生の観方にまで影響を受けずにはいられぬ」[*115]と日記に書き、東大の授業をよく休んでは東京日仏学院にせっせと通い、週四回・計九時間以上に及んだという。[*116]平川はフランスに五年間留学したが、「カンドゥ神父以上の師に自分はついに会えなかった[117]」と言い、帰国後の「淋しいことの一つはカンドゥ神父がもういらっしゃらないことだった。それでいながら、先生がいらしたら自分のフランス語が先生の日本語に比べてどうしてこう下手なのだろうと恥しく思うだろう[118]」と自嘲する。

詩人の森英介（一九一七―五一）には、急逝する前に書いた詩集『火の聖女』に載せた長い詩「来々軒」があり、「S. Candau 神父さんに」という献辞がある。その中で、

海を渡つて来たあのひと、
たゞ生きるためにそばやをやらう。
おだやかに
地の悩めるひとにラーメンを差出して――

という一連がある。この詩をカンドゥに捧げるのは、神父に対する篤《あつ》い尊敬と、神父によって啓発された宗教心があったからだろう。この詩集について、高村光太郎は「これほど魂のさしせまつた声を未だ曽《かつ》てきいたことがない。こんなに苦しい悲しみの門をくぐらせられたこともないし、又こんなに強い祈と、やすらぎの中に引きこまれたこともない。……これまでの日本とはまるで違つた新しい日本語が生まれてゐる」と賞賛する[119]。

池田敏雄編『昭和日本の恩人――S・カンドゥ神父』は、カンドゥの日本活動を全般的に紹介し、カンドゥをよく知る人々の文章をも収録した好著である。室谷幸吉の『カンドゥ神父――日

本人の心の友』(一九七九)は「日本図書館協会選定図書」に選ばれ、青少年の教育のために提供されている。室谷の描いた神父像は、ほとんど池田本に基づくが、本書独特のカンドウ神父像の特徴も二つある。一つは、神父を若い日本人の友達として表していること。例えば、神父が自殺願望の日本人大学生と友情を結び、自殺を思いとどまらせた場面がある。もう一つは、アッシジの聖フランシスコに倣う動物好きの平和主義者というイメージである。*120

青森県の郷土文化研究家・鳥谷部《とやべ》陽之助《ようのすけ》は、『新十和田湖物語』において、カンドウ神父の随筆に書かれた、「〝国際沈黙公園〟が生まれる運びとなれば、私は自信をもつて十和田湖を第一候補に推薦したい」という言葉を引用して、今日の観光開発を見て、「果してS・カンドウが紀行文を執筆した当時の心情で〝国際沈黙公園〟と評価してくれるかどうか懸念される」*121という。このように、日本の郷土史家が日本の名勝地の行方を案じるとき、カンドウ神父の気持ちを引用したことで、いかに神父の言葉が日本人の心に染み込んだのかがわかる。

作家で精神科医のなだいなだは、著書『民族という名の宗教』の一節「近代化は単一化」において、少数者の帰属感について会話をする時に、相手に「バスク人はどうなんでしょう」と聞かれてから、カンドウ神父を思い出し、「スペインのバスク人の中にはしゃにむにスペインから独立をというものもいるけれど、フランスのバスク人は、フランス人意識を持っているものも多いね。日本に来ていたカンドー神父がバスク人だったけれど、彼なんかも、はっきりとフランス人意識を持っていたね。同時に日頃自分はバスク人だともいっていたので、二重のアイデンティティを持っていた」[*122]と答えた。カンドゥ神父がフランスのバスク人を代表したような扱いであった。第二次世界大戦の時、フランス軍部は彼の日本語力を利用して、軍の情報関係の仕事に従事させようとした。しかし、カンドゥは「私の日本語は、日本人に福音をのべるために覚えたもの」[*123]だと言って断った。つまり、彼の日本語は、日本人を幸せにするものであり、日本人を滅ぼすものではない、という意味であった。

医者で人相学に詳しい田崎勇三は、神父に会ってみて「一点非のうちどころのない容貌」だと言ったら、映画監督・熊谷久虎や女優・原節子もそれに同感したという。また、カンドゥのファンたちは月に二度の懇談会を開き、神父を囲み、夕方七時から夜一一時にまで及び、二、三年ほど続いていた。[*124]

この懇談会について、東京銀行頭取だった堀江薫雄の随筆によれば、参加者は当時の東京銀行副頭取の伊集院虎一夫妻をはじめとして、松本重治、松方三郎、麻生多賀吉、田崎勇三夫妻、国際物産交易社長の池淵祥次郎夫妻、それから堀江夫妻といった実業家・政治家の面々であった。「宗教上のお話というよりも、人生一般から哲学、文学といったものについて、神父のお話を伺ったり、また参会者の皆さんが意見、感想を発表し合ったりしたものである。……古くはパスカルの思想を主題にした哲学論とか、新しくはカミュの文学論など、話題は極めて幅広く、且《か》つユーモアもあり、人間一般について、あるいはその生き方について教えられること頗《すこぶ》る多く、毎回夜も相当遅くまで話の弾《は》づむのが通例であった」という。そして、「奥さんが熱心なカトリックの信者で、ご主人連の方は無信仰の方といったカップルが大部分」で、最後は「主人連がカトリックに帰依」する、というパターン。「最初に無条件降伏した」のは堀江薫雄自身だったという。[*125]

社会学研究者の永島寛一は、「こよなく日本人を愛されたカンドウ神父様は、信者といわず教外者といわず、いやしくも師を知る日本のすべての人々の敬愛を一身にあつめられた方であった。あるいは、師の謦咳《けいがい》に接する人々を師は一人残らず〝虜〟にしてしまった、といった方が適切かもしれない」[*126]と書いている。その妻の父である広瀬次郎は、「カンドウ師の立派な人格に国境や人種の相違を超越して心から打たれ」て、「家代々の信仰を改めてカトリックを受け入れる気持ちにな」ったのである。永島は、「師の説教がましくない〝お話〟は、考えることを忘れた人間に考えることを思い出させ、思索することを軽んずる人たちに思索の重要さを改めて認識させるという、すばらしい力を発揮した」[*127]と書いている。

七、惜しまれた早逝

一九五五年九月二五日の日曜日から、カンドウは胃の膨張で非常に苦しみ、毎回の発作と思い、自宅でがまんしたが、二七日に病院へ行って受診した結果、「急性胃拡張」の診断であった。二八日未明に聖母病院に入院し、手術を受けたが、胃捻転により整復が困難となり、二九日午前零時五〇分に帰天した。[*128]

逝去のニュースはたちまち日本全国に伝わり、何万もの人々を悲しませた。朝日新聞の宮本敏行は、「新聞、ラジオ、テレビがあげての痛惜は、おそらく一外人の死に対する日本ジャーナリズム空前のことだろう」と言い[*129]、朝日の「駆け出しの記者から編集局長まで」、カンドウ神父に「うちこみ」、その「ゆるがぬ信念と深い智恵、そして人種と信念のワクを超えたあの説明しがたい包容力」に感動するばかりであったと書く。また宮本は、朝日の「きのうきょう」を読んだ約七五〇万人の、少なくとも十分の一は〝カンドウファン〟であったろうと見積もり[*130]、多くの読者投書を反故から掘り出して、神父の文章を読み、神父を慕い、その死を悼む、数々の声を引用してくれた。

辰野隆は、カンドウ神父の逝去についてこのような感想を述べている。

その存在が、どんなに日本にとって貴重なものだったかを、あらためて知ったからである。カトリック界内での痛惜に劣らず、教会外での失望と悲しみが深いものだったことは、神父のスケールの大きさをはっきりと物語ったが、終戦後日本に帰った師が、一般の新聞、雑誌やラジオなどで、極めて積極的な文化活動をされたことを、今にして何か思い当る感じで受けとるのである。

S・カンドウ神父の卓越した思想と、抜きがたい信念、日本と日本人へのあふれるような愛情は、たとえ数行の短文、数分間のラジオ講演にも、深い彫りをみせている。師のたぐい稀な日本語と日本文については、今更いうべきこともなく、その一流国際人としての存在についても、然《しか》りである。ただ、その思想の普遍的、恒久的価値――ことに現代の日本人にとって最も欠けているものに対する一貫した警告は、それが自在な日本語を駆使し、西欧の本格的な哲学的な信念からほとばしるものだけに、常に新たな感動を与えられるものだ、と辰野は見ている。[*131]

カンドウ神父の甥、ジャック・カンドウ（一九二〇―九〇）は一九五二―五六年に川越教会の司祭として宣教し、逝去後のカンドウ神父の書簡や日記の整理に携わり、それを日本語訳し、[*132]カンドウ思想の全貌を知らせるために大きな役割を果たした。

田中耕太郎は、神父の死後一年経った頃、「健忘性である日本人の社会において、神父の著書だけは軽薄なジャーナリズムの一時の流行を超越して、今なおベスト・セラーの地位を保っている」[*133]と書いたことがあるが、その時から六三年間経ち、今ではカンドウ神父の存在も著書も大方の日本人の記憶から消えているようである。しかし、人種、国家、宗教の違いを超えたカンドウのメッセージは今日になっても色褪せるものではなく、「国際化」とは何かを示した手本となっている。

略年譜*134

西暦	年齢	事蹟
一八九七年	零歳	南仏バスクのサン・ジャン・ピエ・ド・ポールに生まれる。
一九〇八年	一一歳	サン・ジャン・ド・マヨルガ小学校卒業。ラレソールの小神学校に入学。
一九一四年	一七歳	小神学校卒業、バイヨンヌ大神学校入学。
一九一六年	一九歳	サン・シール士官学校に入学。ヴェルダンの激戦に参加。
一九一七年	二〇歳	聖心の使徒マテオ師と出会い、深い印象を受け、後日の司祭志願につながる。
一九一八年	二一歳	八月、フランドル戦線に出撃し、奇襲に成功。一一月、第一次世界大戦終わる。一二月、司令官より表彰状を受ける。
一九一九年	二二歳	パリ外国宣教会に入る。ローマのグレゴリアン大学に入学。
一九二三年	二六歳	一二月二二日、司祭に叙階。
一九二四年	二七歳	大学卒業、神学、哲学の博士号を取得。マルセイユ港を出航。
一九二五年	二八歳	一月二一日、横浜港に到着。静岡市追手町のカトリック教会に赴任し、村越金造より日本語を学ぶ。

一九二六年	二九歳	東京・関口神学校の校長に任命される。
一九二九年	三二歳	東京大神学校の校長に就任。『声』『カトリック』誌の主筆となり、カトリック新聞の編集をも助ける。
一九三四年	三七歳	『羅和字典』（公教神学校）を上梓。
一九三六年	三九歳	『アクチオ・ミッショナリア』誌の編集を助ける。
一九三九年	四二歳	第二次世界大戦勃発、仏軍に陸軍中尉として召集される。
一九四〇年	四三歳	フランス北部で重傷を負う。六月、フランスはドイツに無条件降服。
一九四五年	四八歳	サルサ・マジョーレに軟禁された日本外交団一行を見舞う。八月一五日、日本無条件降伏。
一九四六年	四九歳	一月、イタリア在留の外交団および日本人聖職者をナポリで見送る。
一九四八年	五一歳	日本帰国を決定。九月一一日、アメリカ経由で日本に帰着。
一九四九年	五二歳	北海道、東北、長野などを旅行して旅日記を書く。共訳『愛の哲学——神の合せ給ひしもの』（河出書房）、共訳『キリストとその時代』（一—三巻、三省堂、一九四九—五〇）を上梓。

一九五〇年	五三歳	『心』誌の同人となる。
一九五二年	五五歳	晩成会で毎月一回座談会。『思想の旅』（三省堂出版と共訳）、共訳『スポーツ人間学』（新体育社）を上梓。
一九五三年	五六歳	訳『カイミロア』と訳『聖人地獄へ行く』を上梓。
一九五四年	五七歳	死刑囚・正田昭を刑務所に訪問。のちに洗礼を授けた。
一九五五年	五八歳	作家・真杉静枝に授洗。九月二九日、急性十二指腸潰瘍のため帰天。『永遠の傑作』（東峰書房）、『世界のうらおもて』（朝日新聞社）を上梓。
一九五六年		『バスクの星』（東峰書房）刊行。

注

＊1　池田敏雄編著『昭和日本の恩人――S・カンドウ師』中央出版社、一九六六年、二七頁。

＊2　同右書、三八頁。

＊3　司馬遼太郎『司馬遼太郎全集』第五九巻『街道をゆく8　南蛮のみち』文藝春秋、一九九九年、一二七―一二

八頁。

＊4　NHK「街道をゆく」プロジェクト『司馬遼太郎の風景3、北のまほろば／南蛮のみち』日本放送出版協会、一九九八年、二〇八―二〇九頁。

＊5　平川祐弘「カンドウ神父」『東の橘 西のオレンジ』文藝春秋、一九八一年、四三頁。

＊6　ハインリヒ・デュモリン「『聖イグナチオの夕べ』のカンドー師」『世紀』七三号、一九五六年一月、一一二頁。

＊7　ポール・アヌイ「大神学校長としてのソーヴール・カンドウ師」『世紀』七三号、一九五六年一月、一〇七頁。

＊8　山梨淳「ソーヴール・カンドウ神父と近代日本の知識人」『カトリック研究』八一号、二〇一二年八月、一四〇頁。ケビン・ドーク「カンドウ神父の日本文化への貢献」郭南燕編著『キリシタンが拓いた日本語文学』明石書店、二〇一七年。

＊9　前掲書『昭和日本の恩人――S・カンドウ師』四七頁。

＊10　カンドウのラジオ講演『世紀』一九五一年一一月、同右、四八頁。

＊11　カンドウ「思想の永続性――私の漢学修業時代」『斯文』一三号、一九五五年九月、二頁。

＊12　「学者巡訪記（7）――書斎におけるカンドウ神父」『学苑』一二巻四号、一九五〇年四月、二頁。

＊13　S・カンドウ「フランス語と日本語」武藤辰男編『美しい国語・正しい国字』河出書房、一九五四年、一二五頁。

＊14　前掲カンドウのラジオ講演『世紀』五一頁。

＊15　前掲書『昭和日本の恩人――S・カンドウ師』五二頁。

＊16　宮本敏行「日本と世界的友情の使徒――S・カンドウ神父小伝」『S・カンドウ一巻選集』春秋社、一九六九年、二七五頁。

＊17　小澤謙一「カンドウ師を悼む」『新体育』二五巻一一号、一九五五年、一五頁。

＊18　宮下生「浦和高等学校カトリック研究会創立」『声』一一号、一九二八年、四二頁。

＊19　S・カンドウ「車と風邪と字引と」『世界のうらおもて』初出『朝日グラフ』朝日新聞社、一九五四年、引用は

＊20　池田敏雄編『カンドウ全集』第四巻、中央出版社、一九七〇年、一六頁。
＊21　前掲書『昭和日本の恩人――S・カンドウ師』五五頁。
＊22　上林暁『説教聴聞』初出『世界』一九五四年二月、『上林暁全集』第一〇巻、筑摩書房、一九六六年初版、一九七八年増補改訂版、二四六―二五二頁。
＊23　上林暁「病中読書」（一九五二年一二月九日執筆）『上林暁全集』第一五巻、筑摩書房、一九六七年初版、一九八〇年増補改訂版、五三―五四頁。
＊24　田中耕太郎「カンドウ神父と日本」『現代生活の論理』春秋社、一九五七年、二九一頁。
＊25　島谷俊三『老梅樹』創造社、一九七一年、一六―一七頁。
＊26　ヨゼフ・ロゲンドルフ『異文化のはざまで』文藝春秋、一九八三年、一四三頁。
＊27　犬養道子『西欧の顔を求めて』文藝春秋、一九七四年、二四七頁。
＊28　「日本あれこれ〈獅子文六氏との対談〉」初出『週刊朝日』一九五一年一月二一日号、S・カンドウ、宮本さえ子編『思索のよろこび――カンドゥ神父の永遠のことば』春秋社、一九七一年、一四六―一四七頁。
＊29　今道友信「遠くからの祈り」『九鬼周造全集』第一〇巻、月報一一、一九八二年一月、二頁。
＊30　狩野美智子『バスク物語――地図にない国の人びと』彩流社、一九九二年、一八一頁。
＊31　吉屋信子「小魚の心」『自伝的女流文壇史』中公文庫、一九七七年、初出『小説新潮』一九六二年六月、再収『吉屋信子全集一一　底の抜けた柄杓／ある女人像』朝日新聞社、一九七五年、三九三―三九五頁。
＊32　前掲書『現代生活の論理』二九一―二九二頁。
＊33　同右書、二九六頁。
＊34　前掲書『東の橘　西のオレンジ』四七頁。
＊35　平川祐弘『書物の声　歴史の声』弦書房、二〇〇九年、六九―七〇頁。
＊36　辰野隆『凡愚春秋』角川書店、一九五七年、三五―三六頁。

＊36　辰野隆『凡愚問答』角川書店、一九五五年、一四一—一四二頁。
＊37　岡田純一「カンドウ師の鑑識眼」『世紀』七三号、一九五六年一月、一三七頁。
＊38　宮本敏行「カンドウ神父様のこと」『声』九三五号、一九五五年一一月、五三頁。
＊39　金田一春彦「擬音語・擬態語」『月刊日本語』二巻三号、一九八九年三月、五五頁。また、金田一春彦『日本語の特質』日本放送出版協会、一九八一年、一五八頁。
＊40　中田藤太郎「カンドウ校長の思い出」『声』九三八号、一九五六年二月、四八頁。
＊41　前掲書『昭和日本の恩人——S・カンドウ師』五三頁。
＊42　一五四九年一一月五日ゴアのイエズス会員宛て書簡。河野純徳訳『聖フランシスコ・ザビエル全書簡』3、平凡社東洋文庫、一九九四年、九六頁。
＊43　Henry James Coleridge, *The Life and Letters of St. Francis Xavier*, London: Burns Oates and Washbourne, Vol. 2, 1872, p.237.
＊44　日記、前掲書『カンドウ全集』第四巻、二五九頁。
＊45　カンドウ「心眼に映じたる日本」池田敏雄編『カンドウ全集』第一巻、中央出版社、一九七〇年、二八—三〇頁。
＊46　カンドウ「晩秋望郷」同右書『カンドウ全集』第一巻、六六・七一頁。
＊47　カンドウ『世界のうらおもて』前掲書『カンドウ全集』第四巻、四二—四三頁。
＊48　関望「恩師の人間味」前掲書『昭和日本の恩人——S・カンドウ師』六九頁。
＊49　前掲書『現代生活の論理』二九四頁。
＊50　平松郡太郎「ミカンと笑顔」前掲書『昭和日本の恩人——S・カンドウ師』七六頁。
＊51　前掲『聖イグナチオの夕べ』のカンドー師」『世紀』七三号、一一三頁。
＊52　丸太むら「カンドウ神父様の御魂に」『声』九三八号、一九五六年二月、四九—五〇頁。
＊53　島谷俊三「カンドウ神父と眠芳惟安老師」『文化と教育』七巻一号、一九五五年、一四頁。

＊54 小林珍雄「キリストのよき兵士」『世紀』七三号、一九五六年一月、一〇四頁。
＊55 中田藤太郎「カンドウ校長の思い出」『声』九三八号、一九五六年二月、四七頁。
＊56 長田幹彦『緑衣の聖母』改造社、一九三一年、『長田幹彦全集』第一一巻、日本図書センター、一九九八年、四八五―四八六・四九三頁。
＊57 日記、前掲書『カンドウ全集』第四巻、二六〇―二六一頁。
＊58 高見順「第四者の出現――現代文士論断片」『高見順全集』第一三巻、勁草書房、一九七一年、五九五頁。
＊59 高見順「きのうきょう」『高見順全集』第一八巻、勁草書房、一九七〇年、四七頁。
＊60 カンドウ「心眼に映じたる日本」前掲書『カンドウ全集』第一巻、一六―二〇頁。
＊61 岩瀬孝「カンドウ師の遺訓」『世紀』七三号、一九五六年一月、一三五頁。
＊62 「東西の座談会」前掲書『カンドウ全集』第一巻、七三頁。
＊63 前掲「カンドウ神父と日本」『現代生活の論理』二九五頁。
＊64 S・カンドウ『羅和字典』*Candau Lexicon Latino-Japonicum* 一九三四年、限定復刻版、南雲堂フェニックス、一九九五年。
＊65 瀬谷幸男「復刻版について」同右書、一〇―一二頁。
＊66 カンドウ「心眼に映じたる日本」前掲書『カンドウ全集』第一巻、一五頁。
＊67 前掲「ソーヴール・カンドウ神父と近代日本の知識人」『カトリック研究』八一号、一〇八頁。カンドウ「文明人とおとな」初出『心』一九五五年五月、池田敏雄編『カンドウ全集』第三巻、中央出版社、一九七〇年、二九一頁。
＊68 前掲「カンドウ神父と日本」『現代生活の論理』二九三頁。
＊69 カンドー「出版物に対する私見」『声』六四八号、一九三〇年一月、一四頁。
＊70 同右、一四―一六頁。

＊71 「東西の座談会」前掲書『カンドウ全集』第一巻、七八頁。
＊72 筑摩書房『創業五〇周年　筑摩書房図書総目録一九四九―一九九〇』筑摩書房、一九九一年、八三七頁。
＊73 萩尾生、吉田浩美編著『現代バスクを知るための五〇章』明石書店、二〇一二年、九八―九九頁。
＊74 高間直道『哲学用語の基礎知識』青春出版社、一九六一年、七〇頁。
＊75 和田清『東洋史上より観たる古代の日本』ハーバード・燕京・同志社東方文化講座委員会、一九五六年、五頁。
＊76 高木昌史『柳田國男とヨーロッパ――口承文芸の東西』三交社、二〇〇六年、九五・一〇二頁。
＊77 前掲「ソーヴール・カンドウ神父と近代日本の知識人」『カトリック研究』八一号、一〇三頁。
＊78 同右、一一五頁。
＊79 岡崎嘉平太『私は思う――日本の課題』読売新聞社、一九七二年、二五九頁。
＊80 『日本大百科全書』第六巻、小学館、一九八五年、ネットアドバンス、二〇〇一年、二五〇頁。
＊81 前掲「『聖イグナチオの夕べ』のカンドー師」『世紀』七三号、一一一頁。
＊82 小野豊明「比島宗教班の活動」日本のフィリピン占領期に関する史料調査フォーラム『日本のフィリピン占領――インタビュー記録』龍渓書舎、一九九四年、五七〇―五七一頁。
＊83 有馬眞喜子「白鳥芳朗氏」『季刊人類学』九巻二号、一九七八年、一四五―一四七頁。
＊84 鈴木秀子「『現代思想批判』のクラス」『世紀』七三号、一九五六年一月、一三九頁。
＊85 玄侑宗久、鈴木秀子『仏教・キリスト教　死に方・生き方』PHP研究所、二〇一三年、一五三頁。
＊86 「聯想（二）」小堀杏奴『不遇の人鷗外』求龍堂、一九八二年、一七二―一七三頁。
＊87 クラウス・クラハト、克美・タテノ＝クラハト『鷗外の降誕祭――森家をめぐる年代記』NTT出版、二〇一二年、三八〇―三八一頁。
＊88 小堀杏奴「不遇の人鷗外（二）」前掲書『不遇の人鷗外』三一七頁。
＊89 同右、三二五頁。

＊90　小堀杏奴「書く人・読む人」『人生舞台――小堀杏奴随筆集』宝文館、一九五八年、二二一―二二二頁。
＊91　吉見周子「真杉静枝」円地文子監修『恋に燃え愛に生きる』集英社、一九八〇年、二三九頁。
＊92　大村彦次郎『文壇栄華物語』筑摩書房、一九九八年、三五八頁。
＊93　田中峰子「沈黙の聖母」『世紀』七三号、一九五六年一月、一一六頁。
＊94　金山政英『誰も書かなかったバチカン』サンケイ出版、一九八〇年、六二―六三頁。
＊95　同右書、七三―七四頁。
＊96　同右書、七六頁。
＊97　同右書、七九―八〇頁。日高信六郎「イタリアに於るカンドウ神父の思い出」『世紀』七三号、一九五六年一月、八二―八四頁。
＊98　野村良雄『若い日の出会い』新時代社、一九七一年、一二九―一三三頁。
＊99　加賀乙彦『死刑囚の記録』中央公論新社、一九八〇年初版、二〇〇二年三三版、一七二―一七三、一八〇頁。
＊100　団藤重光「『死刑廃止論』を書いた刑法学会の重鎮」菊田幸一編著『死刑廃止・日本の証言』三一書房、一九九三年、八五―八六頁。
＊101　加賀乙彦『宣告』新潮社、一九七九年、文庫版（中巻）二〇一三年、二〇五―二〇六頁。
＊102　前掲書『死刑廃止・日本の証言』八五―八六頁。
＊103　堀川惠子『死刑の基準――「永山裁判」が遺したもの』日本評論社、二〇〇九年、一六三頁。
＊104　鈴木須磨子「カンドウ師の思出」『声』九三八号、一九五六年二月、四三頁。
＊105　司馬遼太郎『司馬遼太郎全集』第五九巻『街道をゆく八　南蛮のみち』文藝春秋、一九九九年、一六頁。
＊106　鶴見俊輔「バスクまで来た長い長い道」」司馬遼太郎『街道をゆく22　南蛮のみち』、初出『朝日新聞』一九八四年八月七日、再収『鶴見俊輔書評集成』二巻、みすず書房、二〇〇七年、三九四頁。
＊107　武田友寿「S・カンドウ神父のこと」『宗教と文学の接点』中央出版社、一九七〇年、二九七頁。

＊108　同右、二九七―二九八頁。
＊109　野上弥生子「思ひ出すこと」『野上弥生子全集』第二九巻、補遺二、岩波書店、一九九一年、三〇八―三〇九頁。
＊110　野上弥生子『野上弥生子全集』第一一巻、日記二、岩波書店、一九八八年、二六三―二六四頁。
＊111　同右書、二七〇頁。
＊112　獅子文六『娘と私』『獅子文六全集』第六巻、朝日新聞社、一九六八年、五五〇頁。
＊113　前掲「カンドウ神父」『東の橋 西のオレンジ』四三頁。
＊114　同右、四五頁。
＊115　同右、四六頁。
＊116　同右、四七頁。
＊117　同右、四五―四七頁。
＊118　同右、五一―五二頁。
＊119　高村光太郎「序」森英介『火の聖女』火の会（米沢）、一九五一年。高橋新吉「森英介『火の聖女』」『人間』六巻七号、一九五一年、七〇―七一頁。
＊120　室谷幸吉著・富賀正俊絵『カンドウ神父――日本人の心の友』女子パウロ会、一九七九年、一四八―一五三頁・一二八―一三九頁・一五四―一六〇頁。ケビン・ドーク「カンドウ神父の日本文化への貢献」前掲書『キリシタンが拓いた日本語文学』。
＊121　鳥谷部陽之助『新十和田湖物語――神秘の湖に憑かれた人びと』彩流社、一九八三年、三四頁。
＊122　なだいなだ『民族という名の宗教』岩波書店、一九九二年、一八五―一八六頁。
＊123　冨澤隆彦「恩師のおもかげ」『声』九三八号、一九五六年二月、二四頁。
＊124　田崎勇三「忘れえぬ人」『世紀』七三号、一九五六年一月、八九頁。
＊125　堀江薫雄「池淵さんとカンドウ神父の集い」池淵鈴江編『風籟――池淵祥次郎追悼録』編者出版、一九六四年、

一三一―一三三頁。

＊126 永島寛一「カンドウ師と〝虜〟」『世紀』七三号、一九五六年一月、九二頁。

＊127 同右、九三頁。

＊128 前掲書『昭和日本の恩人――S・カンドウ師』二六一頁。

＊129 宮本敏行「カンドウ神父様のこと」『声』九三五号、一九五五年一一月、五三頁。

＊130 宮本敏行「巨樹の蔭に――カンドウ神父を見知らぬ人々の声」『世紀』七三号、一九五六年一月、九五―九八頁。

＊131 辰野隆「バスクの星――序にかえて」S・カンドウ『バスクの星』東峰書房、一九五六年、一―二頁。

＊132 パリ外国宣教会ホームページを参照。http://archives.mepasie.org/fr/notices/notices-biographiques/candau-1/

＊133 前掲「カンドウ神父と日本」『現代生活の論理』二八五頁。

＊134 「カンドウ神父年譜」前掲書『昭和日本の恩人――S・カンドウ師』を参照。

第5章　詩的な宣教者——ホイヴェルス神父[*1]

一、ヴィリオンからの感化

ヘルマン・ホイヴェルス神父（Hermann Heuvers 一八九〇—一九七七）は、北ドイツ・ヴェストファーレン州出身で、一九歳の時にイエズス会に入会し、ハンブルク大学で、カール・フローレンツ（一八六五—一九三九）に日本文学を教わり、『万葉集』、謡曲などについて学んだ。一九二〇年に司祭に叙階され、関東大震災（九月一日）直前の一九二三年八月二五日に横浜に上陸した。[*2]

ホイヴェルスは約五四年間の日本宣教のあいだ、上智大学で哲学を講義し、教授を経て第二代学長を務めた時期があるが、何よりも聖イグナチオ教会の司祭職に専念した。説教が短くて面白いことで有名であり、日本滞在期間中、多くの日本人に影響を与えている。法学者の森田明は、神父が逝去した後も多くの人々に追慕され続けたのは、「〃キリストの福音とは何か〃という一般的な問いに対して極めて具体的に、ふつうの日本語で、日本人によくわかる形で答えられたというその感動を、我々がなお共有し続けているから」[*3]だと分析している。

この言葉によって端的に現れたのは、「ふつうの日本語」でメッセージを伝えたことの絶大な効果である。これは、ホイヴェルス神父の日本語と日本文化に溶け込む、宣教師としての人生を的確に表現した一文である。ホイヴェルス神父は日本で、およそ三〇〇〇人に洗礼を授けたと自ら言ったことがある。[*4]平均してひと月に五人をキリスト教に導いている。

上智大学で教えたホイヴェルスは、学生たちに「なぜ日本に来たのか」とよく聞かれた。その度に、織田信長がフロイスに「いったい何のために日本へ来たか？」と質問したのに対し、フロイスがさっそく世界の地図を取出し、ポルトガルからアフリカまわりの海の道を見せて、「出航する神父たちの半分くらいは海で滅びる。無事に到着した者には、骨折りと困難ばかりで、世の中の報いはない。ただ一つ、神のまことの幸福を他人の心に配るために来ました」と答えたエピソードを話した。さらにザビエルの例を出して、

> あの聖人は自分の家庭が目的でなく、もっと広い家庭のためにお尽くしになりました。その聖人の言葉はいまも残っています。それは、「日いづる国は、わが心の楽しみ……」ということです。[*5]

この言葉は、第2章ですでに触れたように、ザビエルの書簡にあるもので（ただし、ラテン、仏、英、浅井和訳は「誤訳」らしい）、ホイヴェルスもこれらの訳を目にした時、ザビエルの胸の鼓動を

感じたのだろう。

ホイヴェルスは日本に来てから二ヶ月後の一九二三年一〇月に岡山に行き、旧制六高でドイツ語を教え、練兵場の将校にフランス語の会話などを教えた。その才能がすぐヴィリオン神父に認められた。ホイヴェルスは随筆「布教熱に燃えた神父」で、ヴィリオンについて面白く描写している。岡山にしばらく滞在したホイヴェルスは、上智大学によって東京へ呼び戻されることになる。そのとき、ヴィリオン神父は上智大学の方針に憤慨し、「火山が爆発したように怒り出し」て、ホイヴェルス自身の「希望も空しくな」った。なぜなら、「神父の指導のもとで日本のいろいろの布教の面を見習うことは相当の望みでもあった」からである。

図20　ホイヴェルス神父の写真。Hermann Heuvers, *Vierzig Jabre in Japan, 1923-1963*, Tokyo: Die Japanisch-Deutsche Gesellschaft, 1965

翌年の春休みにホイヴェルスは、友人と共に「山口から八時間、山を越え谷を渡って萩のビリオン神父のもとに挨拶に行きました。私どもは晩にそこに着きましたが、年とった神父の喜びは大きく、また非常に楽しげに、自分の五〇年にわたる骨折りの生活について語られました」という。その後、ヴィリオン神父は上智大学へ「風の如く来て風の如く立ち去っていきました。私は大抵上智の聖堂の中にビリオン神父の姿を見受けました。神父は聖堂のひざまずき台には決して寄りかからず、そのわきの板張りの上に、おばあさんのように小さくうずくまって熱心にお祈りをしていました」と、ホイヴェルスは観た。

ホイヴェルスは、ヴィリオンの萩時代の宣教の道連れだった馬の蹄をもらった。その蹄をインク壺にして、ヴィリオンは工芸専門家に頼んで金文字で古典からの引用を刻ませた。

Quadrupedante puttrem sonitu quatit ungula campum

(馬の四本脚はカツカツとして原野を砕く)[*6]

この一句を通して、ヴィリオンは宣教師としての強い決意をホイヴェルスに確実に伝えていたようである。ホイヴェルスは、自分をヴィリオンの「最後の弟子」とみなしている。[*7]

ホイヴェルスは日本に来てから日本語の学習に打ち込んだ。これは簡単なことではない。だが、その後次第に上達して、日常会話に不自由せず、進んで文章を口述するまでになった。ホイヴェルスに親しく接した土居健郎によれば、その日本語能力は、

もっとも文法的には時折不完全なところもあり、また語彙の用い方が独特で、神父をよく知

るほどの人はこれをホイ語と称したものである。ともかく神父の話し方には言うに言われぬ味わいがあった。神父の言葉に対する詩的感受性の然《しか》らしむところであろうが、神父の口を突いて出て来る言葉の一つ一つは常に新鮮な響きを持っていた。……神父はキリスト教の教義を極めて平易な日本語で表現しようとしたからである。[*8]

画家の村田佳代子が高校時代に、細川ガラシャの研究資料を集めるためにホイヴェルス神父を四谷のイグナチオ教会に訪ねたことがあり、神父の語り口は、村田氏の質問に対していつもゆっくりと慎重に言葉を選んで答え、一文と一文とのあいだの空白が長く、聞く者には真摯な印象を与え、そして、言葉遣いは書き言葉のような表現が多く、文末に「〜ね」を良く使うので、女性言葉のようになり、宣教師たちの日本語表現によく見られる特徴だと村田氏は教えてくれた。[*9]

図21　ヴィリオン神父の愛馬の蹄のインク壺。山崎忠雄『偉大なるヴィリヨン神父——ヴィリヨン神父にまねびて』、著者出版、1965年、口絵

ホイヴェルスはそのような独特な日本語をもって文学創作を始めた。後述する著書のほか、雑誌『望楼』(一九四九年七・八月)に戯曲「聖フランシスコ・ザビエルの来朝」を掲載したことがある。

ホイヴェルス神父に接した日本の文化人は多い。小さい時、孤児院で洗礼をうけた井上ひさし（一九三四―二〇一〇）は、ホイヴェルスと親しく接したようである。上智大学で学んだ井上はあるとき、ホイヴェルスに「あの世」について聞いてみて、ホイヴェルスから次のような答えをもらった。

いや、あの世があるかどうかは私にもわからない。ただ、死ぬ瞬間に、これからいいところへ行けると思って死ぬのと、これから荒涼たる荒野を生臭い風と一緒に永久にさまようと考えるのと、なにもかも虚無だと思うのと、この三つを並べてみると、楽しいところへ行けると考えるほうがいい。そこで死ぬ瞬間に、あの世はきれいで楽しいところだということを信じることができるよう、想像力で一生かかってあの世は楽土だというイメージを頭のなかにつくりあげている。それがカトリック者というものなんです。

井上はこの答えを司馬遼太郎に伝えたら、司馬は「偉い神父さんですね。鎌倉時代の親鸞も同じ態度でした。彼は、死ねば必ず浄土に行くということを明示してはいないんです。その神父さんと同じように、行けるかもしれないと言ったのです」と感心した。井上も「どこから見ても尊いカトリックの神父が、先のことは自分にもわからないけれども、自分はそうやって一生幻を描いてきて、その自分で作った幻のなかに入っていくことが死ぬということだ、と考えていることを知ったときはショックでした。ここに死ぬということを真面目に一生かかって考えている人がいる」という啓示を受けた。*10

二、珠玉の随筆と詩歌

神父の日本語による著書（戯曲、翻訳、教義書、随筆）は管見では約二一冊ある。戯曲は『細川ガラシア夫人』（カトリック中央書院、一九三九）と『戯曲選集』（中央出版社、一九七三）の二冊あり、和訳（共訳）は『聖母頌歌』（厚生閣書店、一九二六）、『基督讃歌』（同）、『キリストの生涯』（斯文書院、一九三五）の三冊、教義書は『こぶねよりの御声――キリストの喩』（中央出版社、一九五六）、編著『この世を生かすもの――キリストによる現代の人間像』（春秋社、一九六二）、『キリストのことば』（野口兵蔵訳、同社、一九六三）、『人生讃歌――12の聖歌による神への道』（同社、一九七一）、『ホイヴェルス神父説教集』（中央出版社、一九七三）、『師とその弟子――ティモテオ書解説』（同社、一九七五）の計六冊ある。

一番多いのは随筆集で、『神への道』（春秋社、一九二八）、『フォンドイッチェルアート』（大倉広文堂、一九三四）、『鶯と詩人』（エンデルレ書店、一九四八）、『時間《とき》の流れに』（中央出版社、一九五三）、『日本で四十年』（林幹雄編、春秋社、一九六四）、『わがふるさと』（中央出版社、一九六八）、『人生の秋に――ヘルマン・ホイヴェルス随想集』（春秋社、一九六九）、『私の好きな言葉――思想家と詩人の言葉』（土居健郎訳、エンデルレ書店、一九七四）、『ホイヴェルス神父――日本人への贈り物』（土居健郎、森田明編、春秋社、二〇〇二）、『ホイヴェルス神父――信仰と思想』（土居健郎、森田明編、聖母の騎士社、二〇〇三)、『心だけは永遠――ヘルマン・ホイヴェルス神父の言葉』(土居健郎・森田明編、ドン・ボスコ社、二〇〇九)、と一一冊ある。なお一九五三年以降の随筆集は内容的に重複するものが少なくなく、弟子たちの編集によるものが多い。そのうち、神父がドイツ語で執筆し、他人が和訳して刊行したものはわずか『キリストのことば』と『私の好きな言葉』の二冊だけであり、それ以外はすべて、神父が自ら日本語で綴ったものである。

ホイヴェルス神父は多くの珠玉の随筆を書き残している。その一つ「武蔵野のひばり」をここに引用しよう。

毎年三月はじめごろ、わたしは武蔵野に出かけ、伸び育つ麦畑のあいだを通って歩きます。それは、ひばりの声を聞くためです。うれしいことに、武蔵野のひばりも、わたしの故郷のひばりそっくりな歌をうたいます。麦畑のなかから舞い上がり、tirilirili と玉を転がすように歌っています。絶え間なく、休みなく、どこまでも高く昇りながら。そして、その姿は青空のなかの一点となって、やがて見えなくなってしまいますが、さえずり声だけは、露の玉のように空から下のほうへなおも垂れてきます。……

古いラテン語の格言は、ひばりに関するすべてを簡潔に表しています。

Laudat alauda Deum, dum sese tollit in altum,
dum cadit in terram, laudat alauda Deum.
(ひばりは神をほめたたえる、高く高くのぼりながら、地面に向けて低く低くおちながらも、ひばりは神をほめたたえる。)[*11]

このように、ひばりの飛ぶ姿をよく観察しているホイヴェルスは、明治天皇のひばりの歌「つぎつぎにのぼるを見れば雲の上に入りし雲雀や友を呼ぶらむ」をも紹介して、次の感想を披露する。

人は死の雲を一度は通らねばなりません。死には懼れもあるが怖るべきではない。上には大空の明るい光ばかりです。凡ての人はこの美しく澄み通つた世界に入つてゆくやうに決心せねばなりません。御製には此の象徴はあると思ひます。[*12]

ホイヴェルスは自分の観察とともに、古代の詩、日本の和歌を引き合わせて、東西に通じる生命観を呈示している。

ホイヴェルスの随筆集『人生の秋に——ヘルマン・ホイヴェルス随想集』が最近有名になったのは、その中の「最上のわざ」という詩が映画『ツナグ』(二〇一二上映)に引用されたからである。原作は辻村深月の小説『ツナグ』(二〇一一、第三二回吉川英治文学新人賞受賞作)で、ツナグとは、死んだ人をひと晩、蘇らせて、生きている家族や友人にただ一度だけ引きあわせて、心残りのことをかたり合わせる役目をもつ人である。

原作では、死んだ人の一夜だけの復活というテーマ以外に、キリスト教らしい影響は見当たらないが、映画になると違う。映画の中で主人公たちに一番多く繰り返されたセリフは、この「最上のわざ」という詩である。樹木希林演じる祖母はツナグという役割を、松坂桃李演じる孫に譲り、自分が静かに引退したいという気持ちを表している。この詩の言語的特徴と詩的含意を詳しく取り上げたのは、谷口幸代の論文「日本語の書き手としてのホイヴェルス」である。[*13]

この詩はホイヴェルスがドイツに帰国したときに、南ドイツで一人の友人からもらったものを和訳したものであり、随筆「年をとるすべ」に収められている。

この世の最上のわざは何?
楽しい心で年をとり、
働きたいけれども休み、
しゃべりたいけれども黙り、
失望しそうなときに希望し、
従順に、平静に、おのれの十字架をになう。

若者が元気いっぱいで神の道を歩むのを見ても、ねたまず、
人のために働くよりも、
謙虚に人の世話になり、
弱って、もはや人のために役だたずとも、
親切で柔和であること。

老いの重荷は神の賜物、

古びた心に、これで最後のみがきをかける。
まことのふるさとへ行くために。
おのれをこの世につなぐくさりを少しずつはずしていくのは、
真にえらい仕事。
こうして何もできなくなれば、
それを謙遜に承諾するのだ。

神は最後にいちばんよい仕事を残してくださる。
それは祈りだ。
手は何もできない。
けれども最後まで合掌できる。
愛するすべての人のうえに、神の恵みを求めるために。

すべてをなし終えたら、
臨終の床に神の声をきくだろう。
「来よ、わが友よ、われなんじを見捨てじ」と。[*14]

この詩が示してくれる、老と死を静かに受け入れ、神のふところに穏やかに帰っていく、という境地は、キリスト教信者だけでなく、誰もが望むものであろう。

聖路加国際病院の神経科医の大平健は、この詩を詠んですぐ、自分の仕事机のガラス板の下に入れて置きたいと思った。「僕はカトリックではないが、ホイヴェルス神父の描き出す臨終の場面には心くつろぐものを感じ」たからである。[*15] このように、この詩はかなりの普遍性がある。『ツナグ』という映画にも頻繁に引用され、観衆に愛誦されるようになったことを見ても分かるように、このドイツ語の原詩を日本語に訳したことによって、キリスト教の普遍性を、日本語文学にも導入することになっている。

ちなみに、ホイヴェルス自身が帰天する前、「イエズス、イエズス、わたしのところへきてください」と祈りつづけたといわれる。[*16] 前記の「来よ、わが友よ、われなんじを見捨てじ」という言葉の実現を望んだ長年の気持ちの表れだろう。実際、臨終の時、見舞客に「今、死ぬ練習をしています」[*17]とユーモラスに言い、死に対する持ち前の余裕を印象づけてくれる。

三、細川ガラシャへの敬服

新村出は、「キリシタン女性について、宣教師がページを割いて称讃を惜しまぬこと、この細川夫人に如《し》くものがない」と言い、「夫人の信仰にはひつたのは、女性の地位感情を本当に尊重されて、それがため深い深い信仰に入つたので、あの壮烈な最後にも、伝統の血もあるが、キリシタン信仰も加はつて両全の美をなしたものかと思ふ」と書いたことがある。[*18]

ホイヴェルス神父もまた、長い間、戦国大名・細川忠興《ただおき》夫人の玉（一五六三—一六〇〇、洗礼名ガラシャ、神父は「ガラシア」と表記）の人生に関心をもっていた。玉は一五歳の時、織田信長の媒酌で忠興と結婚。二〇歳の時、父・明智光秀が謀反し、主君信長を殺害したため、玉は夫に離縁され、丹後の山奥の味土野で幽閉生活を二年ほど余儀なくされる。のち、豊臣秀吉に許されてから大坂で夫と復縁し、夫を通して高山右近のキリスト教信仰を知る。夫に外出を禁じられたため、夫が薩摩遠征中、生涯一度だけ教会を訪れ、のちキリシタン侍女から洗礼を受ける。徳川家康側についた忠興が戦に出かけてから、玉は石田三成の部隊に人質に捉えられようとした時、夫の命令を守り、人質にされないように命を失う。それを目撃した侍女・霜が教会の神父に彼女の最期を伝えたという。

細川ガラシャのことを最初にヨーロッパに伝えたのは、イエズス会宣教師イタリア出身のオルガンティノ（Organtino Gencchi-Soldo 一五三三—一六〇九）が一五八八年三月三日に、追放先の小豆島から出した書簡だろう。オルガンティノは、一五八七年に「異常な熱意」によって受洗したガラシャが夫の横暴に困っており、キリシタン侍女で美貌なルイザを忠興の欲望から逃せたこと、ガラシャによく協力しルイザを保護した家来の孫四郎のことなどを述べ、五畿内のキリシタンは「キリストの愛ゆえに死を望まぬキリシタンとては一人も見受けられぬ」と書き、[*19]また五月六日付の書簡では、ガラシャの離婚願望を彼が思い留まらせたことにも触れている。[*20]

フロイスの『日本史』もガラシャについて詳しく報告している。すなわち、細川忠興夫人は「繊細な才能と天稟の知識において超人的」であり、禅宗に打ち込んだために、「躊躇や疑問は後を絶た」ず、「霊魂は深い疑惑と暗闇に陥」り、しかも夫に監禁同様に幽閉され、屋敷から出ることを許されない彼女は侍女たちの協力で屋敷を脱出し、付近の教会に行って修道士高井コスメの説教を聞き、キリスト教の霊魂不滅性に対して禅宗の知識をもって反論し、コスメに「自分は過去十八年の間、これほど明晰かつ果敢な判断ができる日本の女性と話したことはなかった」と思わせた。ガラシャは「聖なる洗礼を授けてほしい」と手を合わせて懇願し、さらに教理本を借りた。しかし、その「華麗な身ごしらえや品位」から秀吉の側室ではないかと修道士に疑わせてしまい、洗礼は見送られた。

その後、夫人は侍女を通して教義に対する質問を教会に届け、返事をもらうように繰り返し命じた。彼女は侍女らを教会に送り、一六人も受洗させた。彼女が神学校の少年や司祭に日頃届けていた贈り物は多く、周辺の貧しい人々にも米などを分け与えるようになった。しかし、洗礼を切望した彼女は、屋敷を出ることが叶わないため、思うようにいかない。のちに秀吉のイエズス会員追放の報せをうけると、彼女はもし秀吉がキリシタンを殺そうとするようなことがあれば、「私は他のキリシタンの婦人たちとともに、真先にその場に赴いて殉教する」といい、宣教師に対する深い同情を示して、ついに司祭から授洗の訓練を受けた侍女マリアから洗礼を受け、「ガラシャ」という洗礼名を授けられた。受洗後の彼女は性格上大きな変化があり、鬱病から立ち直り、快活、忍耐強く、謙遜、温順な人格者となったという。[*21]
フロイスによれば、ガラシャの信仰は驚嘆に値するものである。彼女のキリスト教義に関する知識は、洗礼を授けたマリアが教えた以上のものではなく、のちほど幾通かの書簡と、司祭たちが彼女に送ったわずかの書物によって知っただけであるが、勇気と忍耐をもって苦難に耐えた、と書いている。[*22]

彼女の受洗と死は、同時代の宣教師の報告を通してヨーロッパに伝えられ、一六九八年のウィーンにおいてイエズス会の音楽劇『Mulier fortis: Gratia』（気丈な貴婦人）の主人公として登場する。その内容は、入信したガラシャが夫忠興の拷問によって死を遂げたが、忠興は後悔し、罪責感に悩まされ、ガラシャの信仰の伝達者となるというものである。[*23] 今日の日本でも、ガラシャの名前はテレビドラマや小説などによって知れ渡っている。

ホイヴェルスにとって、「ガラシア夫人こそは、摂理のいとも厳しい導きのもと、この静寂なるコスモスの調和を打破って、聖霊の火により、神の聖心の調和にまでたどりついた人だ[*24]」ということになる。神父は仏教的な輪廻観や無常観から離れて、キリスト教に人生の意味を見出したガラシャ夫人に、日本宣教の可能性と希望を見つけたのだろう。

ホイヴェルスが脚本を担当した映画『殉教血史　日本二十六聖人』（一九三一上映）には、ガラシャが二回登場している。[*25] そして、演劇の脚本「細川ガラシア夫人」を書き、一九三六年に上演され、同じ年の暮れにベルリンでも上演されたようである。一九三九年に脚本『細川ガラシア夫人』[26]が刊行され、サレジオ会のイタリア人宣教師ヴェンチェンツォ・チマッティ神父（一八七九―一九六五）の作曲で公演された。[27]この歌劇は、まず国民歌劇協会（一九三九発足）によって、一九四〇年一月二四、二五日に日比谷公会堂、五月二一―二三日に大阪朝日会館、四二年四月二三―二六日に仙台座、六〇年五月二七・二八日に文京公会堂、六五年一月二三、二四日に読売ホール、六六年五月五、六日に虎ノ門ホール、六七年一〇月六日に文京公会堂で、それぞれ公演された。[28]

当時の報道を見れば、一九六五年一月の上演の際、「美しく、悲しく、ときに荘厳なメロディーは満員の客の拍手をあびていた」とある。[29]それから二四年後の一九八九年一月には、熊本県民オペラによって熊本県立劇場と東京の簡易保険ホールとで上演されている。[30]

ホイヴェルス神父は脚本創作の動機について、「彼女が備へてゐた武士道の美徳、即ち犠牲の精神、勇気、真剣などは、誠に立派なもの」であり、「彼女の思想知識に対する熱情」があり、「ラテン語やポルトガル語も勉強し」、「信仰に依つて清い心、深い心、他人に対する優しい心を養ひ、その屋敷近くの貧民児童及び病人の救済事業等をも営んでゐる」ため、「私は日本の生んだこのやうに偉大な婦人を全世界に知らせようと微力ながら努力せずにはをられ」ないといっている。[31]オペラが上演された一九四〇年、神父は「ガラシアが踏み出す世界文学上への第一歩であったなら、大変に倖せである」という期待を抱いている。[32]

「全世界に知らせよう」という夢は、一九五二年、ホイヴェルス原作に基づいた映画『乱世の百合』によって実現されている。この映画は、「〝羅生門〟をしのぐ立派な作品にしたい」という抱負をもつ御手洗彦麓の脚本、大岩大介の監督、マリア・ミタライ（五月信子）の主演で、リリア・アルバ社によって製作され、ヨーロッパ諸国から注文を受けていた。[*33]

図22　中村歌右衛門演じるガラシャ。出典、図20に同じ

図23　中村歌右衛門とホイヴェルス神父。出典、図20に同じ

一九六五年一一月、ホイヴェルスの脚本は今日出海の演出、中村歌右衛門の主演で歌舞伎座で催され[*34]、一九七九年六月の中村歌右衛門による「演舞場最後の歌舞伎」の時も上演されている。[*35]ホイヴェルス神父は、「私はカブキでやるのを、はじめから一番希望していた」と言い、「私は夫人を紹介することで、日本の心、日本の本質を世界の人に知ってもらい」たく、「心の深みをカブキを通して」見せて、「カブキに新鮮なカラーができると思います」と期待していた。[*36]ガラシャ、そして日本人の本質を世界に紹介し、また歌舞伎にも貢献しようとするこの試みは、彼の日本文化に関する造詣の深さを表している。

ホイヴェルス神父によれば、その脚本の主眼はガラシャの全体像にあり、「勇ましい最後」のみではない。その死だけを取り扱った描写の「多くは誤った解釈によって、一つの定まった形[*37]」になっている。したがって、自分の脚本は、彼女を「世界文学史上に誇るべき、すぐれた日本女性の一人」として、「二十歳のころから十八年の長い間、波乱をきわめた戦国の時代に身をさらし、いくたびも死と直面して、ようやく神よりくるよろこびを受け、……いかにして存在の疑問を解決したかという彼女の生涯を、劇として書いて」みたのである。[*38]それは、現世の苦しみと理不尽な死を乗り越えて、キリスト教の究極的な目的である「永遠の命」を目指す彼女の人生そのものだったようである。

ホイヴェルス神父の利用した史料は、脚本『細川ガラシア夫人』の附録として掲載されている。細川家の記録「綿考輯録九、一三」（一七七八成立）と侍女の回想記「霜女覚書」（一六四八執筆）

があり、宣教師の書簡はアントニオ・プレネスチノ（一五八七年一通）、ルイス・フロイス（一五八八、九二、九五、九六、九七年の五通）、オルガンティノ（一五八九、九五年二月一四日の二通）、ワレンチノ・カルワリオロ（一六〇一年一通）、フランシスコ・パエス（一六〇一年一通）、そして長崎で編集されてローマに送られた「日本年報」（一六〇〇年一〇月、一六〇一年）がある。

ホイヴェルス神父は、作家の森田草平の随筆「思いつくまゝに（３）丹後の宮津」（『読売新聞』一九三五年五月二三日）を頼りに、「京都府与謝野郡野間村字味土野」という玉の幽閉地について考察し、その山奥の谷間にある盆地の地形を見て、幽閉された玉の絶望的な環境を知り、彼女の悲しみと苦しみを描く手がかりを得たという。[*39]

ここでホイヴェルス神父の依拠した、当時の宣教師の書簡の一部分を簡単に紹介する。プレネスチノは、細川夫人は「救世の真理を聴いてからは以前とは全く別の婦人になつてしま」い、「以前は憂鬱な気性であつたが、今は明るく元気になり、憤怒は忍耐になり、頑なで烈しい性格は一変して優しい穏かな性格になつた」と書き、[*40] 信仰による心理上の変化を強調している。フロイスの一五八八年二月二〇日付の書簡は、ガラシャが「非常に熱心に修士と問答を始め、日本の各宗派から種々議論を引出し、又吾々の信仰にいろいろの質問など続発して、時には修士をさへ解答に苦しませる程の博識を示されたので、『日本で未だ嘗つて、これほど理解ある婦人に、又これ程宗教に就いて深い知識を持つて居る人に会つた事は無い』と修士は云」い、さらに宣教師セスペデス宛てのガラシャの手紙をも引用している。それは「神父様、ご存じの如く吉利支丹と相成《あいなり》候《そうろう》儀は人に説得されての事にては無く、唯一全能の天主の恩寵により、妾《わたくし》がそれを見出しての事に罷在《まかりあ》り候。仮令《たとい》、天が地に落ち、木や草の枯れはて候とも、妾の天主に得たる信仰は決して変る事無かるべく候」という内容であった。*41

ホイヴェルス神父の脚本は、これらの宣教師の記録に基づきながら、史料に現れてこない彼女の心理状態を、文学者の筆で造形しようとしたのである。

四、それまでのガラシャ像

一八七三年、キリスト教禁令高札が撤廃されてから、キリシタンをめぐる史実が徐々に明らかにされ、細川ガラシャのことも広く知られるようになった。イエズス会司祭クラッセの『日本西教史』(一六八九パリ刊行、一八八〇和訳)は、彼女の教会訪問と受洗への渇望、侍女経由の宣教師との文通を詳しく紹介している。*42 日本研究家パジェスの『日本切支丹宗門史』(一八六九―七〇刊行、一九三八和訳)は、臨終前のガラシャは、侍女たちを逃れさせてから、「跪《ひざまず》いて剣の前に首を延べた。家臣達は、隣室に行つて、城に火をかけた後に切腹した。総ての物が皆灰になつた」と書き、*43 自ら命を絶ったのではなく、誤った武士の考えによって死を強いられたのだと指摘している。大正期から昭和期にかけて日本人の歴史観に絶大な影響を与えた徳富蘇峰の『近世日本国民史』(一九二一―二二)も、宣教師関係の史料を多用し、細川夫人のキリスト教入信とポルトガル語とラテン語の学習に触れつつ、夫人の最後は自殺ではないと断定し、自分の「子供を殺す可《べ》き筈はなかつた」といい、世間で流布された子供二人の殺害と自害説に異を唱えている。[*44] その後のスタイシエン著、ビリヨン訳『切支丹大名史』（一九二九）も、彼女が最後に子供と侍女たちを逃してから家老に命を絶たれたことを改めて伝えている。[*45]

ガラシャの殉教心は、グスマンの『東方伝道史』（一六〇一）においてすでに言及されている。彼女は秀吉の禁教政策に抵抗し、いつでも殉教するつもりでいた。「日常生活は清浄な身形で磔刑《たくけい》されるやう、その時の着物の用意」をし、「若《も》し真夜中にその通知があつた時には、第一番目になるため跣足《はだし》で走つて行くだらう」と言い、「私は聖信仰のため死の用意をしてゐる。若し眼前に抜刀を見た時普通の女のやうに恐るかもしれない。それ故にその時が来た時には他の者と一緒に死ぬるやう執行人のところへ私を連れて行つて欲しい」とも言ったとされている。[*46]

田端泰子の『細川ガラシャ』は、ガラシャの死は、キリスト教の禁じる自殺を避け、家臣に胸を突かせる方法によったもので、細川家の「義」を守ることと、強まるキリシタン迫害に殉じる「殉教」を両立させようとしたものと見る。[*47] 安廷苑の『細川ガラシャ』は、死ぬ数年前に迫害された神父に殉死する意思を示したので、究極の状況下で死を選ぶことは、「殉教とのつながりがあった」と考えている。[*48] これはヴィリオン神父の『日本聖人鮮血遺書』における言及と同じである。ホイヴェルス神父は、「あれは矢張り夫の命令で小笠原に殺されたと見るのが本当のやう」だという見解をもっている。[*49] 一方、『国史教授に必要なる日本女性史』（一九三一）収載の「細川ガラシャ夫人」は、ガラシャの死は自殺か他殺かを論じるところにとくに重きを置いている。[*50]
明治期の読み物は、細川夫人を烈女として描くものが大半である。たとえば、小島玄寿編『日本烈女伝』[*51]では、細川夫人が夫の命令を守るために自害し、林正躬《はやしまさみ》『大東烈女伝』では、子供二人を刺してから自害し[*52]、西村茂樹編『婦女鑑《ふじょかがみ》』[*53]や、『中学漢文』[*54]、『修身の巻』[*55]、『世界日本新お伽《とぎ》十種』[*56]などもガラシャの自害を年少読者に伝えている。この〈貞女〉〈烈女〉は当時の通俗的なガラシャ像であった。
脚本や上演も自害説を中心とする。河竹黙阿弥の歌舞伎台本「細川忠興の妻」(一九〇三上演)[*57]と、藤沢古雪の脚本『がらしあ――史劇』(一九〇七)[*58]があり、藤井伯民の脚本『細川がらしや』(一九二二)[*59]は、死を眼前にするガラシャの信仰心を描き、同年六月一九日に有楽座で上演されている。[*60]一九二六年に帝国劇場で上演された岡本綺堂の『細川忠興の妻』では、玉はキリスト教の道を守り生き延びるか、武士の妻として死を選ぶかという葛藤に苛まれて、結局二人の子供を道連れに自害する。[*61]また、土屋元作の謡曲「ガラシヤ」(一九三一)[*62]も自害の場面を描写している。
それらとは大きく異なるものとして、芥川龍之介の小説「糸女覚え書」(一九二四)は前記の「霜女覚書」をパロディー化し、虚構人物「糸女」が嘲笑と批判を込めて観察した秀林院(ガラシャ)を登場させ、斬首される前に若侍を見て赤面したため糸女の好感を買ったという結末である。この異色なガラシャ像は、武士道とキリスト教、日本と西洋との葛藤を「かろやかに超越した」ものとみられる。[*63]それは〈貞女〉〈烈女〉という通俗のイメージからガラシャを解放したことにもなる。

ガラシャの信仰を中心とする作品は、キリスト教雑誌『声』に五回連載された若葉生の「細川忠興夫人」[*64]がある。また井伊松蔵「細川福子の方ガラシャ夫人を懐ふ」は、「悶々遣《や》る瀬なきの時仏教に走るのは邦人の通常事である」が、彼女がキリスト教徒になったのは「天主教が当時の人々に偉大な期待を持たしめた」からであり、その死は「諸大名の多数妻子を救ひ良人を四十万石の大大名になし徳川氏の天下を定むる素因となつた」と見ている。[*65]龍居松之助『日本名婦伝』の「細川ガラシャ」も、三成の人質にならなかったことは「関ヶ原の勝敗に影響を及ぼせた」と讃えている。[*66]

琴月の短編小説「細川ガラシャ」[*67]は、キリスト教信者の夫人が悲観的に運命を思う人物として描き、鷲尾雨工の短編「秀吉と細川」[*68]は、夫婦間の確執や、夫人が仏教の「諸法空相、不生不滅」を理解できず、キリスト教に深い興味を抱いていることなどを描く。ガラシャのキリスト教入信の理由と最後の「殉節」を丁寧にたどるのは、大井蒼梧の『細川忠興夫人』[*69]と満江巌の『細川ガラシャ夫人』[*70]である。

ガラシャの魅力は、キリスト教入信によって自らの性格を変えたことである。田端泰子によれば、「なによりも玉子がすばらしいと思われるのは、厳しい境遇に打ちのめされ、鬱病にまで悩まされながら、それをキリシタンになることで克服し、「怒りやすく」気位の高い尊大な性格から、快活で、周囲の人々を信徒に変えようとする積極的な性格に、自らを変えたことであろう」[*71]ということである。

五、ホイヴェルス脚本の特色

この脚本の跨《また》がる時代は、一五八三年から一六〇〇年までの一七年の歳月であり、登場人物は細川忠興、細川夫人、家老・小笠原少斎、侍女・京原など。まず一幕一場（一五八三年、夫人の幽閉場所丹後国三戸野）では、秀吉の家来の到来を知った少斎が、夫人に自害するよう説得を試みる。二場では、夫人が天下一幸福な女性が一夜にして天下一不幸な人に変わった自分を憐れみ、蓮の花を見ながら、「やがてしぼまねばならぬ時もあらうに」と思い、「無と言ふものが、こんなに美しいものを創るものと思ひますか。さうして意地悪く打壊ちて行くものと思ひますか」と問いかけ、万物の創造主の存在、生と死の意味を探る。間もなく、秀吉の家来の到来は花畠を作るためだと知り、ひとまず安堵する。しかし、夫人は「余り喜んではなりませぬ」と思い、蓮の花に向かって「いつまでも、そなたを育て、花を咲かせて呉れるのは、誰なの」と問い続ける。

この心情について、三木サニアは「仏教的無常観——「諸行無常」、「栄枯盛衰」の世にあって、万物の本質を「無」と観じつつも、なおも絶対的な何ものかを探さずにはおられ」ず、「存在の根本原因としての超越的な何ものかへの問いかけが浮上する」と指摘している。[*72] たしかに、ホイヴェルスが設定しているのは、「世界、宇宙、人生は一つの混沌であり、而《しか》も意味のない混沌であつて、何の目的もなしに渦巻のやうに変転して人の心を苦しめるのであるといふ思想」を持ちながら、それを超越しようとする人物である。*73

二幕一場（一五八七年春、大阪《ママ》の細川家新屋敷）では、薩摩へ出陣する前の忠興に、夫人は「私は、いつぞや三戸野で、蓮の花を見て、深い所から起上らうとする、その力に驚き」、「桜の花が、瞬《またた》きます。その瞬きが、私を驚かします。誰かゞ、この世の遥かな端から私に瞬きをする」と語る。忠興はキリシタン大名高山右近の信仰を彼女にこのように紹介する。「高山は、天の主を、天地を創らせ給ふたと言ふお方を信じて居るのぢや。それはデウスと申さるゝとか」と。夫人はたちまち「そのお方が、深い所から、蓮の花を引き上げたのでございませうか。その方が花の枝をもつて、私に瞬きするのでせうか。デウス様と申さるゝ御ン方」と思いを馳せる。自然界の栄枯盛衰の根本的原因を探求することは、自分自身の存在の意味を究明することでもある。

二幕二場では、夫人は京原を誘い、「永遠の真理《まこと》」を知るために、忠興の外出禁止命令を破って、屋敷を抜け出し、教会に向かう。三場では、散歩中の日本人修道士ヴィンセンチオが、酒に溺れる花見人に「皆さんは、不思議には思ひませんか。一体誰方が花を咲かせるのでせう」と訊くと、「そりやあ、きまつてらあな。春のお天道様よ。さあ、もう一杯やんな」と即答がくる。細川夫人の探究心と正反対である。

一方、細川夫人と京原はスペイン人セスペデス神父に「私達は、只、此の世のことが知りたいのでございます。何故、花が開き、凋《しぼ》むのでございませう。何故、人は喜び、又、悲しみも致すのでございませう。さうして、何故、私達は、生れ、死なゝければならないのでございませう」と質問する。しかし、神父は自分は「日本語が下手」で、「あなた方、判るやうに私、喋れません」という逃げ腰。夫人は「貴方の仰有《おつしや》ることは、すべてよく判ります」と答えて質問を続ける。このやりとりは興味深い。コミュニケーションは、言葉が流暢だから意味が通じるとはかぎらない。多くの場合、むしろ真摯な態度がコミュニケーションを成功させる。

四場では、教会で教理を教わった後の夫人は六歳の息子を抱きあげて、「ほんにそなたは幸福ぢや。母は二十四のこの春まで、一体、何処の誰方が、天地や諸々の物を創らせ給ひ、色彩をつけさせ給ひしか知らずに居ました。……そなたがまだ六つぢやあと言ふに、もうそれを知つて居るのぢや」と喜びを溢れさせる。

三幕一場（一五八七年夏）では、忠興のまもない帰還と高山の追放を聞いた夫人は、キリスト教信者になった京原に洗礼を授けられる。霊名は「ガラシア――神のおいつくしみ」と決められる。二人の対話は次のように展開する。

京原　奥方様の、新しいお名前、それはガラシア……

夫人　ガラシア――私へ、主の微笑み。

京原　その微笑みの下で、あなたの心の最初の花が芽ばえます。

夫人　ガラシア――私へ、主の久遠《くおん》の愛。

京原　その愛の呼吸の下に、はじめて、喜びの泉が湧き出します。

夫人　ガラシア――我が主の御許しの接吻《くちづけ》。
京原　その接吻の下で、神の子、我が姉妹となるのです。
夫人　ガラシア――乾いた土に注がれる、天上の露。
京原　その露に潤《うる》ほされて、心の園に実が結びます。幾度となく。

「恩寵」を意味するガラシアという言葉は、二人のあいだに限りない共鳴を呼び起こす。これはガラシャの人生における至福の瞬間となる。殺戮とは正反対な「慈愛」（主の微笑み）、「保護」（久遠の愛）、「寛大」（御許し）、「平等」（我が姉妹）、「充実」（天上の露）は、今まで求めても得られなかった、何よりも貴重なものである。

四幕一場（一六〇〇年、大阪の往来）では、イタリア人神父オルガンチノが、修道士ヴィンセンチオに向かって、一三年前に一度しか訪ねてこなかったガラシアを讃える。「あのやうな立派な婦人は、お国に二人居ません。……ポルトガル語、本についただけで学びました。失礼ですが、あなたより、上手に手紙書きます。その上ラテン語も学びました。しかし、あの方の偉いことは他にあります、それは獅子のやうに怒りつぽい、あの方の御主人と、私達や自分とを仲良くした事です」と感心する。

二場では、徳川家康の陣営に合流する前の忠興が現れ、三成が攻めてきたら、キリスト者の夫人は自害しないだろうからと、家老少斎に介錯を頼む。三場では、三成の部隊が夫人を人質にとろうとして攻めてくる。夫人は侍女と子供たちをまず逃がしてから、辞世の歌「散りぬべき、時知りてこそ、世の中の、花は花なれ、人は人なれ」を口ずさんで次のように祈る。
今こそ命すつべき時
光輝くデウスの御国の、
尊きひかり、我を召させ給ふ。
紫のけぶり、紅のほむらに、
五体は空に帰するとも、
我が魂の故郷へ我は召されて帰る。
救ひ給へや、我が主よ。
愛の御手、さしのべ給へ。
最後の御めぐみ、たれ給へ。
花は咲き競ふ、その中に
天に帰する喜びは鳴り響く、
五彩の雲に、天使の微笑み、
妙《たえ》なる楽の音は讃歌をかなで、
高らかに歌声は、四方にひゞく、
お召しの声、我を招く、
遥かなる天より

遥かなるこの地上へ
尊きみこゑす
天主の御こゑ
我が父の……

この祈りは歓喜に満ちている。「死」の向こうに「我が魂の故郷」があり、光と色彩と音楽に包まれる「デウスの御国」がある。したがって、この辞世の歌は、「散るべき時を知っているからこそ、この世から花も人もいさぎよく離れていける」と解釈できるだろう。キリスト教に入信してから、彼女の人生はもはや目的のない「混沌」たるものではない。死は「永遠なる命」につながり、無意味のものではなくなった。

もう一つ注目すべきなのは、ホイヴェルス脚本には、当然なことだが、家父長制度に殉じたことへの賛美がないことである。歴史上の可能性として、細川忠興が人質に取られそうな妻に死を命じなければ、ガラシャは生き延びたかもしれない。ガラシャの死は、夫、家族、家父長制への殉死であったことは否めない。もしも、ガラシャの離婚願望が教会によって許可されたら、細川の正妻として「非業の最期を迎えることはなかった」ともいわれる。[*74]

ホイヴェルスは、その点をあえて取り上げず、むしろ死ぬ運命をきっかけに天国への道を嬉々として歩んだ女性像を作ったのである。これはキリシタン時代の宣教師が、[*75]女性は男性と同じ権利をもち、自分の運命を決めることができる者であると教えていたことの再現ともいえよう。ガ

図24　細川ガラシアの辞世の歌・チマッティ神父の作曲。出典、図20に同じ

ラシャはいわゆる「貞女」「烈女」という儒教的観念と無縁な女性として、ホイヴェルス脚本に登場したのである。

この辞世の歌に対するホイヴェルスの評価は、彼の随筆集『日本で四十年』にチマッティ作曲の歌の楽譜を掲載していることから見られる[*76]（上図）。

この脚本に対し、柳谷武夫の書評は、「ホイヴェルス博士の戯曲一篇はよく夫人の精神を理解し、確実なる史実を基礎として、禅的求道からキリシタン的完成に至るまでの夫人の精神の発展を示されたところに著しい特色をもつもの[*77]」だとしている。

六、神の〈風呂敷〉の花模様

ホイヴェルス神父の目指す「世界文学」の意味について考えてみよう。この言葉は、ゲーテが一八二七年に初めて提起したものと思われてきたが、実際はそれより前にすでに使われていたことは、ドイツの研究者ヴォルフガング・シャモニの論文『『世界文学』――ゲーテより半世紀も前に初出していた語」によって明らかにされている。[*78]
シャモニの考察によれば、ドイツ啓蒙主義の代表的歴史学者でゲッティンゲン大学教授のアウグスト・ルートヴィヒ・シュレーツァー（一七三五—一八〇九）が著書『アイスランドの文学と歴史』（一七七三）において、Weltliteratur（世界文学）という用語を初めて使った。それは、アイスランド文学が「アングロサクソン、アイルランド、ロシア、ビザンチン、ヘブライ、アラビアそして中国の文学と同じほど世界文学全体にとって重要であり、またそれらと同じほどまだ一般には知られていない」という文脈の中において使われたのである。シュレーツァーが「世界文学」という概念を提起できた背景には、当時のゲッティンゲン大学が珍しく「世界」に開かれた大学で、シュレーツァー自身がフェニキア、スカンディナヴィア、ポーランド、ロシアの歴史研究を、スウェーデン語、ロシア語、ドイツ語、そしてラテン語で発表して、「全世界に向けられた好奇心が文学の分野」にもおよんだことがある、ということが分かる。
なおシャモニは、シュレーツァーの「世界文学」は「足し算的」で「いかにも単純」であるのに対して、その半世紀後にゲーテの提起した「世界文学」は、「現在、そして将来に発展する、グローバルな文学者の交流と文学作品の相互交換の過程をさす」ものだと指摘している。
ホイヴェルス神父はゲーテの言葉をよく引用し、ゲーテ文学の心酔者であったことは身近の人に証言されている。[*79]ゲーテの「世界文学」という言葉をも知っていただろうと推定できる。ただ、ゲーテのいう「世界文学」ははっきりとは定義されていないため、その意味についてはいまだに議論され続けていることを付け加えておく。
ゲーテの言説を総括すれば、定義そのものではないが、次の五点に分けることができる。すなわち、(1)「普遍的世界文学」が形成されつつ、すべての国民がドイツ人に目をむけているため、ドイツ文学は「国民の内面を徐々に明るみに出」していくこと。(2)ドイツ人は自惚れに陥らず、「外に目をむけ」て、世界文学の時代の到来を促進すべきこと。(3)「個々の人間や個々の民族の特殊性」にある「真に価値あるもの」は「人類全体のもの」になれば、際立ってくること。(4)文学者は「愛情と共通の関心によって共同で活動する契機を見いだ」し、「自由な精神的交易」に参加すべきこと。(5)「諸国民がすべてにたいするすべての関係を知」れば、「普遍的世界文学が生れ」てくること、というものだ。[*80]
わかりやすく言えば、ゲーテの目指していた「世界文学」の精神は、透徹な観察を行い、物事の本質を反映する〈文学〉の、他国の言語と文学に親しみ、広い視野をもつ〈文学者〉、特殊から普遍へ、刹那から永遠へ、という〈文学的効果〉、高尚な読書趣味を育て、人類の知性を進歩させる〈文学的努力〉というものだっただろうと思う。[*81] ホイヴェルス神父の創造した細川ガラシャ像は、世界創造の真実と流転生死の真相を追求し、ポルトガル語とラテン語を独学して外国人神父と交流し、刹那な人生の苦しみと死の恐怖に打ち勝ち、「永遠なる命」を求め、崇高な精神世界をもつ人物であり、まさに「世界文学」の精神の代表者のようにも受け止められる。
もう一つ注目すべきなのは、ホイヴェルス脚本が日本語による執筆ということである。おもしろいことに、神父は自分の執筆言語を覚えていない。一九六五年の歌舞伎上演のときに、「これを書いたのは、もう三十年前ですね。日本語で書いたか、ドイツ語で書いたのか、もう忘れました」と言ったことがある。[*82] 神父は執筆言語よりも、特殊性をもって普遍性を暗示してくれる人物の創造のほうが大切だったのだろうと推測できよう。ドイツ語や英語ではなく、日本語で書くことによってでも、日本の観衆と読者に訴える力があれば、自ずと「世界文学」になるという希望があった。「宣教師たちの日本語文学」にこのような「世界文学」的精神があることを見逃すことはできない。

ホイヴェルスは日本語と日本文学から、多くの甘露を吸い取っている人である。また日本の古典文学を研究し、そのジャンルを用いて創作したことに大きな満足感を得ているようである。実際には「聖アウグスチヌスの――conserva et observa（各民族のよきものを守り、かつ保存せよ）――ことばのとおり、日本のすぐれた古典芸術をもって日本の古き、よき心を、（キリスト教の精神に照らして）守り、保存するという使命を幾つか試み、また将来に向かっても、新しい希望と可能性を示すことができた」と述べている。[*83]

ホイヴェルスは晩年になってから、自分の書いたものを読むのが好きだと言い、「人生が自分に何を贈ってくれたかが一番よく分かるから」だと友人の司祭に語ったことがある。[*84] その内容は、戸川敬一の言葉を借りれば、日本人の「心に自然にそなわっているキリスト教的なもの」を輝き出させることに力を注いだものが中心である。つまり、日本の風俗習慣に新しい意味を持たせることによって、日本人が自然にキリスト教的なものに心を向けるようにし、日本人の耳に最初は異様に響いたキリスト教的なものもさほどの違和感なしに受け入れることだ、ということなのだ。[*85]

一例を挙げよう。ホイヴェルス曰く、日本で人が人に贈り物をあげるとき、まず相手の気に入るものを選び、きれいな箱に入れて、風呂敷に包んで持参する風習があるが、キリスト教の神様も日本の習俗にしたがって、独り子のイエスを贈り物として人類にあげるために、聖母マリアという宝箱にまず入れて、「世界宇宙」という風呂敷に包んでから差し出す、という比喩を使っている。[*86]

このたとえ話を真似すれば、「世界文学」の精神をもつホイヴェルスの日本語文学は、神の〈風呂敷〉の一つの花模様ともいえよう。

土居健郎は、「明治以来、日本に渡来した外国人宣教師・教師の数は極めて多いが、ホイヴェルス神父のように、その主要著作が本人自身の日本語で発表されているというものは、他に例を見ないのではなかろうか」と言ったことがある。[*87] 実際は、ホイヴェルス以外にも多くの宣教師が日本語文学を創ったことはいうまでもない。宣教師たちは、いずれも日本語日本文化への理解を通して、日本人を信仰の道へ案内しようとした。そのなかで、ホイヴェウルスの日本語文学は、特に詩的な香りが高いといえるかもしれない。

略年譜[*88]

西暦	年齢	事蹟
一八九〇年	零歳	八月三一日ドイツ、ヴェストファーレン州ドライエルワルデ村に誕生。
一九〇九年	一九歳	四月一九日オランダ・エクサーテン修練院でイエズス会に入会。ファルケンブルク大学で哲学・神学を学ぶ。
一九一三年	二三歳	イングランド、ストニハスト・カレッジに留学、哲学課程を修了。
一九一四―一六年	二四―二六歳	インド・ボンベイ市聖スタニス学園でラテン語、地学の講師を担当。
一九二〇年	三〇歳	ファルケンブルク大学で司祭叙階。日本宣教を志願。
一九二二年	三二歳	ハンブルク大学で日本語・日本文学を研究。
一九二三年	三三歳	上智大学でドイツ語・哲学を教授。
一九二六年	三六歳	共訳、京谷涼二編『聖母頌歌』（厚生閣書店）を上梓。
一九二八年	三八歳	『神への道』（春秋社）を上梓。
一九三四年	四四歳	『フォンドイッチェルアート』（大倉広文堂）を上梓。

一九三五年	四五歳	共訳『キリストの生涯』（斯文書院）を上梓。
一九三七年	四七歳	上智大学第二代学長に就任。
一九三九年	四九歳	『細川ガラシア夫人』（カトリック中央書院）を上梓。
一九四一年	五一歳	学長を辞し、麴町聖テレジア教会助任をつとめる。
一九四六―五九年	五六―六九歳	旧制一高、東大教養学部、その他の諸学校で講師を歴任。
一九四七年	五七歳	麴町教会がイエズス会に委託されると同時に、主任司祭に就任。
一九四八年	五八歳	日本カトリック学生連盟総裁に就任。『鶯と詩人』（エンデルレ書店）を上梓。
一九五三年	六三歳	『時間《とき》の流れに』（中央出版社）を上梓。
一九五六年	六六歳	『こぶねよりの御声――キリストの喩』（中央出版社）を上梓。
一九六四年	七四歳	『日本で四十年』（春秋社）を上梓。
一九六八年	七八歳	『わがふるさと』（中央出版社）を上梓。

一九六九年	七九歳	勲二等瑞宝章を受ける。『人生の秋に──ヘルマン・ホイヴェルス随想集』（春秋社）を上梓。
一九七一年	八一歳	述『人生讃歌──12の聖歌による神への道』（春秋社）を上梓。
一九七三年	八三歳	来日五〇周年記念の企画として『戯曲選集』と『ホイヴェルス神父説教集』（中央出版社）を上梓。
一九七五年	八五歳	『師とその弟子──ティモテオ書解説』（中央出版社）を上梓。
一九七七年	八七歳	六月九日に帰天。

注

＊1　本章は、小文「ホイヴェルス脚本『細川ガラシア夫人』」郭南燕編著『キリシタンが拓いた日本語文学』明石書店、二〇一七年、を大幅加筆したものである。

＊2　ヘルマン・ホイヴェルス『人生の秋に──ヘルマン・ホイヴェルス随想集』春秋社、一九六九年初版、一九七八年新装版、二〇一二年新装版第二刷、二四頁。

＊3　森田明「はしがき」土居健郎、森田明編『ホイヴェルス神父──信仰と思想』聖母の騎士社、二〇〇三年、五頁。

＊4　ブルーノ・ビッター「神父の人と生涯」同右書『ホイヴェルス神父――信仰と思想』二〇頁。
＊5　「なぜ日本にいらっしゃいましたか」ヘルマン・ホイヴェルス『日本で四十年』春秋社、一九六四年、一四六頁。
＊6　ヘルマン・ホイヴェルス「布教熱に燃えた神父」池田敏雄『ビリオン神父――現代カトリックの柱石　慶応・明治・大正・昭和史を背景に』中央出版社、一九六五年、五五五―五五七頁。
＊7　Hermann Heuvers, *Vierzig Jahre in Japan, 1923-1963*, Tokyo: Die Japanisch-Deutsche Gesellschaft, 1965, pp. 14-16.
＊8　土居健郎「ホイヴェルス神父におけるキリスト教と日本」戸川敬一、土居健郎編著『ホイヴェルス神父のことば』弘文堂、一九八六年、六三頁。
＊9　二〇一七年一二月一七日、鎌倉で村田氏の自宅で直接伺った話。
＊10　井上ひさし、司馬遼太郎「宗教と日本人」司馬遼太郎ら著『群像日本の作家　司馬遼太郎』小学館、一九九八年、二六七頁。
＊11　ヘルマン・ホイヴェルス「武蔵野のひばり」『時間《とき》の流れ』中央出版社、一九五三年。引用は『人生の秋に――ヘルマン・ホイヴェルス随想選集』春秋社、一九六九年、三三、三五頁。
＊12　「明治天皇の御製を謹訳するホイヴェルス上智大学学長」『声』七五四号、一九三八年一一月。
＊13　谷口幸代「日本語の書き手としてのホイヴェルス――『最上のわざ』を中心に」前掲書『キリシタンが拓いた日本語文学』。
＊14　前掲書『人生の秋に――ヘルマン・ホイヴェルス随想集』三〇八―三〇九頁。
＊15　大平健「〈最上のわざ〉について」前掲書『人生の秋に――ヘルマン・ホイヴェルス随想集』i―iii頁。
＊16　戸川敬一「ホイヴェルス師の横顔」前掲書『ホイヴェルス神父のことば』二二頁。
＊17　土居健郎「ホイヴェルス神父の使命」前掲書『ホイヴェルス神父――信仰と思想』二一七頁。
＊18　新村出「吉利支丹女性の話」初出は一九二九年。引用は『新村出全集』第七巻、筑摩書房、一九七三年、二二

三頁。

＊19　ルイス・フロイス、松田毅一、川崎桃太訳『日本史2　豊臣秀吉篇Ⅱ』中央公論社、一九七七年初版、一九八一年普及版、一八—二二頁。

＊20　ルイス・フロイス、松田毅一、川崎桃太訳『日本史5　五畿内篇Ⅲ』中央公論社、一九七八年初版、一九八一年普及版、二四六—二四八頁。

＊21　同右書、二一九—二四一頁。

＊22　ルイス・フロイス、松田毅一、川崎桃太訳『日本史12　西九州篇Ⅳ』中央公論社、一九八〇年初版、一九八二年普及版、六一—六二頁。

＊23　米田かおり「細川ガラシャとイエズス会の音楽劇」『桐朋学園大学研究紀要』二八集、二〇〇二年。安廷苑『細川ガラシャ——キリシタン史料から見た生涯』中央公論新社、二〇一四年、一九〇—一九四頁。新山カリツキ富美子「ヨーロッパにおける日本殉教者劇——細川ガラシャについてのウィーン・イエズス会ドラマ」郭南燕編『世界の日本研究二〇一七——国際的視野からの日本研究』国際日本文化研究センター、二〇一七年。このドイツ語脚本の和訳は、脚本を発見した新山カリツキ富美子訳『気丈な貴婦人——細川ガラシャ』二〇一六年、京成社印刷、による。

＊24　「昔語り」前掲書『日本で四十年』、四二頁。

＊25　前掲書『日本で四十年』の一章「天の橋立」の四三頁注によれば、山本嘉一主演、片岡千恵蔵特別出演、ガラシア夫人を演じたのは伏見直江。倉田喜弘、林淑姫『近代日本芸能年表』上、ゆまに書房、二〇一三年、四〇一頁によれば、池田富保が監督で、日活映画社が制作。

＊26　ヘルマン・ホイヴェルス『細川ガラシア夫人 Gratia Hosokawa』（四幕九場）カトリック中央書院、一九三九年。

＊27　ブルーノ・ビッター「神父の人と生涯」前掲書『ホイヴェルス神父——信仰と思想』一三頁。

＊28　関根礼子、昭和音楽大学オペラ研究所編『日本オペラ史』上巻、水曜社、二〇一一年、二六七頁、下巻五七〇

―五七三頁。
＊29 「満員の観客から拍手、歌劇『細川ガラシア』」『読売新聞』一九六五年一月二四日朝刊、一四面。
＊30 「山田敬三氏の〝改訂版ガラシャ〟」『読売新聞』一九八九年一月一四日夕刊、九面。『朝日新聞』一九八九年一月五日夕刊、九面。
＊31 ホイヴェルス「序」前掲書『細川ガラシア夫人 Gratia Hosokawa』一四頁。
＊32 この一節は「一九四〇年一月二五日、日比谷公会堂において上演された国民歌劇公演のプログラム中に、原作者のことばとして刷られていたもの」がそのまま掲載されているという。同頁に、神父は自分に脚本を依頼したのは神宮寺雄三郎、脚本を手伝ったのは冠九三、作曲したのはチマッティ、オーケストレーションは山本直忠、と記述している。前掲書『日本で四十年』の一節「如何にして細川ガラシア劇を書く様になったか」一八五頁。
＊33 「ガラシャ夫人の生涯、ホ神父の原作、六月完成、ローマ法王へ」『読売新聞』一九五二年二月一二日朝刊、三面。
「史実の省略に無理『乱世の百合』」『読売新聞』一九五二年一一月五日夕刊、四面。
＊34 「演目の選定に難が『細川ガラシャ夫人』も宗教絵巻に終わる」『読売新聞』一九六五年一一月一六日夕刊、一〇面。
＊35 「広告・名残り公演、六月名作歌舞伎」『読売新聞』一九七九年五月二二日夕刊、一〇面。
＊36 「劇作界異聞　独逸人の書卸し、戯曲〝ガラシャ細川〟」『朝日新聞』一九三五年一二月二〇日朝刊、一三面。
＊37 前掲書『日本で四十年』一八五頁。
＊38 前掲書『人生の秋に――ヘルマン・ホイヴェルス随想集』一〇〇―一〇一頁。
＊39 ホイヴェルス「序」前掲書『細川ガラシア夫人 Gratia Hosokawa』二―一四頁。
＊40 同右書附録・資料の部、六―一四頁。
＊41 同右書、一四―二六頁。このガラシャの手紙はすでに一五八七年の「日本年報」に収められている。ガラシャの手紙（原文）は現存しないが、それをポルトガル語に訳して、「日本年報」に収録されたものである（安廷苑

＊42　『細川ガラシャ——キリシタン史料から見た生涯』七八頁）。この附録に収載する際、ポルトガル語から再び和訳されている。
＊43　ジアン・クラッセ（Jean Crasset）『日本西教史』太政官翻係訳、半上坂七（東京）、一八八〇年、上巻第九章一一〇四—一一一六頁。
＊44　レオン・パジェス（Léon Pagés）著、吉田小五郎訳『日本切支丹宗門史』上・中・下、岩波書店、一九三八年第一刷、一九九一年第一二刷、上巻、四六頁。
＊45　徳富猪一郎『近世日本国民史 第六巻、豊臣士時代丙篇』民友社、一九二一年、四三九—四四四頁。『近世日本国民史 第一一巻、家康時代上巻関原役』民友社、一九二五年改版、二三六—二三七頁。
＊46　スタイシエン著、ビリヨン訳『切支丹大名史』三才社、一九二九年、二二九—二三〇頁。
＊47　Luis de Guzman, *Historia de las missiones que han hecho los religiosos de la Compañia de Iesus: para predicar el sancto Evangelio en la India oriental, y en los reynos de la China y Iapon*, Voul. 2, En Alcalá: Por la Biuda de Iuan Gracian, 1601, p.568. ルイス・デ・グスマン、新井トシ訳『グスマン東方伝道史』下巻、養徳社、一九四五年、六九一頁。
＊48　田端泰子『細川ガラシャ——散りぬべき時知りてこそ』ミネルヴァ書房、二〇一〇年、二一三頁。
＊49　前掲書『細川ガラシャ——キリシタン史料から見た生涯』一七六—一七七頁。
＊50　「ドイツ人神父がカブキ劇『細川ガラシャ夫人』力作、近く舞台に」『朝日新聞』一九六五年一〇月二六日夕刊、七面。
＊51　磯子尋常高等小学校編『国史教授に必要なる日本女性史』磯子尋常高等小学校、一九三一年、六三—六五頁。
＊52　「細川忠興夫人」小島玄寿編『日本烈女伝』巻の二、山中八郎出版、一八七八年。
＊53　林正躬「細川夫人」『大東烈女伝』波華文会、一八八四年、二〇—二一頁。
「細川忠興夫人」西村茂樹編『婦女鑑』第六巻、宮内省、一八八七年、七—八頁。

＊54　「細川忠興夫人」深井鑑一郎編『中学漢文』第二編下、敬業社、一八九四—九六年、二〇—二一頁。

＊55　「細川夫人の節義」祐文館編集部編『修身の巻』聚栄堂大川屋書店、一九〇五年、三三—三五頁。

＊56　「第八、細川忠興夫人」高等お伽会編『世界日本新お伽十種』樋口蜻堂（ほか）出版、一九〇九年、一二二—一二八頁。

＊57　NADEHARA Hanako, "The Emergence of a New Woman: The History of the Transformation of Gracia"『東京女子大学紀要論集』六四巻、二〇一四年、六四—一〇七頁。

＊58　藤沢古雪（周次）『がらしあ——史劇』大日本図書、一九〇七年。

＊59　藤井伯民『細川がらしや』公教青年会、一九二二年。

＊60　小山内薫「『細川がらしや』を見て」、岡田八千代「有楽座の『細川がらしや』」『カトリック』第二巻第八号、一九二二年八月、六二—六五頁。

＊61　岡本綺堂「細川忠興の妻」（二幕）『綺堂戯曲集』第七巻、春陽堂、一九二八—二九年。『帝国劇場絵本筋書——史劇細川忠興の妻　他』一九二六年一一月。

＊62　土屋元「ガラシヤ」『夢中語——土屋大夢文集』土屋文集刊行会、一九三一年、七八八—七九一頁。

＊63　奥野久美子「「糸女覚え書」——〈烈女〉を超えて」宮坂覚編『芥川龍之介と切支丹物——多声・交差・越境』翰林書房、二〇一四年、三二八頁。

＊64　若葉生「細川忠興夫人」（一—五）『声』三八三—三八七号、一九〇七年一〇月—一九〇八年二月。

＊65　井伊松蔵「細川福子の方ガラシャ夫人を懐ふ」『人道』一九五号、一九二一年一〇月、一三頁。

＊66　龍居松之助『日本名婦伝』北斗書房、一九三七年、二九三—三〇七頁。

＊67　琴月「細川ガラシャ」『日本民族』第一巻第二号、一九一三年一二月、八六—九〇頁。

＊68　鷲尾雨工「秀吉と細川」『維新』第三巻第八号、一九三六年八月、八五—九七頁。

＊69　公教司祭戸塚文卿校閲、大井蒼梧著『細川忠興夫人』武宮出版部、一九三六年。

＊70　女子聖学院院長平井庸吉、青山学院教授比屋根安定序、満江巌著『細川ガラシャ夫人』刀江書院、一九三七年。
＊71　前掲書『細川ガラシャ――散りぬべき時知りてこそ』二一三―二一四頁。
＊72　三木サニア「ヘルマン・ホイヴェルス『細川ガラシア夫人』（その二）」『久留米信愛女学院短期大学研究紀要』第三四号、二〇一〇年、一五八―一五九頁。
＊73　ホイヴェルス「序」前掲書『細川ガラシア夫人 Gratia Hosokawa』七―八頁。
＊74　前掲書『細川ガラシャ――キリシタン史料から見た生涯』二頁。
＊75　エリザベート・ゴスマン「ガラシャ細川玉の実像と虚像」岡野治子編『女と男の時空――日本女性史再考Ⅲ　女と男の乱――中世』藤原書店、一九九六年、一三二頁。
＊76　前掲書『日本で四十年』春秋社、一七九頁。
＊77　柳谷武夫「書評　細川ガラシア夫人」『カトリック研究』第二〇巻第一号、一九四〇年一月、七六頁。
＊78　ヴォルフガング・シャモニ「『世界文学』――ゲーテより半世紀も前に初出していた語」『文学』第一一巻第三号、二〇一〇年、一七三―一八二頁。
＊79　田村襄次『わがヘルマン・ホイヴェルス神父』中央出版社、一九八七年、五八―六四頁。
＊80　ゲーテ著、小岸昭訳「世界文学論」『ゲーテ全集』第一三巻、潮出版社、一九八〇年初版、二〇〇三年新装普及版、九一―一〇二頁。（1）雑誌『芸術と古代』第六巻第一冊、一八二七年。（2）『エッカーマンとの対話』一八二七年一月三一日。（3）『ドイツ小説』エジンバラ、一八二七年。（4）ベルリンでの自然科学者たちの会合、一八二七年、トマス・カーライル『シラーの生涯』序文、一八三〇年。（5）トマス・カーライル『シラーの生涯』序文の草稿、一八三〇年四月五日。
＊81　郭南燕『志賀直哉で「世界文学」を読み解く』作品社、二〇一六年、二一〇頁。
＊82　前掲「劇作界異聞　独逸人の書卸し、戯曲〝ガラシャ細川〟」『朝日新聞』一九三五年一二月二〇日朝刊、一三面。
＊83　ホイヴェルス「思うこと」前掲書『日本で四十年』、一九一頁。

＊84　ブルーノ・ビッター「神父の人と生涯」前掲書『ホイヴェルス神父——信仰と思想』二〇頁。
＊85　戸川敬一「ホイヴェルス師の横顔」前掲書『ホイヴェルス神父のことば』、三一—三二頁。
＊86　座談会「神父に聞く」同右書、一七二頁。
＊87　土居健郎「ホイヴェルス神父におけるキリスト教と日本」同右書、八五—八六頁。
＊88　本年譜の作成は、「ヘルマン・ホイヴェルス神父略歴」前掲書『わがヘルマン・ホイヴェルス神父』一八八—一九〇頁を参考にした。

第6章　型破りの布教――ネラン神父

最後にネラン神父をご紹介しよう。ネランは、カンドゥの書いたものをよく読んでいたようである。一九五五年の夏、九州から東京へ出たとき、知人の野村良雄（音楽学者）に「この頃カンドゥさんは死についてばかり書きますね」[*1]と言い、カンドゥへの関心を示した。その年の九月下旬カンドゥは逝去した。野村はネランに非常に好感を持ち、この「若い、教養の高い司祭は、労働司祭や労働修女の現代フランス・カトリック精神を代表する方のように」[*2]思った。

ネラン神父はその破天荒の行動で有名である。若い時は俳優志望で、「人生の機微を演じてみたかった。できればピエロ役で」と希望したことがある。来日してから、「人々が金権になびく現代、キリストに従う司祭はまさにピエロ。願いは叶った」とみずから道化を自負する。[*3]いたずら好きで周りを驚かせ続けた狐狸庵山人こと遠藤周作も、ネラン神父の行動にたびたび仰天させられたようである。

ネランはルオーの画風にみられる宗教観を賞賛し、「ルオーは、あわれな者をも、キリストをも描いた。不思議なことに、王にせよ、乞食にせよ、その姿は、実によくキリストの姿に似ている。道化さえも、キリストの尊厳を帯びている」[*4]と書いたことがある。そしてネラン自身も、キリストを道化に結びつけ、ザビエルの宣教を発展させて、日本人の志向に合わせた宣教の形式を作り出そうとした。

一、日本人の美意識への憧れ

ジョルジョ・ネラン（Georges Neyrand 一九二〇―二〇一一）は、一九二〇年二月二日、フランス・リヨンのブルジョア階級家庭の二男として生まれ育った。実家は祖父の遺産の利子で生活しており、「ブルジョア階級としてのレベルを保つにはぎりぎりの」経済的余裕があった。両親は熱心なキリスト教信者で、ネラン自身も一三歳の時、キリストの呼び声を心の中で聞いたことがあり、神の存在を一生涯、一度も疑ったことがないと言っている。

高等学校を卒業してから、一九三九年九月にサン・シール士官学校に入る（前出のS・カンドウ神父も同校の卒業生）。第二次世界大戦が近づいたと感じたこと、また試験が易しかったことが入学の理由だと本人が書いている。士官学校で六ヶ月の訓練を受けた後、戦争のため、繰り上げ卒業でフランス南部の都市ナルボンヌに派遣され、三ヶ月後の一九四〇年六月にフランスがドイツに降伏したため、軍人生活が終わった。[*5]

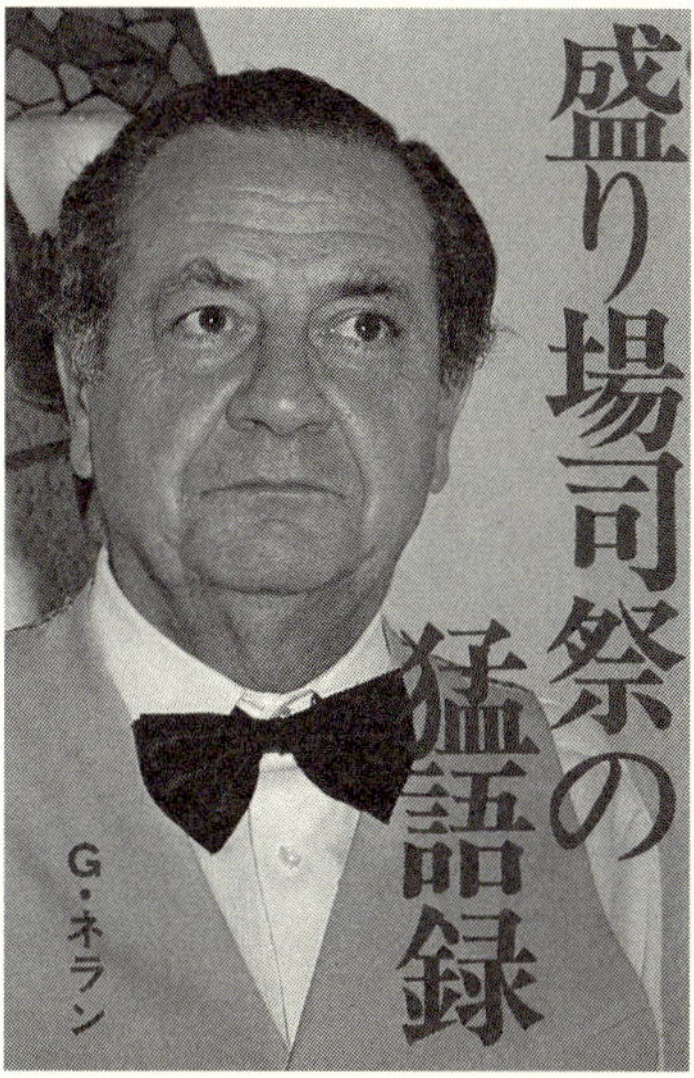

図25　ネラン神父の写真。『盛り場司祭の猛語録』コルベ出版社、1980年、カバー

軍人に戻るつもりはなく、好きな測量士という職業には興味があるが、天職とは思わない。自分は何のために生きているのかと考えたとき、「神父になれ」という小さな声が心の奥から何度も聞こえてくる。本来ネランは教会の儀式は嫌いだし、黒い衣に身を包む神父の姿には魅力を覚えない人であった。だがある日、汽車に乗ったら、自分の前に一人の神父が座り、祈りの本を読んでいる。その姿に「不思議な威厳と魅力を感じ」た。[*6] そして国家という相対的な価値よりもキリストという絶対的な価値へ身を捧げ、「神父になるのはすばらしいことだ」と思うようになった。[*7]

ネランは一九四三年九月にリヨン神学校に入学し、六年間の学習を経て一九五〇年六月二九日に司祭に叙階され、神父になった。彼は神父になった実感を比喩で説明している。「夜突然闖入する泥棒のようにキリストが来て、私の蓄えてきた知識や経験などを全て一瞬にして奪い去られた、という感じだった。そして、キリストはその抜けがらになった私を、静かに自分の力で満たしていった」と実感し、そこから「大きな深い感動をうけた」[*8]という描写は文学的である。

ネランは叙階式の日に、日本宣教の願書をも出した。[*9]日本宣教を思い立ったのは、リヨンの教区にとどまるつもりはなく、アジアの「尊敬すべき文化をもつ国へ行きたた」かったからである。そして、「ある日本人が、通りかかった宣教師を呼び止めて『どうか私にキリスト教を教えてください』と頼んだという実話」を新聞で読み、パリで見た日本の絵画や陶磁器から「日本人の美感覚が豊かなものらしい」[*10]と感じたから、日本宣教を志すようになったのである。

神父になってから一〇日目、ネランはフランスに到着したばかりの遠藤周作、三雲夏生・昂兄弟をマルセイユに迎え、一緒にリヨンに戻り、三人の世話をしながら日本宣教に備えた。ネランは一九五二年一二月九日に、横浜に上陸した。[*11]まず東京で日本語学校に六ヶ月通い、初級日本語を学んだ。それから長崎教区に所属して本格的に日本語を勉強した。そのとき、『朝日新聞』の「天声人語」を二日に一篇の割合で読んだ。短くて文体が良いと言われたからである。[*12]また『論語』をも教わり、「論語のすばらしさをはじめて知ることができた」という。フランス語訳で読んでいたときはわからなかったらしい。[*13]

長崎には三年間近く滞在したが、同僚神父たちと神学や聖書学について対話があまりできず、指導の対象が信者ばかりであり、キリストの教えを未信者に届けることができる機会がなかったのがネランの不満であった。[*14]それで手を尽くし、運良く一九五六年に東京へ移ることが許されて、財団法人真生会館（カンドウがかつての理事長）に所属して学生たちのキリスト教教育に携わった。そこでの五年間で八人の学生に洗礼を授けた。

二、日本人目線の獲得

ネランは一九五八年一月、東京大司教の側近に、日本の神父養成のための神学誌の編集を依頼された。多分、彼の日本語力と神学の知識が見込まれたからだろう。ネランは「当時の日本の神学のレベルは低かったし、神学関係の書物も雑誌もほとんどなかった。まさに私にとってはリヨンで学んだ神学を有効に活かす道」だと思い、[*15]すぐ引き受けた。ただし雑誌の代わりに叢書の形態にした。

ここでは試行錯誤があった。外国語の神学の文章をそのまま日本語訳したが、結果は満足できないものだった。外国人を読者として書かれた外国の本は、和訳しても、日本人にわかりやすいとはかぎらないからだ。そこで思いついたのは、外国の文献をもとに、日本人を読者対象としてまとまった文章をまずフランス語で書き、それを和訳させるというやり方であった。[*16]しかし、出来上がってきた実際の和訳は「日本語らしい日本語を要求する」ネランにとっては満足できるものがすくなく、結局のところ彼自身が和訳・校正・訂正を担当することになった。[*17]

ここで分かるのは、日本語でものを書くことは日本人の目線でものを見る、考えるということである。これは外国語を「日本語に翻訳すればいいじゃないか」という単純化された次元の問題ではない。誰のために、何を、どのように書けば分かってもらえるか、という著述の戦略と、深く関わることである。宣教師の「日本語文学」は、この戦略なしでは成立しえないジャンルである。

こうして一九五九年から一九六四年までシリーズ「ろごす――キリスト教研究叢書」を合計一三輯刊行した。編集発行人はG・ネラン、印刷所は加藤文明社、発売所は紀伊國屋書店。第一輯は『復活』(一九五九年一二月)、第二輯は『キリストの体』(一九六〇年三月)、第三輯は『エレミヤ』(一九六〇年六月)、第四輯は『結婚・独身』(一九六〇年一〇月)、第五輯は『祈り』(一九六一年二月)、第六輯は『聖書の読み方』(一九六一年五月)、第七輯は『神の軌跡』(一九六一年九月)、第八輯は『経済社会と人間』(一九六二年二月)、第九輯は『人となった神』(一九六二年六月)、第一〇輯は『神の国』(一九六二年一〇月)、第一一輯は『祭祀と司祭』(一九六三年三月)、第一二輯は『洗礼式』(一九六三年七月)、第一三輯は『宣教論』(一九六四年二月)である。これらについて、ネラン自身の日本語による単独執筆は、「はじめに」「後記」だけで、ネランの他の文章はフランス語で書いてから和訳されたものである。

この叢書の編集に携わる前に、ネランはすでに日本語による執筆を始めていた。雑誌『旅』の記者・岡田喜秋に誘われて投稿したことがある。岡田はネランの原稿について「三、四回、異色の原稿を書いてもら」い、「ちゃんと漢字とひらがなまで原稿を書いてくれた。日本に来てから日が浅いらしいのに、おどろいた」と言い、そしてネランの宣教について、「大へん異色の人物で、私はすっかり気に入った。私がキリスト教に対して多少でもイメージ・チェンジを感じたとすれば、この神父さんと会ったからである」と語り、ネランが三島由紀夫の『金閣寺』を三回読み、「文学にも異常な理解と情熱を示」したことを伝えてくれている。[*18]

ネランの日本語著述は日本人の視点に合わせようとしたものである。たとえば、彼が日本語で書いた『キリストの復活』は、「キリストの復活について日本語で書かれた書物は極めて少ない。あるとすればほとんど翻訳だから、それらは西洋人の見方を反映しており、必ずしも日本人の関心に応えるものではない」ので、自分の本の「出版は意味のないものではないと信じている」[*19]と書き、念を押すように「本書は翻訳ではない。私が初めから日本語で書いたものである。ただし、日本語の文書表現の面では、文教大学文学部遠藤織枝教授からいろいろ教えを受けた」[*20]と断っている。ネランの日本語著書は言語学の大家に見てもらったことがよくある。『おバカさんの自叙伝半分』も、「自分で初めから日本語で書いた。ただし、文章表現の面で中村明、遠藤織枝両氏から、いろいろ教えを受けた」[*21]と表明している。

ネランの『キリスト論』の神学のレベルは、遠藤周作に繰り返し高く評価されている。また、出版後二〇年経ったのちの書評では、「本書は非常に具体的な本であると言うことができる。日本語に堪能な著者の文体は、率直、平明であり魅力的な人柄を彷彿とさせる。選ばれている主題は、著者の関心に加えて、日本人の読者にとって有益であろうと著者が特に考えたものである[*22]」と評されている。

ネランは新約聖書に用いられた文学的修辞を真似て、よく比喩を使う。またP・リクールの言葉「信仰の言葉は徹頭徹尾隠喩的」を引用してから、「イエス自身が概念を使わずに多くの隠喩を用いている。マルコにもマタイにも「救い」という言葉は一度も使われず、出てくるのは畑に蒔かれる種、パンとぶどう酒、塩、真珠などなどの隠喩である。また、「風にそよぐ葦」は荒野の映像を活かし、「狐には穴があり……」は、「枕する所がない」ことを見事に思い浮かばせる。こうした隠喩の作者であるイエスは真の詩人である。この詩人に倣うのはどうだろう」と考え、「隠喩は文学上の手法だけではない。目に見えるしるしを通して、目に見えないリアリティを表わす。自分を透かして、かなたにある光景を眺めさせようとするしるしである。こうした隠喩を創造する者は、古今東西を問わず、詩人と名付けられる」と書き、自分もそのような表現力をもつように努力した。

そして、キリストに関するリクールの書物では、神学者の考えをほとんど引用せず、ダンテとパスカルの文章をたびたび登場させていることに触れて、「二人とも本職の神学者ではない。ダンテの本職は詩人であり、思想家パスカルの文章は隠喩に富んでいるから非常に魅力がある。この二人がよく引用されていることは、従来のキリスト論の取るべき方向を示している[*23]」と書いている。つまり、文学的表現こそが、宣教にふさわしい道具だという考え方である。

ネランに和仏辞典の編集の助力を乞うた戸張智雄は、たびたびネランと会い、その日本語力に感服し、「その該博なる日本語の知識を俗界の用にも供していただきたい」と思って、彼の経営するスナック「エポペ」（第五節で詳述）の仕事をほどほどにしてほしい、という気持ちを伝えている。[*24]

ネランは自分の日本語と母語のフランス語との関係について次のように言う。「私は日常会話だったら、もちろん日本語で考えているが、むずかしい問題の場合はそういうわけにはゆかない。だれでも熟考するときは、自分の母国語を使って、その言葉で言おうとすることを生み出す、そしてそれを訳して表わす、というプロセスを踏むだろう。私もそうだ。……母国語ではあいまいな表現になってもそれは許されるが、訳すとなるとどうしてもそのあいまいさは無くさなければいけない。その結果、外国語では明晰な文章しか書けないということになる。あるいは、外国語ではごまかしがきかない、と言った方がぴったりするかもしれない」[*25]という。この言い方は外国人の「日本語文学」の特徴の一部である明晰さと論理性を言い当てていると思う。

彼が大学で和文仏訳を教えるために使った教材は、三島由紀夫の『鹿鳴館』、小津安二郎の映画『秋刀魚の味』のシナリオ、福永武彦の『海市』、阿刀田高の短編、小川国夫の『エリコへ下る道』、寺田寅彦の『花物語』[*26]などであり、日本文学と映画に親炙する様子が見られる。

ネランは、「自分の使命は広い意味での通訳」だと言い、「キリスト教の古典はギリシャ語で書かれているし、キリスト教の伝統はラテン語、フランス語、英語、ドイツ語などで述べられている。そういうキリスト教を日本人にのべ伝えるのは、やはり一種の通訳の仕事に相当する」[*27]と述べているように、言葉だけの置き換えではなく、日本人に受け入れられるような文化的紹介をも兼ねていたのである。これは日本語日本文化の造詣がなければできないことであった。

三、日本観察の透徹さ

前記のネランの『旅』誌掲載の紀行文は来日してから五年目に書いた九州の旅についてのもので、日本を丁寧に観察していることがわかる。その中の一つは「邪馬渓から肥後小国へ」（一九五七年六月）という題名で、邪馬渓をモデルにした山水画を見て感心したが、この目でその美を確認できたこと、小国《おぐに》地方の「百姓の家は気高く振舞っている風で、その屋根は藁ぶきになっている。そして、棟の端に洗練された形の千木《ちぎ》が望まれる。……ここでは建築の建造の一部になっている。百姓の家の単純な華麗さは大昔から美に対する日本人の鋭敏な心を現わしていると僕は思っている。瓊々杵《ににぎ》ノ尊の神話の意味はよくわからないにせよ、小国地方の景色を見て、日本人のすぐれた美の感覚に感心した」[*28]と結ぶ。ネランは、いつもこのように日本人の美意識に敏感に反応している。

また日本人の美意識に関する透徹した彼の観察と描写は印象的である。たとえば、次のような文章がある。

六畳の日本間は、描き難い魅力に溢れている。それは、日本式家屋の構造から言っても最も手頃な空間に切り取られているからだけではない。四隅には柱が見えて、つまり建築の構造があらわであるために、極めて落ち着いた空気が漲《みなぎ》る。そして、それは、角に限らず、天井の梁、床柱、長押《なげし》などが、幾何学的で、かつ自然な鉛直線や水平線を描いて、更に安心感を添えている。日本間は、要するに、四角な輪郭の中にはめ込まれた裸の面の組み立てである、と言っていい。壁面は、柱と長押や幅木で仕切られる。襖《ふすま》や障子なら、なおさら明らかである。また、畳には縁があり、天井には梁がある。四角な枠にはめられた面はくすんだ単色である。しかし、その面は、模様がないにもかかわらず、決して死んではいない。天井板の木理《きめ》、壁の肌、畳の編み目、障子の和紙の目も、海の単色の面のごとく、絶えず生きているのだ。……こういう調和を齎《もた》らす奥には不思議な美の感覚が光っている。伝統の遺産ともいえるし、現代的なセンスもうかがわれる。……輝く金属や目映《まば》ゆい栄光を退けた和室の柔かい濃淡は、我々の心に静かに語りかける。色の調和といえば、木の色、草の色、土の色が牧歌調の旋律を奏でる。[*29]

この描写をみれば、外国からの新鮮な目と優れた日本語の運用力があったからこそ、このような仔細な観察を過不足なく文字化することができたのだろう。

さらに「田圃の水平な線と山々の斜線との対照は見事に風景を浮かび上がらせている。そこに配置された家々の瓦の波もいい。日本の瓦の色は風景にとけこみ、その微妙な曲線は絶え間ないうねりをみせている[30]」と、ネランの視線を追うカメラがとらえたような映像的な描写である。

ネランは「寺とその仏像の美も大いに鑑賞した。年に二、三度は大和のどこかへ出かけたものだ。……神社こそは、美しい自然の中から選び取った最も美しいスペースであり、同時に、このスペースを更に美しくする物なのである。……知らない町で、その町の美しい景色を見たいと思ったら、真っ直ぐに神社へ行けばいい。そこへ行けば美しい景色だけでなく、神社の建築美も、美しい儀式も見ることができる。神道とは、畢竟《ひっきょう》、美そのものを賛美する宗教なのだ[31]」と、寺社仏閣の美を見出す。言われてみればなるほどと思うような文章は彼の作品に多々ある。

ネラン神父の日本観察は鋭い。「日本人の強さをつくるもの、それは彼らの忘却の能力と将来への精神集中である[32]」というような逆説的な言葉もよく用いている。

四、遠藤文学への登場

ネラン神父は、先祖から受け継いだ遺産をもって日本人留学生をフランスに呼び、勉強してもらおうとした。その基金をあえて「ネラン神父資金」と言わず、「カトリック留学生」という名目で、留学生を募集して、遠藤、三雲夏生らが合格した。遠藤夫人順子によれば、「ネラン神父さまの存在がなければ、フランス行きの話もなかった[33]」はずだという。

しかし遠藤は、自らの留学基金がネランからの資金と知らず、カトリック信者たちからの寄付と思いこみ、「こんな少ないお金で留学なんかできっこない」とネランの前で愚痴り、困らせたことがある。のちに、ネラン神父の私財だと知って恐縮してしまい、日本帰国後、お礼をしようと思ったが、ネランははぐらかしてお礼を受け取らず、最後に遠藤を罵倒する。遠藤は「ネランさんのような人が本当のカトリックだということをなんとか書きたくて、それで『おバカさん』を書いた。もし今、この世にキリストがいたら、あいつは馬鹿野郎だ、馬鹿だ馬鹿だって言われるだろうって。だから馬鹿じゃないけど、「おバカさん」ということにした」と順子夫人が回想している。[*34]

遠藤周作は随筆の中で「私が帰国した頃、彼は上京してわが家に一ヵ月ほど泊まっていたことがあった。日本語のまだよくできぬ彼と風俗習慣のちがう当時の日本人たちの交際ぶりや珍談、奇談を観察して、私ははじめての新聞小説を書いた。『おバカさん』という小説である[*35]」と言っている。

ネランは遠藤と仲がよく、一緒に酒を飲みながら、議論することがよくあった。遠藤は『沈黙』を書いてから、ネランに電話をかけて読後感を聞いてみたら、「大衆小説だな」「文章に味がない」といったネランの言葉を聞いて、「絶交だ」と怒鳴った。ネランは「それもよかろう」と返事した。二人は「永年のケンカ友達」で、喧嘩をしてもすぐ仲直りする間柄であった。[*36]

ネランは遠藤の最初の新聞小説『おバカさん』、長編小説『悲しみの歌』、最後の長編『深い河』

にそれぞれモデルとして登場し、ガストンという名前で、ひたすら周りの人に愛を捧げる人物として面白くおかしく描かれている。遠藤の逝去後、ネランは遠藤について、「自分が信者であることを隠さず、作品のどこかで必ず自分の信仰告白をする。その意味で、素晴らしい宣教師だった」[*37]と称えたことがある。遠藤も道化役を演じ続けた人といえよう。

『おバカさん』では、ネランをモデルにする主人公はいつのまにか、間の抜けた声を出す、馬面の普通のフランス青年ガストンに化けている。それなら「日本の読者に受ける」だろうという狙いであった。ガストンは、日本語がたどたどしいし、意思疎通もうまくいかないので、「笑われ、馬鹿にされ、しくじりながら、この男は、しかし日本人のなかに愛という種を残して、遠い青空に去っていく」[*38]と遠藤自身が要約している。遠藤が書きたかったのは、ガストンとネランに共通した「ゆるぎない信仰、その信仰にもとづいた愛」であり、「ガストンは日本人の友のために身を犠牲にし、ネラン神父は日本人の友だちのために生涯を捧げた」[*39]と賞賛する。

遠藤はネラン神父の性格について、「この神父は実に人間臭をプンプンとさせた男である。第一に無類の酒好きである。うまいものが好きである。日本全国の温泉をまわった湯好きである」という。しかし遠藤は一方で、ネランの信仰は「生きた信仰」であり、『キリスト論』のような日本神学界に残る名著を書きながら、紅燈の巷《ちまた》のスナック「エポペ」で日本人の客を相手にシェーカーをふっている」[*40]と書き、その因習にとらわれない宣教方法に脱帽している。

遠藤とネランはよく痛飲していた。酔っ払ったネランは、遠藤に「あなたもいつか、新宿の雑踏のなかにキリストを書かないかねぇ」と呟いたことがある。遠藤は「きよらかな場所、澄んだ世界ではなく、最も人間的によごれた、人間の臭いのしみこんだ新宿の迷路や隘路のなかにキリストを歩かせるような小説を書いてくれ、と彼は私に吹き込んだのである。……私は『スキャンダル』という小説を書くことでいさゝか、その宿題の一部を果たしたつもりだが、まだまだだ」と感じる。[*41] ここで遠藤は『スキャンダル』（一九八八）に言及しているが、ガストンの登場する『悲しみの歌』（一九七七）には触れていないので、のちに紹介しておこう。

山根道公は遠藤の『おバカさん』を評して、『『おバカさん』には、「沈黙」から「死海のほとり」そして「深い河」に至るまでの純文学作品に描かれる著者の独自なイエス像、すなわち現実には無力だが自らの命を捧げてまで苦しむ者の同伴者となる愛の人といったイエスのイメージの原型が、すでに表れている」[*42] と正しく指摘している。

ネラン自身は遠藤の小説について次のように解説している。「遠藤氏の作品の唯一の主題は、人間の弱さである」として、「人間はみな弱い、また人間はみな罪人である。これは、キリスト教の一つの原理であるに違いない。そして、弱い者に対する同情や罪人に対する寛大な心は、キリストの態度であり、その弟子の理想でもある」と言い、「人間が弱い者であることを徹底的に意識すれば、自分のすべてを神に任せる」ようになり、「弱さを強さに変える錬金術」の神があらわれる、それこそが遠藤の小説を理解する鍵だとしている。

そして、ネランは『おバカさん』の主人公ガストンの人柄を要領よくまとめる。「愚かであるが故に善良」で、「臆病だから相手のなすがままに殴られているのだが、その弱い態度こそ、形式上の負けよりも、好感を呼」び、「殺し屋の敵意を空しく」して、それで助かる。彼の天真爛漫さ、野良犬の惨めさ、幼稚さ、間抜け、そして愛くるしさのため、男性をずっと馬鹿にしてきた人物の巴絵に「深い人生観を発見」させることができた。彼は「自分の利益のためには何もしない。人の世話をしたり、人のために努力を惜しまない。自分が何を食べるか、どこに泊まるかなどは、一切お構いなし」である。彼は「才能も職業も地位も、目的さえもない。あるとしても、それは日本を愛することでしかない」ので、「何も持たないようであるが、すべての物を持っている」という聖書の言葉を、身をもって示す人物だと書く。[*43] このような言葉を読めば、ネランも本当は遠藤の『沈黙』が描いた弱者の迷いと苦痛を理解していたはずであり、遠藤から読後感を聞かれたときの、あの意地悪い答えはあまり当てにならないようである。

上智大学の日本文学研究者フランシス・マヒーは、「ガストンが、どんな小さな事にもおびえてしまう臆病な人間であることは事実だが、決してその恐怖に打ち負かされることはない。彼は人を愛するあまり、危険を顧みずその恐怖をも忘れ、手を差し伸べて人々を助けようとする。まさに彼が救おうとしている殺し屋の遠藤にひどい目にあわされたあとでさえ、恐ろしくてたまらないくせに、のこのこ殺し屋のあとをついてゆく。これが〈強さ〉である。そして〈愛〉でもある。その無償の〈愛〉が力となっている」[*44] と指摘している。

遠藤の『悲しみの歌』に登場するガストンは、新宿の界隈に住む末期ガンを患う年寄りの夢を実現させるために、アルバイトをしなければならない。その一つはレスリングであった。か弱い体の持ち主で、レスリングなどもってのほかのはずだが、アルバイト料のために、さんざん痛めつけられる。しかしそのか弱さが日本人観客に受けたのだ。実際、井上ひさしによれば、「メキシコには、浮浪児のための孤児院をつくるためにプロレスラーになった神父さん」がいるが、弱くなっても、「子どもたちに教育を授けるために、まだまだ稼がなければいけない。六十歳までプロレスラーを続ける」[*45]というガストンのような実在の人物がいるそうである。

遠藤の最後の長編小説『深い河』にガストンは再び登場する。病院でボランティアを買って出て、患者のために車椅子を押し、食膳を運ぶ、背が低く、馬面をして、「下手糞な日本語」を話す外国人青年である。彼は、渋谷のベルリッツ外国語学校に勤め、非番の日に病室にくる。「愛嬌はあるが、運動神経のなさそうな不器用な男に、患者たちの多くは親しみを感じて」いる。そして、「馬鹿にされたり、からかわれたりしてガストンが患者たちにわずかな慰めを与えている」し、「苦しむ多くの患者たちの一時の気晴らしになる」ので、「サーカスの道化師《ピエロ》の役をこの病院で演じ」る。

彼は、塚田という患者の「手を自分の掌の間にはさみ、話しかけ、励まし」て、「ベッドの横に跪いた」その姿勢は折れ釘のようで、「折れ釘は懸命に塚田の心の曲りに自分を重ねあわせ、塚田とともに苦しもうとしていた」と描かれる。

ガストンは下手な日本語で日本人とコミュニケーションをはかり、日本人の病苦を自分のものとする。実際のネラン神父はガストンと違うが、その型破りの生き方は、遠藤にとっては啓発となるものが多く、度々遠藤文学のモデルとなったのだろう。これに関連して、遠藤が深い興味をもった、ジョルジュ・ベルナノスの『田舎司祭の日記』にも一言触れておきたい。フランスでこの小説の映画化を見た遠藤は、「胃を病む若い田舎司祭が赴任した小さな村で村人たちに敬遠され、馬鹿にされ、嘲弄される。それでも彼は胃の痛みを酒で誤魔化しながら、村のため、村の人のために自分を捧げようとする。しかし彼のすること、なすことはすべて失敗し、無駄になり、結局は血を吐いて死んでしまう。息をひきとる時、彼は「すべては恩寵だ」と言う[*46]」という最後の場面に非常に感動したようである。遠藤の『おバカさん』、『悲しみの歌』、『深い河』に現れたガストンも、この田舎司祭のような人物である。

遠藤は、ネランの「日本人は酔わないと、本音を出さないからねぇ」を引用してから、「その本音の声がどんなに悲しく、よごれ、汚なくても、本音のなかにこそキリストが入りこむことを神父は教えている[*47]」と指摘し、ネランの宣教の真髄を見抜いている。それは、綺麗事の信仰心ではなく、人間の切実な苦悩を相手にする「同伴者」としてのキリストの姿を、ネランが伝えようとしたものである。

五、宣教スナックの成果

ネランは、真生会館の学生を指導するために、大学での仕事をも希望していた。それは神父として指導するための「権威づけ」であり、学生との接触にも有利だからである。彼は非常勤講師として、東京日仏学院で和文仏訳を、東京大学教養学部でフランス語を一七年間、さらに慶応義塾大学と立教大学でも教えた。*48 そこで彼は「教養」についてよく考えて、次のような見解を示している。

教養は、いろいろなことを知ることを前提とするが、これは博識とは違う。教養には、単に物知りというだけでない美的なセンスも含まれるのである。……私の考える教養人とは、他人の主張を理解する能力をもつ者であり、創造された作品を味わう感覚を備えた者である。*49

ネランのこの考えは、人文学の役割をめぐって議論が戦われている昨今、特に意味があると思う。つまり人間理解の力を養成することが「教養」であり、筆者思うに、経済的効果とは直接結びつかないものである。宣教師が日本理解に努めたことも、「教養」という美的センスと他人への理解力が基礎にあるからなのである。

ネランの型破りの行動は、信者に「彼は本当に神父なのだろうか」と疑わせたことがあるほど、一見「気短かで、多分に独断専横的」だが、一方で「本質で本質を考える」という態度を培《つちか》うようにと周りの人に教えていた。*50 そのようなネラン神父のことをさまざまに教えてくれるのが、ジャーナリスト山内継祐の文章「ネランさんは日本人に何を語ったか」である。短い文章だが、ネラン自身の著作からは見られない姿が見えてくる。長い間ネランと一緒に仕事をして、いろいろな「迷惑」をも蒙った山内の書き方は魅力的で、ネランの「直情的」な宣教を知ることができる。ネランは山内の都合を聞かず、彼の指導・運営する学生新聞『しお』、「ネラン塾」（命名者は山内で、ネランは最初「梁山泊」と名付けたかったそうだ）、宣教スナック「エポペ」にどんどん山内を巻き込んでいく。四年半のネラン塾では、何十人もの学生が洗礼をうけた。[*51] なお、実際に最後まで身の回りの世話をした婦人はネラン塾出身だった[*52]という。

山内は『しお』の編集に携わり、さまざまな出自の編集部員を結んだ「一本の糸が、ネランという宣教師とその信仰であるという事実は、私の目を見開かせるのに十分だった[*53]」と感じた。ネランは「東大、教育大、中大の3カト（リック）研で指導司祭を務め、同時に東大、立教大とアテネフランセではフランス語講師」をし、「復活したキリストその人の現存」にこだわり、「聖職者の権威を否定したりする[*54]」人物でもあった。

ネランは宣教の場所を、自ら経営する新宿のスナック「エポペ」に移した。辻説法ではなく、教会説教でもなく、酒場でほろ酔いの人々を相手に、酒と教理を注ぎ込もうとすることは、いかにも突飛である。ネランの「エポペ」という命名は、その意味もさることながら、日本人が発音しやすい「は行」半濁音の組み合わせだからだと自ら説明している。[*55]

株式会社エポペは、「キリスト教宣教の手段としての飲食業」として登録されて[*56]、一九八〇年六月に新宿歌舞伎町で開店された。開店案内状は、「〈エポペ〉は（フランス語で）〝美しい冒険〟。脂粉の香りもカラオケもありませんが、静かにくつろげる小さな酒場。カクテル・マスターの名はネランと申します」と書いてある。

ネラン曰く、「世界中を見渡せば、作家の神父、事務員をしている神父、企業を経営している神父、代議士になった神父、教師を兼ねている神父、また労働司祭という労働者として働く神父などなど、いろいろな神父がいる」と言い、キリスト教とアルコールの深い関係に触れる。旧約聖書において、初めてぶどう酒を作ったのはノア（創世記九章）であり、詩篇の中に「ぶどう酒は人の心を喜ばす」（詩篇一〇四）とある。また、新約聖書の「ヨハネによる福音書」の第二章に、ガラリヤのカナの婚礼において、ぶどう酒がなくなったため、イエスが大きな水瓶の水を、瞬間的にぶどう酒に変えたという初めての奇跡を行ったことが記されている。このように、キリスト教においては、ぶどう酒をパラダイスのシンボルとも見ているのだとネランは説明する。[57]

ネランのスナック宣教は、むしろカナの婚礼における奇跡の余韻を漂わせて、キリスト教の源流に戻ったような試みといえよう。教会と無縁な多忙な「サラリーマンの世界で宣教師として活動しようと思」うなら、スナックがもっともふさわしい、というネランの着眼もユニークで、彼らしく正しいといえよう。彼がよく持ち出すフランスのことわざ in vino veritas（真理は酒とともに）は世界に通用している。[58]

遠藤周作からは「この強情な神父は遂にスナックをひらいた。しかも新宿のネオンまたたく区役所通りのビルのなかにである。店名は「エポペ」という。世界広しといえども、スナックを経営している神父などは、ここを除いてはどこにもいないだろう[59]」というため息が聞こえてくる。

「今では彼の店で若者やサラリーマンや女子社員が酒をのみつつ談論風発、宗教や恋愛を論議している」[60]と書く。ネランは、「遠藤は教会という組織などについては語らない。ほかならぬキリストのみを伝えようとする。これは正しい立場である。キリスト教の核心はキリスト自身なのだから。キリストを愛し執着しなければ、キリスト教は空しいイデオロギーに終わってしまう」[61]と書いたことがある。つまり、彼のスナック宣教もキリストそのものを核心としたことである。

開店二ヶ月後、そこを取材した『読売新聞』の記者は、「店では宗教くさい話は一切抜きとあって、客には「くだけた神父さん」と大もてだ。……マスターは流ちょうな日本語で、しきりにカウンターの客の相手をしていた。……ほとんどの人は〝神父の商法〟を危ぶみ、「やめた方がいい」と反対したが、ネランさんの熱意にほだされた九十人余りの人たちが最低一万円から最高二百万円まで計二千万円近い金を出資してくれた。東京大司教区長をはじめ五人の神父もこの〝スナック教会〟のアイデアを支持し、〝株主〟として名を連ねた」[62]と報道した。

ネランは常連を集めて、毎年のクリスマス・パーティを盛大に開く。その前にまずミサを捧げ、新しい信者のために洗礼式を行う。多くのエポペの客にとっては初めてのミサであり、初めての洗礼式である。神父の「あなたはキリストを信じますか」の問いに、洗礼を受ける人は「信じます」と答え、「何十人の信じない人達の前」では「極めて印象的」[63]のようであった。そのスナックで七〇人ほど洗礼を授けることに成功した、独特な宣教方法は、彼の優れた日本語力なしでは考えられない。

ネランのスナックは多くの文化人に注目されている。社会学者の中野収の『キー・シンボル』でも取り上げられており、「バーに集まる様々な職業の人々と語らい、会報を年数回出し、一泊行にも出かける。師は、現代日本を見つめる哲学者であり、布教者である。宗教論は問われれば答える。店のトイレにはフランス語で“Je crois partce que J'aicru.”（我信じたゆえに信ずる）と書かれている」という紹介は、スナックの宗教的な雰囲気を垣間見せてくれる。[64]

ネランの『おバカさんの自叙伝半分』の装丁を担当した和田誠は、自著『装丁物語』の中で、「この人は昼は神父として教会で説教をしてるんですが、新宿で酒場を経営していて、夜はマスターとして日本人客に接している。それも布教活動の一つなんですね。で、表紙には酒場のカウンターでシェーカーを振るネランさんを描き、裏表紙には教会で聖書片手のネランさんを描きました。酒場のネランさんの絵は、お店でもシールなんかに使われたそうです」と書いている。[65]

図26　ネラン著書のカバー。『おバカさんの自叙伝半分――聖書片手にニッポン40年間』講談社、1992年

上図は『おバカさんの自叙伝半分』の文庫本の装丁で、単行本のカバーの表裏の絵を並べたものである。この絵の右側は教会でミサを立てる神父である。バーテンダーと神父の共通点が明瞭である。

「エポペ」では、ネランは自分のことを「ネラン神父」か「ネラン先生」と呼ばせず、「ネランさん」と呼ばれるのが好きで、訪日した教皇をもそこへ連れ込もうと運動したが、さすがにそれは思うようにいかなかった。[*66] 開店後三年の時点で、実際の入信者は七人であった。ネランは「キリスト教への抵抗感、強いね。日本人固有の思考様式のせいかな」[*67] という挫折感をもらしている。

開店八年後、朝日新聞の記者は、「一杯やりにきて『なんじ、悔い改めよ』と説教されてはたまらない。神父さんはヤボ天ではないから、小ぢんまりと居心地のいい店ができた」と感じて、「店ぜんたいに温かな空気が漂い、どうやらこれがイエス様の温かさらしいと飲み助がなんとなく感じればいいのだろう」と書き、「教会やお寺の中で修行する聖職者も必要だが、勇敢に街へ出て、凡俗とともに笑い、悲しみ、考える坊さんが出てもいい。そんな時代が来たようだ」[*68] と結ぶ。このようにエポペは人に安らかな感じをあたえ、アルコールと同時にイエスの言葉をも飲み込むような場所となった。

ネランは、「エポペ」を開店後、日曜のミサを自宅で行うことになり、そこで入信者に洗礼を授けた。やがて年間の受洗者が一〇人を超えるようになり、[*69] アルコールによって日本人の心がネランに開かれるほどに、彼の伝える福音もすんなりと入っていったのだろう。

スナック開店一三年後、バーテンが若い人（平山達也）に代わり、同時に「エポペネット」をつくり、国際協力NGOの情報を配信して、貧困地域への関心をうながそうという活動を始めた。[*70] 開店二〇年後、朝日新聞の取材にネランは、自分のことを「人にサービスするバーテンダー。なにもおかしくない」と言う。八〇歳のネランは常勤を退き、週に三回だけ顔を出すが、新しく社長を引き継いだ人（進藤重光）は、客約三〇〇人をメンバーとしたNGOを立ち上げ、募金をユニセフに送り、ベトナムを訪問し、学校建設や井戸の建設に資金を提供し、社会福祉の事業を展開した。[*71] 宣教スナックはただ飲んで終わるのではなく、現実社会に働きかけており、イエスのやっていた病気治療の活動とも似ている。

ローマ法王ヨハネ・パウロ二世の来日（一九八一年二月）をきっかけに、「エポペ」がネランの母国フランスのテレビに取り上げられると、毀誉褒貶《きよほうへん》があった。ネランは「ミシェル・ガラブリュのような容貌の神父」[*72]と呼ばれた。ガラブリュはフランスの有名な喜劇俳優である。「道化」役を演じ続けたネランであるから、このように呼ばれることは本望だっただろう。

ネランはスナックにちなむ『エポペ通信』をも発行した。また、スナックの客の八割以上が遠藤文学の愛読者で、遠藤逝去後、「エポペ」に駆けつけて、遠藤の小説『おバカさん』のモデルにお目にかかり、痛惜の念を和らげようとした。ファンの一人は「この店は人の心の機微に触れるようなことでも気軽に話せる雰囲気がある。それが人を引きつけるのだ」と言っている。[*73]

しかし、ネランが逝去した半年後、スナックも二〇一一年一〇月二二日に三一年間の歴史の幕を閉じた。やはり「宣教バーテン」がいなければ、宣教スナックも成り立たなくなったのだろう。

六、現地宗教への寛容

ネラン神父は、遠藤周作夫人・順子の母親（敬虔な仏教徒）に公教要理をいくら教えても理解してもらえず、「もうこの人は公教要理を受けないでいい。このままでも天国へ行ける」[*74]と言ったことがある。

ネラン神父のその言葉を聞いて、遠藤は「さすがにネラン神父だなあ」と言った。順子夫人は「ネラン神父の信仰の深さに改めて感銘を受けました」と書き、「すでに安心立命を得ている人間の心をかき乱すようなことは、人間として差し控えるべきことと、ネラン神父は母の心を察してくださったものと私は今でも感謝しています」と賛嘆している。[*75] 実際、遠藤夫人の母親は臨終前、闘病中の遠藤を思い、「周作さんの病気は全部、私が持っていってあげるからね」と言った。この言葉は、遠藤文学の中で繰り返されたイエスの言葉「あなたの苦しみを私が背負ってあげる」[*76]と非常に似ている。ネラン神父は、この老婦人の善良さをよく知っているため、キリスト教の倫理などを新たに教える必要を感じなかったのだろう。

一方、日本へ来訪したローマ法王ヨハネ・パウロ二世を見て、九州の一老婦人は、「まるで仏様のような方です」と、合掌したというニュースがあった。[*77] 仏教とキリスト教との相似性を反映するエピソードである。

ザビエルは書簡の中で、日本宣教の障害物をよく「悪魔」と呼んでいた。たとえば、「私たちは二つの悪魔である釈迦と阿弥陀、その他すべての悪魔との戦いに勝利を収めるように、神に懇願しなければなりません」[*78]と書いた。ザビエルからみれば、仏教寺院の目的は、僧侶たちが信者の金銭を取るためのものであり、「この世で愛のために施す一枚のお金は、あの世で一〇倍になって返ってくる」[*79]という仏僧の約束は本当の救霊ではない、と判断したのである。また、ザビエルはキリスト教の洗礼を受けずに亡くなった身内の人たちが地獄に落ちることを悲しんでいた日本人に対し「敬虔な心情から深い悲しみを感じる」が、「布施とか祈禱とかで救うことはできないのか」という、藁にもすがりたい哀れな人々の質問に対して、「私は彼らに助ける方法は何もないのだと答え」ている。[*80]これを聞いた当時の人々の絶望は想像し難くないだろう。二〇世紀のネラン神父は、たとえキリスト教に改宗しなくても、どの宗派であっても、敬虔なる信者なら「このままでも天国へ行ける」という「邪道」の考えを持ち込んだわけだが、ザビエルたちの宣教師時代との大きな違いを示している。

ネランは、「日本に来てから、キリストを知らない大勢の人々に出会った。その人々はみな人間らしく生きており、人格的に何ら欠陥がありそうに見えない。戦後、日本は驚くべきスピードで繁栄に達したばかりか、社会道徳の高い水準も保ってきた。さらに人権擁護のための人道的活動を行ったり、社会福祉に身を捧げたりする人も少なくない。しかも、その人々の間にキリスト教徒はほとんどいないと言っていい。キリストへの信仰が無用とも見えるこうした状況において、信者であり、宣教師である私の存在理由が問われることになる」[*81]と反省したうえで、日本における宣教のあり方についてつぎのように批判する。

現在の日本人の間では、目に見えない物が存在し得ることを認めないのが大多数だろうと私は思う。存在するのは目に見える物しかないらしい。この哲学の欠如こそ日本におけるキリスト教の停滞の主な原因ではないかと私は推察する。……美感覚に富む日本人は美しい作品の鑑賞を通して超越的な美の存在に演繹できると思われる。しかし、実際のところ、鑑賞は作者の心を追求するに止まる。バッハの音楽を鑑賞しても、それはバッハの信じる神への信仰には到らない。……「目に見えない物こそ存在する」というプラトンの公理は西洋の文化の誘因として働いている。多くの日本人は「目に見えない物こそ存在する」と聞くと、それは荒唐無稽だと思うだろう。けれども、これが偉大なプラトンの考え方の根本なのである。[*82]

という。そして「日本に必要なのは優れた神学者よりも、和製プラトンの方である」[*83]という。ネランが日本に伝えたい「キリスト教」は、いまでも生きているキリスト自身に関する教えであり、「イエスの弟子はイエスが復活したと証言しているのだ。しかもその証言は彼自らの命を賭けてなされた。さらに、二千年前から現在に至るまで、同じ証言のために身を犠牲にした証人は数知れない。あなたはそれでもまだ錯覚だと言うのか」とネランは苛立ちながら日本人に問いかける。[*84]

ネランは日本の「宗教」とreligionの違いを教える。宗教は信仰の心構えが重要であり、religionは信仰の対象に重点が置かれる。だから日本では阿弥陀に対する信仰は、阿弥陀の存在やその本質よりも、「阿弥陀を信頼しそれに全面的に頼るという態度の方に重きがおかれている」が、キリスト教はキリストの生涯を重視する。したがって仏教徒は熱心なほど、心構えを深めようとする。キリスト教徒は熱心であるほど、キリスト自身に深い視線をじっと注ぐようになると説明している。

ネランはキリスト教を「宗教」の一つと数えない。なぜなら、それはキリスト教の意味を曲解するからだとする。そして、ネランは仏教とキリスト教は排斥し合うこともないので、一人の人間が、仏教徒でありつつキリストを信ずるということも考えられるとする。その際、ピアニストであるとともに画家でもある、という喩えを使っている。[*85]

七、日本文化人との関係

ネランと遠藤周作の関係が深いことは比較的によく知られているが、他の文化人とも幅広い付き合いがあった。作家の三浦朱門（一九二六—二〇一七）は、三三歳の時（一九五九年）に遠藤周作とともに、ネラン神父から聖書講義を受けて、三七歳で、遠藤を代父としてネランから洗礼を受けた（一九六三年一二月一日[*86]）。

作家の須賀敦子（一九二九—九八）もネラン神父と面識があったようで、イタリア滞在中の日記には、ネランについての言及が多い。[*87] たとえば、一九七一年二月二日の日記では、知人からネラン神父が自分に仕事をくれるかもしれないことを知らされて非常に期待し、六日に「ネラン神父の仕事のことを考えると日本に帰ることがうれしいような恐ろしいような」という気持ちを記している。一七日に「ネラン神父の意見はよい刺激となった」と書き、三月一六日に「Neyrandのための本など読む」とある。一九日には「p. Neyrand への返事を書きはじめ」て、三月二〇日に「早く東京へ帰って full に生きなければと思う」という気持ちを表している。

安岡章太郎（一九二〇—二〇一三）もネラン神父のスナックに通ったらしく、「大世紀末サーカス」という作品の中で、ナポレオン三世のパリ大改造について書いたとき、ネラン神父の言葉を引用した。「現在は新宿でバーをやっている風変りな神父、ネラン師によれば、『ナポレオン三世……、ああ、あれはフランスの田中角栄ね』ということだ」[*88] と書き、「軍事にかけては伯父の大ナポレオンにはかないっこないので、もっぱら産業と経済発展につくすことになった。新宿のネラン神父に『フランスの田中角栄』といわれるゆえんである」[*89] とある。

ネランは率直にものを言う人であり、最初に授洗した三浦朱門は「信者としてはいま一つのまま」とか、「(皇后) 美智子さんは受洗している。麻布教会の助任司祭だった頃、私は洗礼台帳で確認した」とか、後に枢機卿になった田口五郎師や里脇浅次郎師についても「戦争中、信者をミスリードした責任を自覚すべきですよ」と言って、憚らなかった。[*90]

遠藤周作はネランについて、「日本の教会で、彼の業績が正当に評価されているとは思えません。私たちの側から感謝の意を表わしたい」と言い、滞日三〇周年を祝う会を開き、しかもネランに内緒で、フランスのストラスブール居住の兄夫妻を日本へ呼び、出席者が全員揃ったときに対面させ、二人の抱擁を見届けている。[*91] ネランは、「一瞬、夢をみているのではないかと思った。全く思いがけないプレゼントだった」と回想している。[*92] 記念パーティは新宿の真生会館で開かれ、遠藤のほかに、武者小路公秀、荒井献、東京大司教の白柳誠一など、各界から二三〇人余が参加した。[*93]

ネランの自伝『おバカさんの自叙伝半分』の出版記念会において、遠藤周作は、「ネラン神父はニッポンと結婚したんで、いまは東京・新宿のスナックでおとなたちとの対話を通して宣教活動をしている」といい、その地道な宣教活動をたたえ、ネラン自身も「宣教師はピエロです。でもこれからもピエロを続けます」[*94] とあいさつしたことが『読売新聞』に報道されている。

ネランは、日本でキリスト教信者ではないカップルが教会で結婚式をあげることが「飛躍的にふえた」ことについて、「キリスト教に一種の魅力を自然に感じているように見受けられる。このように、信者でもなんでもない人たちの結婚式が教会で行われることは、キリスト教がこの土地に定着したことを示す好例ではないか」[*95] と歓迎している。

ネランからみれば、キリスト教の日本の「土着」とは、すなわち「日本的な考え方、感じ方をもって、キリスト教を把握し、また、それを咲き誇らせることである。日本的な典礼、日本的な神学、あるいは、日本的な教会運営といったようなものも、確かにありうるだろう」[*96]ということだった。

ネランの日本語著述は、まさに日本人のキリスト教把握を助けるためのものである。彼は日本人に次のように呼びかけている。

自分が必ず死ぬということを知っているのは、万物のうちで人間だけである。しかも、ごく少数の例外を除いて、人間はだれも死にたくないと思っている。……人間は死を超えた生命を手にしうる者として創造されたと考えたらどうだろう。そう考えれば、死を避けられないと知りつつも生き続けたいと願うことは矛盾でも愚かしいことでもなく、当然のこととなるのだ。……キリストが死を乗り超えたので、キリストと共に生きる信者も死を乗り越える。来世に生きるというのは、キリストと共に永遠に生きることなのである。[*97]

ネランは、キリスト教の「永遠の命」は人類の願望を満足させることのできるものとして、キリストに寄りかかることの安心感を説いているのである。

ネランの考えにどのくらいの人が耳を傾けたかはわからないが、ザビエル時代の宣教とは違う方法をもちいて、日本人の心理と感情を捉え、スナック、道化、日本語著書を通して、キリスト教を日本人の生活の中にうまく持ち込んだことは間違いない。

略年譜*98

西暦	年齢	事蹟
一九二〇年	零歳	二月二日フランス・リヨン市に誕生。
一九三七年	一七歳	高校卒業。
一九三九年	一九歳	六月、サン・シール士官学校（S・カンドウが先輩）に入学。繰り上げ卒業し、少尉に任官。一九四〇年に中尉で除隊。
一九四三年	二三歳	九月、リヨン神学校に入学。
一九五〇年	三〇歳	六月、司祭に叙階。
一九五一年	三一歳	九月、ベルギーの宣教会ソシエテ・ドゥ・アクシリアル・ドゥ・ミッションに入会。
一九五二年	三二歳	一二月九日、横浜に上陸。これを「第二の誕生日」と自称。
一九五三年	三三歳	九月より長崎教区司祭として、三年近く長崎で宣教司牧に従事。
一九五七年	三七歳	九月、東京教区に転籍。以後二〇年間、真生会館で学生を指導。東京大学、東京教育大学、中央大学でカトリック研究会の指導司祭を担当。

一九五九―六四年	三九歳―四四歳	「ろごす――キリスト教研究叢書」を合計一三輯刊行。1『復活』（一九五九、2『キリストの体』（一九六〇）、3『エレミヤ』（同）、4『結婚・独身』（同）、5『祈り』（一九六一）、6『聖書の読み方』（同）、7『神の軌跡』（同）、8『経済社会と人間』（一九六二）、9『人となった神』（同）、10『神の国』（同）、11『祭祀と司祭』（一九六三）、12『洗礼式』（同）、13『宣教論』（一九六四）。
一九六〇年	四〇歳	共訳『アンチオケのイグナチオ書簡』（みすず書房）を上梓。
一九六二年	四二歳	四月、「ネラン塾」を開催。以後、六七年のクリスマスまで継続、四年半で一五〇〇人の塾生を育成。
一九六三年	四三歳	一二月、三浦朱門に授洗。
一九六九年	四九歳	『われら人生を論ず』（春秋社）を上梓。
一九七〇年	五〇歳	真生会館理事長に就任（―七六年）。
一九七二年	五二歳	『神の場――ティヤール・ド・シャルダンのキリスト教観』（新教出版社）を上梓。
一九七四年	五四歳	『信ずること』（新教出版社）を上梓。
一九七六年	五六歳	聖マリア国際学校付き司祭となる（―七九年）。

一九七九年	五九歳	一二月、『キリスト論』（潮文社）を上梓。
一九八〇年	六〇歳	六月、宣教スナック「エポペ」開店。七月、『盛り場司祭の猛語録』（コルベ出版社）を上梓。
一九八二年	六二歳	仏語訳『鹿鳴館』（三島由紀夫原作、原題 *Le Palais des Fêtes*）を上梓。
一九八三年	六三歳	二月一六日、滞日三〇周年を祝う会（真生会館）。
一九八八年	六八歳	「エポペ」を退任。「司祭の家」へ。『おバカさんの自叙伝半分——聖書片手にニッポン36年間』（講談社）を上梓。
一九九七年	七七歳	『キリストの復活』（新教出版社）を上梓。
二〇〇〇年	八〇歳	司祭叙階金祝（関口教会ホール）。『ま、飲みながらでも——貴方にキリストをご紹介します』（フリープレス）を上梓。
二〇一一年	九一歳	三月二四日、帰天。
二〇一六年		遺稿集『何をおいても聖書を読みなさい』（南窓社）が刊行される。

注

＊1 野村良雄「われわれの親仁」『世紀』七三号、一九五六年一月、一二七頁。
＊2 同右。
＊3 「この人二〇〇〇　ネラン神父」『聖母の騎士』六五巻九号、二〇〇〇年九月。
＊4 G・ネラン『盛り場司祭の猛語録』コルベ出版社、一九八〇年、一二六頁。
＊5 G・ネラン『おバカさんの自叙伝半分――聖書片手にニッポン36年間』講談社、一九八八年、四二―五一頁。
＊6 同右書、二〇―二一頁。
＊7 同右書、一九―二〇・四九頁。
＊8 同右書、六一頁。
＊9 同右書。
＊10 同右書、五七―六〇頁。
＊11 同右書、六四頁。
＊12 同右書、六六頁。
＊13 同右書、二三頁。
＊14 同右書、二二頁。
＊15 同右書、七六―七七頁。
＊16 同右書、七八頁。
＊17 同右書、七八―七九頁。
＊18 岡田喜秋『旅の木の実』文化出版局、一九八一年、八八―八九頁。

＊19　G・ネラン「あとがき」『キリストの復活』新教出版社、一九九七年、二〇一頁。
＊20　同右、二〇三頁。
＊21　前掲書『おバカさんの自叙伝半分――聖書片手にニッポン36年間』二三〇頁。
＊22　高橋章「書評　G・ネラン著『キリスト論』創文社、昭和五四年」『アレン国際短期大学紀要』第一五号、一九九七年七月、三二頁。
＊23　G・ネラン「現代におけるキリスト論とは」『神学ダイジェスト』八四号、一九九八年、四―五頁。
＊24　戸張智雄「歌舞伎町の快僧ネラン神父」『文藝春秋』五九巻六号、一九八一年六月、三九九頁。
＊25　前掲書『おバカさんの自叙伝半分――聖書片手にニッポン36年間』八八頁。
＊26　同右書、九一―九二頁。
＊27　同右書、一二四―一二五頁。
＊28　ネラン「邪馬渓から肥後小国へ――寝袋もってお神話の九州を旅する」『旅』三一巻六号、一九五七年六月、七一頁。
＊29　前掲書『盛り場司祭の猛語録』一二一―一三頁。
＊30　前掲書『おバカさんの自叙伝半分――聖書片手にニッポン36年間』二一〇頁。
＊31　同右書、二一一―二一二頁。
＊32　朝日新聞社編『海外報道にみる昭和天皇』朝日新聞社、一九八九年、八九頁。
＊33　遠藤順子、鈴木秀子『夫・遠藤周作を語る』文藝春秋、一九九七年、一一五―一一六頁。
＊34　柘植光彦、小嶋洋輔「インタビュー・遠藤順子夫人に聞く：半世紀の記憶――小説はどのように書かれたか」柘植光彦編『遠藤周作――挑発する作家』至文堂、二〇〇八年、五頁。
＊35　遠藤周作「スナック経営の青い眼の神父さん」『変るものと変らぬもの』文藝春秋、一九九〇年、九一―九三頁。
＊36　山内継祐「ネランさんは日本人に何を語ったか」『福音と社会』二五八号、二〇一一年一〇月、六一頁。

＊37 「狐狸庵先生ユーモア残して――信仰の問題問い続け」『毎日新聞』一九九六年九月三〇日朝刊、一四面。
＊38 遠藤周作「わが小説のモデルについて」前掲書『おバカさんの自叙伝半分――聖書片手にニッポン36年間』一―三頁。
＊39 同右。
＊40 同右。
＊41 同右、三頁。
＊42 山根道公「解題」『遠藤周作文学全集』第五巻、新潮社、一九九九年、三三八―三三九頁。
＊43 G・ネラン「解説」『現代の文学37 遠藤周作集』河出書房新社、一九六六年、三八三―三九一頁。
＊44 フランシス・マシー「一匹の駄犬がつくるドラマ――解説」遠藤周作『おバカさん』講談社、一九七四年、三二七頁。
＊45 井上ひさし、司馬遼太郎「宗教と日本人」司馬遼太郎ら著『群像日本の作家 司馬遼太郎』小学館、一九九八年、二七〇頁。
＊46 遠藤周作「神父たち（その二）」『遠藤周作文学全集』第一三巻、新潮社、二〇〇〇年、二二三―二二四頁。
＊47 遠藤周作「わが小説のモデルについて」前掲書『おバカさんの自叙伝半分――聖書片手にニッポン36年間』三頁。
＊48 前掲書『おバカさんの自叙伝半分――聖書片手にニッポン36年間』八〇―八一頁。
＊49 同右書、三五―三七頁。
＊50 山内継祐「太っちょなオヤジのこと」『福音と社会』二五八号、二〇一一年一〇月、八―九頁。
＊51 前掲書『おバカさんの自叙伝半分――聖書片手にニッポン36年間』九七頁。
＊52 前掲「ネランさんは日本人に何を語ったか」『福音と社会』二五八号、六二頁。
＊53 同右、四九頁。
＊54 同右、五三頁。

＊55　前掲「歌舞伎町の快僧ネラン神父」『文藝春秋』五九巻六号、三九六頁。
＊56　前掲書『おバカさんの自叙伝半分——聖書片手にニッポン36年間』一四三頁。
＊57　同右書、一三四—一三六頁。
＊58　同右書、一三六—一三七頁。
＊59　前掲「スナック経営の青い眼の神父さん」『変るものと変らぬもの』九一—九三頁。
＊60　遠藤周作「俗語のことなど」『私の履歴書』『遠藤周作文学全集』第一四巻、新潮社、二〇〇〇年、二五五頁。
＊61　G・ネラン「パウロの弟子パウロ遠藤周作」『追悼保存版・遠藤周作の世界』朝日出版社、一九九七年、二一一頁。
＊62　「フランス神父　スナック布教」『読売新聞』一九八〇年八月三一日、一四面。
＊63　前掲書『おバカさんの自叙伝半分——聖書片手にニッポン36年間』一四九—一五〇頁。
＊64　中野収『キー・シンボル——ことばの社会探険』桐原書店、一九八九年、五四—五五頁。
＊65　和田誠『装丁物語』白水社、二〇〇六年、二五五—二五六頁。
＊66　前掲「ネランさんは日本人に何を語ったか」『福音と社会』二五八号、五八頁。
＊67　「在日30年、いま〝スナック伝道〟中のフランス人神父ジョルジュ・ネラン」『朝日新聞』一九八三年二月五日朝刊、三面。
＊68　「切支丹バーテン」『朝日新聞』一九八八年二月一八日夕刊、一面。
＊69　前掲「ネランさんは日本人に何を語ったか」『福音と社会』二五八号、五九頁。
＊70　「『スラムに関心持って』お客と語るバーテン」『毎日新聞』一九九三年六月二七日、一四面。
＊71　「シェーカー振る神父（新宿の詩「タイガーが走る街」）」『朝日新聞』二〇〇〇年三月二七日朝刊、三五面。
＊72　前掲「歌舞伎町の快僧ネラン神父」『文藝春秋』五九巻六号、三九八頁。
＊73　「狐狸庵ファンが集う店——「おバカさん」のモデル　ネラン神父が経営者」『毎日新聞』一九九六年一〇月七日夕刊、二頁。

＊74 前掲書『夫・遠藤周作を語る』七七頁。
＊75 「仏教の往生、キリスト教の天国」遠藤順子『再会――夫の宿題 それから』ＰＨＰ研究所、二〇〇〇年、一四三頁。
＊76 前掲書『夫・遠藤周作を語る』七七頁。
＊77 前掲「歌舞伎町の快僧ネラン神父」『文藝春秋』五九巻六号、三九九頁。
＊78 一五五二年一月二九日コーチンよりヨーロッパのイエズス会宛て書簡。河野純徳訳『聖フランシスコ・ザビエル全書簡』3、平凡社東洋文庫、一九九四年、一九二頁。
＊79 同右、一九三頁。
＊80 同右、二〇一頁。
＊81 G・ネラン「イエスは生きている」林あまり『私にとって「復活」とは』日本キリスト教団出版局、二〇〇四年、六四頁。
＊82 同右、六八―六九頁。
＊83 同右、七〇頁。
＊84 前掲書『おバカさんの自叙伝半分――聖書片手にニッポン36年間』一六〇―一六一頁。
＊85 同右書、一六八―一七一頁。
＊86 「三浦朱門年譜」『現代日本文学大系 深沢七郎、有吉佐和子、三浦朱門、水上勉』筑摩書房、一九八二年、四〇七頁。前掲書『おバカさんの自叙伝半分――聖書片手にニッポン36年間』七五頁。
＊87 須賀敦子『須賀敦子全集』第七巻、河出書房新社、二〇〇〇年、四四〇―五一五頁。
＊88 安岡章太郎「大世紀末サーカス」『朝日ジャーナル』二五巻四一号、一九八三年九月三〇日、六八頁。
＊89 同右、六三頁。
＊90 前掲「ネランさんは日本人に何を語ったか」『福音と社会』二五八号、六一―六二頁。

＊91　同右、六一頁。
＊92　前掲書『おバカさんの自叙伝半分——聖書片手にニッポン36年間』一五三頁。
＊93　キリスト教年鑑編集部編『キリスト教年鑑』第二七巻、キリスト新聞社、一九八四年、五九頁。
＊94　「ニッポンと結婚?!　36周年」『読売新聞』一九八八年三月七日朝刊、一二面。
＊95　前掲書『おバカさんの自叙伝半分——聖書片手にニッポン36年間』一七六頁。
＊96　同右書。
＊97　同右書、一九二頁。
＊98　略年譜の作成は前掲山内継祐「ネランさんは日本人に何を語ったか」、六三頁、前掲書『おバカさんの自叙伝半分——聖書片手にニッポン36年間』を参考にした。

終章　日本人とともに日本文化を創る試み

日本における聖フランシスコ・ザビエルの影響力は、キリシタン時代の終焉とともに終わったわけではない。それが近現代宣教師によって、受け継がれて発展してきていることは、本書によって若干明らかにすることができたのではないかと思う。

宣教師たちが日本語を学び、日本文化を理解し、日本人に直接話しかけるために日本語で書いた著書に、日本の学界はどれほどの関心を払ってきただろうか。幕末から今日まで、少なくとも約三〇〇人の欧米宣教師が、日本語で約三〇〇〇点の著書を執筆・刊行したことは最近の研究で明らかになった。いずれも日本人の思考の波長に合わせ、日本人の心に響くように創り出された書物である。

どのような著述でも、著者はかならず言語、内容、文体を選ばなければならない。母語で執筆することは多いだろうが、二一世紀の現在、母語以外の言語で執筆することも日常的に見られることである。日本語著書の執筆者が日本人ではないことに、いまさら驚くこともないだろうが、まだ「珍しい」とはいえよう。なぜならば、執筆者がまだ少なく、著書数が限られているからである。近年の「日本語文学」の研究の目的の一つは、この「珍しい」現象を取り上げ、その価値と行方を見定めることである。

しかし、来日宣教師に目を移せば、にわかに事情が違うことに気がつくだろう。日本語の習得を宣教の一環とし、日本社会に溶け込んだ多くの宣教師は、口だけではなく、筆でも日本人との交流に膨大なエネルギーを注ぎ込んでいる。また、一九九〇年代以降、ローマ字を自動的に仮名と漢字に変換するワープロソフトの普及によって、宣教師の独自執筆がより容易になった。ただ、文字変換ソフトがあってもなくても、多くの宣教師にとっては、日本語で書くことは日常茶飯事であり、人生の不可欠な一部分だったといえよう。「日本語文学」の研究は、この人たちの日本語著述を無視して行うわけにはいかない。また、日本の近代文化におけるこの人たちの書物群の価値は今後の研究によってさらに明らかになっていくだろうと思う。

本書は、日本語習得と日本理解に青春と生命を捧げ、日本語によってメッセージを発信し、日本文化の建設に貢献した四人の宣教師の著述を対象にした。A・ヴィリオン（滞日六四年）、S・カンドウ（滞日二一年）、H・ホイヴェルス（滞日五四年）、G・ネラン（滞日五九年）を取り上げることにしたのは、この四人が日本に残した大きな足跡を辿ることが比較的容易だからである。

本書では取り上げていないが、読書界においてよく知られる宣教師はほかにもたくさんいる。たとえば、上智大学で講義「人間学」と「死の哲学」を担当し、日本に「死生学」を定着させてきたデーケン神父は、「人間はＤＮＡレベルから死の遺伝子を組み込まれている。老化も死も、生命体の必然的な自然現象である。自分が必ず死ぬ存在だという認識に立てば、だれでも『生きている』時間の尊さに気づき、少しでも意義のある人生を送りたいと考えるのではないだろうか」[*1]と言っており、この世に生を享けた人なら、誰にでも役に立つ教えではないだろうか。だからこそデーケンの日本語著書は広く読者に歓迎され、版を重ねてきているのだろう。

遠藤周作は、デーケンの母親が臨終前、普段口にしない酒とタバコをのませてくれと子供たちに頼んで、「満足。これで眠れるわ」と息を引きとったというエピソードを紹介して、「自分の死を子供が深く悲しまぬように、わざと飲めもせぬ酒を一口飲み、すえもせぬ煙草を一口すい、ユーモアの芝居をみせてくれた御母堂なのである。素晴らしい御母堂なのである」[*2]と感心したことがある。この母親は宣教師を生んだ現世超越的な家庭教育を示してくれる。

面白いことに、ほとんどの宣教師は信仰に敬虔な家庭で育った人たちである。小さい時にうけた、献身、謙遜、博愛を重んじる家庭教育は、彼らの日本宣教にも投影されている。それが端的に表れるのは、異言語異文化の理解に励む彼らの謙虚な態度である。

本書の四人の宣教師は、日本人の倫理観に感心し、日本に深い愛情を抱き、日本の「土」となった人たちである。彼らは日本人が理解し、受け入れられるように日本語でキリスト教を伝えようとした。そして、日本人をキリスト教信仰の道に導くことに困難を感じ、キリスト教と似ている道徳観を持っている日本人に、キリスト教を押し付けようとしない、という特徴を共有している。一方通行的な独りよがりの宣教を戒める姿勢は、文化と宗教の違いを超えて、二一世紀の文化交流において、学ぶべきものではないだろうか。

S・カンドウ神父の日本語は驚嘆に値するもので、「師の日本語駆使の天才は天主の御摂理としか思われない」と評価されているほどである。[*3] 実はカンドウ神父に限らず、多くの宣教師はあたかも「聖霊降臨」の炎の舌に触れられたように自在に日本語を操り、日本人と「聖霊」を分かち合おうとしている。

人口の約一パーセントといわれる日本のキリスト教信者数からみれば、日本はキリスト教国とはいえないだろう。しかし「本当の仏教徒」も人口の約一パーセントではないかという推測があり、日本人は厳密な意味では仏教国でもないだろう。よろずの神々を信奉する日本人だからこそ、多宗教の儀式に一時的に帰属することがたやすくできる。人生の三段階（誕生、結婚、葬式）においてそれぞれ神道、キリスト教、仏教の世話になる人は多い。この宗教儀式の多彩ぶりは、日本人の「柔軟性」ともいえるし、「無信仰性」ともいえる。この信仰の「真空状態」こそ、開拓する甲斐を宣教師たちに感じさせたものではないだろうか。

現代日本の大方の教会結婚式は、キリスト教の秘儀とは無関係に、教会の儀式と雰囲気（司祭、建築、音楽など）による神聖化、〈神様〉からの祝福をもとめるものである。日本人はキリスト教の神に対する信仰がなくても、キリスト教を根幹とするヨーロッパの文化に絶大な好感をもち、欧米文化に傾倒している。これは、日本近代の社会の特徴ともいえる。したがって、近現代日本を「キリスト教憧憬《どうけい》国」と呼んでも差し支えないだろう。

日本キリシタン史を近代日本人に紹介したヴィリオン、日本語力と才智をもって日本人の心をとらえて放さないカンドウ、詩的表現をもって読者をうっとりとさせたホイヴェルス、スナックを小聖堂に変えた茶目っ気のネラン。この四人の日本語著書は、ヨーロッパの信仰、歴史、文学を紹介し、日本についての洞察をも克明に表現し、日本の多くの文化人に影響を及ぼしているので、彼らはまさに日本文化を日本人とともに建設したといえよう。ザビエルの宣教を淵源とする日本の国際化は、これらの近現代の宣教師によって大きく前進したことは事実である。彼らは一六世紀後半のザビエルが日本に抱いたキリスト教宣教の希望を少しずつ着実に二〇世紀の現実に変えた人たちである。

本書の近代宣教師の日本語文学に関する初期的な考察を通して、宣教師ほど日本人を各方面から観察する外国人は少ないこと、彼らの日本語著書が言語・文化交流の優れた産物であることを少しは理解することができるだろうと思う。彼らが日本文化に与えた貢献を知らないでいる、あるいは忘れているならば、数世紀にわたって積み重なってきた日欧交流の成果を看過することになるのではないかと筆者は思う。

注

＊1　アルフォンス・デーケン『ユーモアは老いと死の妙薬――死生学のすすめ』講談社、一九九五年、二〇〇九年一九刷。
＊2　遠藤周作「我が子を思う親心」『変るものと変らぬもの』文藝春秋、一九九〇年、一六八―一六九頁。
＊3　野村良雄「われわれの親仁」『世紀』七三号、一九五六年一月、一二七頁。

あとがき

大学共同利用機関法人・人間文化研究機構の国際日本文化研究センターに奉職する最後の三年は、外国人宣教師の日本語力、日本理解、日本語著作について研究することができた幸せな月日である。

世界の言語の中で、日本語は決して学びやすいものではない。宣教師たちは、一生懸命に日本語を学び、日本語で書き、日本人に西洋の宗教と思想を伝えようとしてきた。その涙ぐましい努力に感じ入り、日本文化に対する鋭い分析に舌を巻き、日本宣教に人生を賭けた情熱に身震いすることもしばしばあった。

豊富な知識と深遠な思想をもつこれらの人々を惹きつけてやまず、彼らから最大のサービスである日本語著書を提供してもらえた日本人は羨ましい。ただ、ほとんどの日本人は宣教師の存在も、宣教師の日本語著書も知らないようである。片方の絶大な好意と、片方の冷淡は、私の眼には滑稽に映り、そして興味をそそる。

キリシタン時代の凄惨な迫害を知っていても、なお多くの宣教師は宣教再開の時期を海外で待ちつづけた。幕末以降の排斥、抑圧、嘲笑を経験し、キリスト教解禁後の冷淡と無視を味わった宣教師たちは、それでも必死に日本人に話しかけようとした。遠藤周作の言葉を借りれば、まさに「おバカさん」である。

これら愛すべき「おバカさん」たちの心理を知るためには、彼らの日本語著書を読むよりよい道はないだろう。それらの著書を「宣教師の日本語文学」と名付け、宗教、言語、歴史、文学、社会などの方面から考察すれば、日本文化におけるその書物群の存在理由と意義を知ることができるだろうと思った次第である。この研究は、人間文化研究機構の国文学研究資料館主導の「総合書物学」に対するささやかな貢献にもなるだろうと思う。

ここ数年、「総合書物学」の一環である本研究に対して最大の協力を与えてくれた大学共同利用機関法人・人間文化研究機構の国文学研究資料館と国際日本文化研究センターの関係者一同にまず感謝したい。

また、私の数回の研究発表会に辛抱強く付き合ってくださり、本書の出版を快諾し、貴重な助言をくださり、丁寧に編集してくださった平凡社編集部の蟹沢格氏に深甚なる謝意を捧げたい。

本書の企画と、完成に向けて数々のアドバイスをくれたスタジオ・フォンテ代表者赤羽高樹氏のご協力がなければ、本書は日の目をみることはなかっただろうと思う。デザイナーの飯田佐和子氏に、拙著のための三回目の装幀を担当してもらえて幸せである。

図書の購入、他機関からの貸借と複写に関する私からの大量な依頼にいやな顔を一つもせず、全力を尽してくれた日文研図書館の荒木のり子、江上敏哲、高垣真子、坪内奈保子、中山陽子諸氏に感謝とお詫びを同時に申し上げたい。

この研究に協力してくれた日文研の同僚たち（石上阿希、磯前順一、伊東貴之、井上章一、稲賀繁美、パトリッシャ・フィスター、藤川剛、ジョン・ブリン、渡邊はるか）はありがたい存在である。

いつも友情の手を差し伸べ、さまざまな方面から助けてくれた友人たち（フォレ・エノ神父、太田雄三・浩子夫妻、北原晴男・かな子夫妻、ギャリティ恵子、許佩琴、Cecylia Klobukowski, 桂愛蘭、黄自進、渋沢雅英・房子夫妻、将基面貴巳、陳瑋芬、陳洪真、谷口幸代、ケビン・ドーク、中尾まさみ、藩明珏、古島和雄・琴子夫妻、Patrick Maloney 神父、李梁）は心の支えでありつづけてきた。

所蔵資料の使用を快く許諾してくれた中原中也記念館、カトリック津和野教会、カトリック奈良教会、画家の村田佳代子氏からの助力は不可欠なものであった。

最後に、日本理解を導いてくれた父郭炤烈、日本研究を支えてくれた母周漢武、文学鑑賞と研究を二五年間指導してくれた浅井清先生、キリスト教の認識を深めてくれた夫マレクと義父母Wieslaw, Alicja Tomaszkiewicz にお礼を申し上げたい。一冊の本が出来上がるのに、これだけ多くの人々（故人をも含む）のサポートを必要としたことに新たな感慨を覚えている。

本書を通して、日本の国際化が一六世紀半ばのザビエルの来日に始まり、日本語と日本文化の発展に宣教師が寄与してきたことに、いささか興味をもっていただければ、幸いである。

二〇一八年二月六日

郭南燕

引用文献一覧

＊配列は、和文・中文文献は著者の姓の（同姓の場合は名前の）五〇音順、欧文文献はファミリーネームのアルファベット順とした。また、同一筆者・発行者の場合は、発表年順に配列した。但し、同一人物でも氏名表記が異なる場合は一部例外とした。

和文・中文文献

あ行

朝日新聞「聖人の心で平和を――マ元帥きのう声明」『朝日新聞』一九四九年五月二六日朝刊

――「劇作界異聞　独逸人の書卸し、戯曲〝ガラシャ細川〟」『朝日新聞』一九三五年一二月二〇日朝刊

――「ドイツ人神父がカブキ劇『細川ガラシャ夫人』力作、近く舞台に」『朝日新聞』一九六五年一〇月二六日夕刊

――「在日30年、いま〝スナック伝道〟中のフランス人神父ジョルジュ・ネラン」『朝日新聞』一九八三年二月五日朝刊

――「切支丹バーテン」『朝日新聞』一九八八年二月一八日夕刊

朝日新聞社編『海外報道にみる昭和天皇』朝日新聞社、一九八九年

ポール・アヌイ「大神学校長としてのソーヴール・カンドゥ師」『世紀』七三号、一九五六年一月
姉崎正治『切支丹迫害史中の人物事蹟』同文館、一九三〇年
ルベン・アビト『密教における法身観の背景』日本印度学仏教学会、一九八七年
――『親鸞とキリスト教の出会いから――日本的解放の霊性』明石書店、一九八九年
――『聖書と親鸞の読み方――解放の神学と運動の教学』明石書店、一九九〇年
――『宗教と世界の痛み――仏教・キリスト教の心髄を求めて』明石書店、一九九一年
阿満得聞『異教対話――一名・因明術』万谷久右衛門（大阪）、一八九七年
ジャック・アリエール、萩尾生訳『バスク人』白水社、一九九二年
有馬眞喜子「白鳥芳朗氏」『季刊人類学』九巻二号、一九七八年
安廷苑『細川ガラシャ――キリシタン史料から見た生涯』中央公論新社、二〇一四年
阿武保郎「少年の頃の思い出」池田敏雄『ビリオン神父――現代日本カトリックの柱石　慶応・明治・大正・昭和史を背景に』中央出版社、一九六五年
井伊松蔵「細川福子の方ガラシャ夫人を懐ふ」『人道』一九五号、一九二二年一〇月
イエズス会の音楽劇『Mulier fortis: Gratia』新山カリツキ富美子訳『気丈な貴婦人――細川ガラシャ』京成社印刷、二〇一六年
家本太郎「タミル語」柴田武編『世界のことば小事典』大修館書店、一九九三年
池田敏雄『ビリオン神父――現代カトリックの柱石　慶応・明治・大正・昭和史を背景に』中央出版社、一九六五年
池田敏雄編著『昭和日本の恩人――S・カンドゥ師』中央出版社、一九六六年
石牟礼道子『石牟礼道子全集・不知火』第一三巻、藤原書店、二〇〇七年

磯子尋常高等小学校編『国史教授に必要なる日本女性史』磯子尋常高等小学校、一九三一年
磯田道史『「司馬遼太郎」で学ぶ日本史』NHK出版、二〇一七年
犬養道子『西欧の顔を求めて』文藝春秋、一九七四年
井上ひさし、司馬遼太郎「宗教と日本人」司馬遼太郎ら著『群像日本の作家 司馬遼太郎』小学館、一九九八年
今道友信「遠くからの祈り」『九鬼周造全集』第一〇巻、月報一一、一九八二年
今宮新「切支丹大名記、シュタイシェン著、吉田小五郎訳、大岡山書店発行」『史学』第九巻第四号、一九三〇年一二月
岩瀬孝「カンドウ師の遺訓」『世紀』七三号、一九五六年一月
ヴァリニャーノ、松田毅一他訳『日本巡察記』平凡社東洋文庫、一九七三年
（ヴィリオン）ビリヨン閲、加古義一編『日本聖人鮮血遺書』村上勘兵衛等出版、一八八七年、再版、一八八八年、訂正増補六版、一九一一年、七版、日本殉教者宣伝会（西宮）、一九三一年
ア・ヴィリオン記、竹中利一訳「吉田松陰を懐ふ（大正十年十二月）」山口県教育会編『吉田松陰』第一〇巻、岩波書店、発行所・聖若瑟教育院（大阪）、一九八六年
（ヴィリオン）ヴィリヨン、松崎実考註『切支丹鮮血遺書』改造社、一九二六年
ビリヨン閲、加古義一編『婆羅門教論――仏教起原』清水久次郎（京都）、一八八九年
――『山口公教史』加古義一（京都）、一八九七年
――『長門公教史』天主公教会（萩町）、一九一八年
ア・ヴィリヨン著『山口大道寺跡の発見と裁許状に就て』ヴィリヨン（奈良）、一九二六年
内田魯庵『獏の舌』「切支丹迫害」（上・下）『読売新聞』一九二〇年六月二五・二六日
――『婦人に読ませたい洋書』『内田魯庵全集』補巻三、ゆまに書房、一九八七年

――『蠹魚の自伝』『内田魯庵全集』第八巻、ゆまに書房、一九八七年
NHK「街道をゆく」プロジェクト『司馬遼太郎の風景3、北のまほろば／南蛮のみち』日本放送出版協会、一九九八年
海老沢有道「日本二十六聖人関係日本文献」『キリシタン研究』第八輯、一九六三年
――「キリシタン史研究事始め」『探訪大航海時代の日本八　回想と発見』小学館、一九六九年
――『キリシタン南蛮文学入門』教文館、一九九一年初版、一九九二年再版
遠藤周作「わが小説のモデルについて」G・ネラン『おバカさんの自叙伝半分――聖書片手にニッポン36年間』講談社、一九八八年
――「我が子を思う親心」『変るものと変らぬもの』文藝春秋、一九九〇年
――「スナック経営の青い眼の神父さん」『変るものと変らぬもの』文藝春秋、一九九〇年
――「神父たち（その二）」『遠藤周作文学全集』第一三巻、新潮社、二〇〇〇年
――「俗語のことなど」『私の履歴書』『遠藤周作文学全集』第一四巻、新潮社、二〇〇〇年
遠藤順子、鈴木秀子『夫・遠藤周作を語る』文藝春秋、一九九七年
遠藤順子『再会――夫の宿題 それから』PHP研究所、二〇〇〇年
大岡昇平「中原中也伝――揺籃」『群像日本の作家一五 中原中也』小学館、一九九一年
大阪朝日新聞「永眠したビリヨン翁・神父」『大阪朝日新聞』一九三二年四月三日、明治大正昭和新聞研究会編集製作『新聞集成昭和編年史　昭和七年度版』新聞資料出版、一九六三年初版、一九九〇年三版
大平健「〈最上のわざ〉について」『人生の秋に――ヘルマン・ホイヴェルス随想集』春秋社、二〇一二年新装版第二刷
大村彦次郎『文壇栄華物語』筑摩書房、一九九八年

岡崎嘉平太『私は思う――日本の課題』読売新聞社、一九七二年
岡田喜秋『旅の木の実』文化出版局、一九八一年
岡田純一「カンドウ師の鑑識眼」『世紀』七三号、一九五六年一月
岡田弘子『右京芝草』立命館出版部、一九四一年
岡本綺堂「細川忠興の妻」(二幕)『綺堂戯曲集』第七巻、春陽堂、一九二八―二九年
――『帝国劇場絵本筋書――史劇細川忠興の妻 他』一九二六年一一月
沖本常吉『乙女峠とキリシタン』津和野歴史シリーズ刊行会、一九七一年初版、一九九三年六版
小山内薫「『細川がらしや』を見て」、岡田八千代「有楽座の『細川がらしや』」『カトリック』第二巻第八号、一九二二年八月
大佛次郎『旅』『天皇の世紀(一五)新政の府』朝日新聞社、一九七八年
小澤謙一「カンドウ師を悼む」『新体育』二五巻一一号、一九五五年
小野豊明「比島宗教班の活動」日本のフィリピン占領期に関する史料調査フォーラム『日本のフィリピン占領――インタビュー記録』龍渓書舎、一九九四年
尾原悟「キリシタン時代のイエズス会教育――ザビエルの宿願「都に大学を」」『神学』二〇一三年、一一四号、二二―二三頁
折田洋晴「日本関係洋古書の我が国での受容について」『参考書誌研究』六八号、二〇〇八年三月

か行

加賀乙彦『宣告』新潮社、一九七九年
――『死刑囚の記録』中央公論新社、一九八〇年初版、二〇〇二年三三版

郭南燕編著『バイリンガルな日本語文学』三元社、二〇一三年
郭南燕『志賀直哉で「世界文学」を読み解く』作品社、二〇一六年
郭南燕編著『キリシタンが拓いた日本語文学――多言語多文化交流の淵源』明石書店、二〇一七年
嘉治隆一「道徳的心性における東洋と西洋」和辻哲郎監修『外国人の道徳的心性――現代道徳講座　第二巻』河出書房、一九五五年
片岡弥吉『ある明治の福祉像――ド・ロ神父の生涯』日本放送協会、一九七七年
ホアン・カトレット、高橋敦子訳『ペトロ・アルペ――希望をもたらす人』新世社、一九九六年
金井清光「キリシタン宣教師の日本語研究」『國學院雜誌』九二巻六号、一九九一年六月
金山政英『誰も書かなかったバチカン』サンケイ出版、一九八〇年
狩野美智子『バスク物語――地図にない国の人びと』彩流社、一九九二年
狩谷平司『ヴィリヨン神父の生涯』稲畑香料店、一九三八年、復刻版、『ヴィリヨン神父の生涯――伝記・A・ヴィリヨン』大空社、一九九六年
河上徹太郎『日本のアウトサイダー』『河上徹太郎全集』第三巻、勁草書房、一九六九年
S・カンドウ「日本人とバスク人」『声』六一二号、一九二七年一月
S・カンドー「出版物に対する私見」『声』六四八号、一九三〇年一月
S・カンドウ『羅和字典』(Candau Lexicon Latino-Japonicum) 一九三四年、公教神学校、限定復刻版、南雲堂フェニックス、一九九五年
――「フランス語と日本語」武藤辰男編『美しい国語・正しい国字』河出書房、一九五四年
――「思想の永続性――私の漢学修業時代」『斯文』一三号、一九五五年九月
S・カンドウ、宮本さえ子編『思索のよろこび――カンドゥ神父の永遠のことば』春秋社、一九七一年

S・カンドウ、池田敏雄編『カンドウ全集』全五巻、別巻一―二、中央出版社、一九七〇年
上林暁『説教聴聞』『上林暁全集』第一〇巻、筑摩書房、一九六六年初版、一九七八年増補改訂版
――「病中読書」『上林暁全集』第一五巻、筑摩書房、一九六七年初版、一九八〇年増補改訂版
岸野久『西欧人の日本発見――ザビエル来日前　日本情報の研究』吉川弘文館、一九八九年
――『ザビエルと日本』吉川弘文館、一九九八年
――「フランシスコ・ザビエルと「大日」」坂東省次、川成洋編『スペインと日本――ザビエルから日西交流の新時代へ』行路社、二〇〇〇年
――『ザビエルと東アジア――パイオニアとしての任務と軌跡』吉川弘文館、二〇一五年
キリスト教年鑑編集部『キリスト教年鑑』第二七巻、キリスト新聞社、一九八四年
――『キリスト教年鑑２００７』キリスト新聞社、二〇〇六年
――『キリスト教年鑑２０１７』キリスト新聞社、二〇一六年
琴月「細川ガラシャ」『日本民族』第一巻第二号、一九一三年一二月
金田一春彦『日本語の特質』日本放送出版協会、一九八一年
――「擬音語・擬態語」『月刊日本語』二巻三号、一九八九年三月
ルイス・デ・グスマン、新井トシ訳『グスマン東方伝道史』下巻、養徳社、一九四五年
工藤敏子「私の思い出」池田敏雄『ビリオン神父――現代日本カトリックの柱石　慶応・明治・大正・昭和史を背景に』中央出版社、一九六五年
玖村敏雄「ヴィリヨンさんの逸話」『全人教育』三四巻八号、一九六〇年八月
倉田喜弘、林淑姫『近代日本芸能年表』上巻、ゆまに書房、二〇一三年
クラッセ、太政官翻訳係訳『日本西教史』上巻、坂上半七（東京）、一八八〇年

クラウス・クラハト、克美・タテノ＝クラハト『鷗外の降誕祭――森家をめぐる年代記』NTT出版、二〇一二年
ゲーテ、小岸昭訳「世界文学論」『ゲーテ全集』第一三巻、潮出版社、一九八〇年初版、二〇〇三年新装普及版
玄侑宗久、鈴木秀子『仏教・キリスト教 死に方・生き方』PHP研究所、二〇一三年
公教司祭戸塚文卿校閲、大井蒼梧著『細川忠興夫人』武宮出版部、一九三六年
高等お伽会編『世界日本新お伽十種』樋口蜻堂（ほか）出版、一九〇九年
河野純徳『鹿児島における聖書翻訳――ラゲ神父と第七高等学校造士館教授たち』キリシタン文化研究会、一九八一年
声「明治天皇の御製を謹訳するホイヴェルス上智大学学長」『声』七五四号、一九三八年一一月
小島玄寿編『日本烈女伝』巻の二、山中八郎出版、一八七八年
小島幸枝「コリャードのアクセント――西日辞書の自筆稿本をめぐって」『国語国文』四一巻一一号、一九七二年
エリザベート・ゴスマン「ガラシャ細川玉の実像と虚像」岡野治子編『女と男の時空――日本女性史再考Ⅲ 女と男の乱――中世』藤原書店、一九九六年
小平卓保『鹿児島に来たザビエル』春苑堂書店、一九九八年
小寺健二「パパ様とヴィリオン神父」『声』七五八増大号、一九三九年三月
小林珍雄「キリストのよき兵士」『世紀』七三号、一九五六年一月
小堀杏奴「書く人・読む人」『人生舞台――小堀杏奴随筆集』宝文館、一九五八年
――『不遇の人鷗外』求龍堂、一九八二年
コリャード、日埜博司編著『コリャード 懺悔録』八木書店、二〇一六年

さ行

佐藤快信、入江詩子、菅原良子、鈴木勇次「ド・ロ神父の外海での活動の研究意義」『地域総研紀要』七巻一号、二〇〇九年
フランシスコ・ザビエル、河野純徳訳『聖フランシスコ・ザビエル全書簡』全四巻、平凡社東洋文庫、一九九四年
（ザビエル）ザベリヨ、浅井乕八郎編『聖フランセスコザベリヨ書翰記』三巻、浅井乕八郎（東京）、一八九一年
山東功『日本語の観察者たち――宣教師からお雇い外国人まで』岩波書店、二〇一三年
獅子文六『娘と私』『獅子文六全集』第六巻、朝日新聞社、一九六八年
篠田浩一郎『修羅と鎮魂――日本文化試論』小沢書店、一九九〇年
司馬遼太郎『司馬遼太郎全集』第五九巻『街道をゆく八 南蛮のみち』文藝春秋、一九九九年
島谷俊三「カンドウ神父と眠芳惟安老師」『文化と教育』七巻一号、一九五五年
――『老梅樹』創造社、一九七一年
下宮忠雄『バスク語入門――言語・民族・文化』大修館書店、一九七九年
ヴォルフガング・シャモニ「『世界文学』――ゲーテより半世紀も前に初出していた語」『文学』第一一巻第三号、二〇一〇年
（シュタイヘン）スタイシエン、ビリヨン訳『切支丹大名史』三才社、一九二九年
シュタイシェン、吉田小五郎訳『切支丹大名史』大岡山書店、一九三〇年
純心女子短期大学長崎地方文化史研究所編『プチジャン司教書簡集』純心女子短期大学、一九八六年
小学館『日本大百科全書』第六巻、小学館、一九八五年、ネットアドバンス、二〇〇一年
上智学院編『New Catholic Encyclopedia 新カトリック大事典』研究社、一九九六年
女子聖学院院長平井庸吉、青山学院教授比屋根安定「序」、満江巌『細川ガラシャ夫人』刀江書院、一九三七年

新村出「改版序文」ヴィリヨン、松崎実考註『切支丹鮮血遺書』改造社、一九二六年
――「吉利支丹女性の話」『新村出全集』第七巻、筑摩書房、一九七三年
須賀敦子『須賀敦子全集』第七巻、河出書房新社、二〇〇〇年
杉本つとむ『杉本つとむ著作選集10　西洋人の日本語研究』八坂書房、一九九九年
鈴木須磨子「カンドウ師の思出」『声』九三八号、一九五六年二月
鈴木秀子「「現代思想批判」のクラス」『世紀』七三号、一九五六年一月
聖母の騎士「この人二〇〇〇　ネラン神父」『聖母の騎士』六五巻九号、二〇〇〇年九月
関望「恩師の人間味」池田敏雄編著『昭和日本の恩人――S・カンドウ師』中央出版社、一九六六年
関根礼子著、昭和音楽大学オペラ研究所編『日本オペラ史』上、下巻、水曜社、二〇一一年
瀬谷幸男「復刻版について」S・カンドウ『羅和字典』(Candau Lexicon Latino-Japonicum 一九三四年)、限定復刻版、南雲堂フェニックス、一九九五年
宋莉華『傳教士漢文小説研究』上海古籍出版社、二〇一〇年
ア・ソーデン、深井敬一訳『聖母マリアと日本』中央出版社、一九五四年

た行

高木昌史『柳田國男とヨーロッパ――口承文芸の東西』三交社、二〇〇六年
高橋章「書評　G・ネラン著『キリスト論』創文社、昭和五四年」『アレン国際短期大学紀要』第一五号、一九九七年七月
高橋邦輔「切支丹鮮血遺書を読む」『正教時報』一五巻九号、一九二六年九月
高橋新吉「森英介『火の聖女』」『人間』六巻七号、一九五一年

高間直道『哲学用語の基礎知識』青春出版社、一九六一年
高見順「きのうきょう」『高見順全集』第一八巻、勁草書房、一九七〇年
——「第四者の出現——現代文士論断片」『高見順全集』第一三巻、勁草書房、一九七一年
高村光太郎「序」森英介『火の聖女』火の会（米沢）、一九五一年
武田友寿「S・カンドゥ神父のこと」『宗教と文学の接点』中央出版社、一九七〇年
田崎勇三「忘れえぬ人」『世紀』七三号、一九五六年一月
龍居松之助『日本名婦伝』北斗書房、一九三七年
辰野隆『凡愚問答』角川書店、一九五五年
——「バスクの星——序にかえて」S・カンドウ『バスクの星』東峰書房、一九五六年
——『凡愚春秋』角川書店、一九五七年
田中耕太郎「カンドウ神父と日本」『現代生活の論理』春秋社、一九五七年
田中峰子「沈黙の聖母」『世紀』七三号、一九五六年一月
田端泰子『細川ガラシャ——散りぬべき時知りてこそ』ミネルヴァ書房、二〇一〇年
田村襄次『わがヘルマン・ホイヴェルス神父』中央出版社、一九八七年
垂水千恵『台湾の日本語文学』五柳書院、一九九五年
団藤重光「『死刑廃止論』を書いた刑法学会の重鎮」菊田幸一編著『死刑廃止・日本の証言』三一書房、一九九三年
筑摩書房『創業五〇周年　筑摩書房図書総目録 一九四九—一九九〇』筑摩書房、一九九一年
柘植光彦、小嶋洋輔「インタビュー・遠藤順子夫人に聞く 半世紀の記憶——小説はどのように書かれたか」柘植光彦編『遠藤周作——挑発する作家』至文堂、二〇〇八年

土屋元「ガラシヤ」『夢中語——土屋大夢文集』土屋文集刊行会、一九三一年
鶴見俊輔「バスクまで来た長い長い道」司馬遼太郎『街道をゆく22』、『鶴見俊輔書評集成』二、みすず書房、二〇〇七年
ディアルス「人類愛の使徒」池田敏雄編『カンドウ全集』別巻一、中央出版社、一九七〇年
アルフォンス・デーケン『ユーモアは老いと死の妙薬——死生学のすすめ』講談社、一九九五年
ハインリヒ・デュモリン「『聖イグナチオの夕べ』のカンドー師」『世紀』七三号、一九五六年一月
ハインリヒ・デュモリン、西村恵信訳『仏教とキリスト教との邂逅』春秋社、一九七五年
土居健郎「ホイヴェルス神父におけるキリスト教と日本」戸川敬一、土居健郎編著『ホイヴェルス神父のことば』弘文堂、一九八六年
土井忠生「十六・七世紀における日本イエズス会布教上の教会用語の問題」『キリシタン研究』第一五輯、一九七四年一一月
——『吉利支丹論攷』三省堂、一九八二年
戸川敬一「ホイヴェルス師の横顔」戸川敬一、土居健郎編著『ホイヴェルス神父のことば』弘文堂、一九八六年
徳富猪一郎（蘇峰）『人物景観』明治書院、一九三九年
——『近世日本国民史 第六巻、豊臣士時代丙篇』民友社、一九二一年
——『近世日本国民史 第一一巻、家康時代上巻関原役』民友社、一九二五年改版
戸張智雄「歌舞伎町の快僧ネラン神父」『文藝春秋』五九巻六号、一九八一年六月
戸部実之「序」『バスク語辞典——バスク語・英語・日本語』泰流社、一九九六年
冨澤隆彦「恩師のおもかげ」『声』九三八号、一九五六年二月
友田寿一編『鮎川義介縦横談』創元社、一九五三年

鳥谷部陽之助『新十和田湖物語――神秘の湖に憑かれた人びと』彩流社、一九八三年

な行

永島寛一「カンドウ師と〝虜〟」『世紀』七三号、一九五六年一月
中田藤太郎「カンドウ校長の思い出」『声』九三八号、一九五六年二月
永田亀子「受洗へ導いた神父様」池田敏雄『ビリオン神父――現代日本カトリックの柱石　慶応・明治・大正・昭和史を背景に』中央出版社、一九六五年
長田幹彦『緑衣の聖母』『長田幹彦全集』第一一巻、日本図書センター、一九九八年
長富雅二「附録ビリオン師の回顧感想談」『ザベリヨと山口』白銀日新堂（山口市）、一九二三年
中野収『キー・シンボル――ことばの社会探険』桐原書店、一九八九年
中原思郎『兄中原中也と祖先たち』審美社、一九七〇年
――『中原中也ノート』審美社、一九七八年
中原中也『新編中原中也全集』別巻（下）資料・研究篇、角川学芸出版、二〇〇四年初版、二〇〇八年再版
中原フク述、村上護編『私の上に降る雪は――わが子中原中也を語る』講談社、一九九八年
なだいなだ『民族という名の宗教』岩波書店、一九九二年
新山カリツキ富美子「ヨーロッパにおける日本殉教者劇――細川ガラシャについてのウィーン・イエズス会ドラマ」郭南燕編『世界の日本研究二〇一七――国際的視野からの日本研究』国際日本文化研究センター、二〇一七年
二木晴美「『白痴群』とその周辺に就いて」『日本文学研究資料新集28　中原中也――魂とリズム』有精堂、一九九二年

西岡亜紀「宣教師が運んだフランス——長崎・築地・横浜の「近代」」『比較日本学教育研究センター研究年報』一〇号、二〇一四年三月
西村茂樹編『婦女鑑』第六巻、宮内省、一八八七年
G・ネラン「邪馬渓から肥後小国へ——寝袋もってお神話の九州を旅する」『旅』三一巻六号、一九五七年六月
——「解説」『現代の文学37 遠藤周作集』河出書房新社、一九六六年
——『盛り場司祭の猛語録』コルベ出版社、一九八〇年
——『おバカさんの自叙伝半分——聖書片手にニッポン36年間』講談社、一九八八年
——『キリストの復活』新教出版社、一九九七年初版、二〇一一年二版
——「パウロの弟子パウロ遠藤周作」中村真一ほか『追悼保存版・遠藤周作の世界』朝日出版社、一九九七年
——「現代におけるキリスト論とは」『神学ダイジェスト』八四号、一九九八年
——「イエスは生きている」林あまり『私にとって「復活」とは』日本キリスト教団出版局、二〇〇四年初版、二〇〇五年再版
野上弥生子『野上弥生子全集』第一一巻、日記二、岩波書店、一九八八年
——「思ひ出すこと」『野上弥生子全集』第二九巻、補遺二、岩波書店、一九九一年
野村良雄「われわれの親仁」『世紀』七三号、一九五六年一月
——『若い日の出会い』新時代社、一九七一年

は行

萩尾生、吉田浩美編著『現代バスクを知るための五〇章』明石書店、二〇一二年
萩原新生「ヴィリヨン神父のこと」『青春の夢』高松書房、一九四三年

ペテロ・バーケルマンス『イエスと空海――不二の世界』ナカニシヤ出版、二〇一二年

レオン・パジェス、吉田小五郎訳『日本切支丹宗門史』上・中・下巻、岩波書店、一九三八年

林浩治『在日朝鮮人日本語文学論』新幹社、一九九一年

林正躬「細川夫人」『大東烈女伝』波華文会、一八八四年

原きく「明治の中葉からの知り合い」池田敏雄『ビリオン神父――現代日本カトリックの柱石　慶応・明治・大正・昭和史を背景に』中央出版社、一九六五年

日高信六郎「イタリアに於るカンドウ神父の思い出」『世紀』七三号、一九五六年一月

ブルーノ・ビッター「神父の人と生涯」土居健郎、森田明編『ホイヴェルス神父――信仰と思想』聖母の騎士社、二〇〇三年

平川祐弘「カンドウ神父」『東の橘　西のオレンジ』文藝春秋、一九八一年

――『書物の声　歴史の声』弦書房、二〇〇九年

平松郡太郎「ミカンと笑顔」池田敏雄編著『昭和日本の恩人――S・カンドウ師』中央出版社、一九六六年

深井鑑一郎編『中学漢文』第二編下、敬業社、一八九四―九六年

深沢七郎ほか『現代日本文学大系　深沢七郎、有吉佐和子、三浦朱門、水上勉』筑摩書房、一九八二年

藤井伯民『細川がらしや』公教青年会、一九二二年

藤沢古雪（周次）『がらしあ――史劇』大日本図書、一九〇七年

ルイス・フロイス、松田毅一、川崎桃太訳『日本史2　豊臣秀吉篇Ⅱ』中央公論社、一九七七年初版、一九八一年普及版

――『日本史5　五畿内篇Ⅲ』中央公論社、一九七八年初版、一九八一年普及版

ルイス・フロイス、松田毅一訳『日本史6　豊後篇1』中央公論社、一九七八年初版、一九八一年普及版

――『日本史9　西九州篇1』中央公論社、一九七九年初版、一九八二年普及版
ルイス・フロイス、松田毅一、川崎桃太訳『日本史12　西九州篇Ⅳ』中央公論社、一九八〇年初版、一九八二年普及版
ジャック・ベジノ、越前喜六編『仕えるために――イエズス会士の歩み』サンパウロ、二〇〇七年
ヘルマン・ホイヴェルス「武蔵野のひばり」『時間の流れ』中央出版社、一九五三年
――『日本で四十年』春秋社、一九六四年
――『人生の秋に――ヘルマン・ホイヴェルス随想集』春秋社、一九六九年初版、一九七八年新装版
クリスチャン・ポラック「日仏交流略史」西野嘉章、クリスチャン・ポラック編『維新とフランス――日仏学術交流の黎明』東京大学総合研究博物館、二〇〇九年
堀江薫雄「池淵さんとカンドウ神父の集い」池淵鈴江編『風籟――池淵祥次郎追悼録』編者出版、一九六四年
堀川恵子『死刑の基準――「永山裁判」が遺したもの』日本評論社、二〇〇九年

ま行

毎日新聞「『スラムに関心持って』お客と語るバーテン」『毎日新聞』一九九三年六月二七日
――「狐狸庵先生ユーモア残して――信仰の問題問い続け」『毎日新聞』一九九六年九月三〇日朝刊
――「狐狸庵ファンが集う店――「おバカさん」のモデル　ネラン神父が経営者」『毎日新聞』一九九六年一〇月七日夕刊
フランシス・マシー「一匹の駄犬がつくるドラマ――解説」遠藤周作『おバカさん』講談社、一九七四年
松田毅一『近世初期日本関係南蛮史料の研究』風間書房、一九六七年
丸太むら「カンドウ神父様の御魂に」『声』九三八号、一九五六年二月

フランシスク・マルナス、久野桂一郎訳『日本キリスト教復活史』みすず書房、一九八五年
三木サニア「ヘルマン・ホイヴェルス『細川ガラシア夫人』（その二）」『久留米信愛女学院短期大学研究紀要』第三四号、二〇一〇年
三木露風「鮮血遺書考」『書物展望』第六・七号、一九三六年七月
三宅雪嶺『雪嶺絶筆』実業之世界社、一九四六年初版、一九五五年三版
宮下生「浦和高等学校カトリック研究会創立」『声』一一号、一九二八年
宮本敏行「カンドウ神父様のこと」『声』九三五号、一九五五年一一月
――「巨樹の蔭に――カンドウ神父を見知らぬ人々の声」『世紀』七三号、一九五六年一月
――「日本と世界的友情の使徒――S・カンドウ神父小伝」『S・カンドウ一巻選集』春秋社、一九六八年
村山斉『宇宙は何でできているのか』幻冬舎、二〇一〇年
室谷幸吉著・富賀正俊絵『カンドウ神父――日本人の心の友』女子パウロ会、一九七九年
望月洋子『ヘボンの生涯と日本語』新潮社、一九八七年
森有正「思い出　その他」『森有正全集』補巻、筑摩書房、一九八二年
森英介『火の聖女』火の会（米沢）、一九五一年
森田明「はしがき」土居健郎、森田明編『ホイヴェルス神父――信仰と思想』聖母の騎士社、二〇〇三年

や行

安岡章太郎「大世紀末サーカス」『朝日ジャーナル』第二五巻第四一号、一九八三年九月三〇日
柳谷武夫「書評　細川ガラシア夫人」『カトリック研究』第二〇巻第一号、一九四〇年一月
矢野道子『ド・ロ神父その愛の手』著者出版、二〇〇四年

――『ド・ロ神父黒皮の日日録』長崎文献社、二〇〇六年
山内継祐「太っちょなオヤジのこと」『福音と社会』二五八号、二〇一一年一〇月
――「ネランさんは日本人に何を語ったか」『福音と社会』二五八号、二〇一一年一〇月
山崎忠雄『偉大なるヴィリヨン神父――ヴィリヨン神父にまねびて』著者出版、一九六五年
山路愛山『現代日本教会史論』『キリスト者評論集 新日本古典文学大系 明治編二六』岩波書店、二〇〇二年
山梨淳「パリ外国宣教会の出版物と近代日本の文学者」『キリスト教文化研究所紀要』二五巻一号、二〇一〇年
――「近代日本におけるリギョール神父の出版活動とその反響」『カトリック研究』七九号、二〇一〇年
――「ソーヴール・カンドウ神父と日本の知識人」『カトリック研究』八一号、二〇一二年
山根道公「解題」『遠藤周作文学全集』第五巻、新潮社、一九九九年
ユネスコ東アジア文化研究センター編『資料御雇外国人』小学館、一九七五年
横山健堂『長周遊覧記』郷土研究社、一九三〇年
吉川英治「早朝のノック――聖サヴィエルの記念祭を前に」『毎日新聞』一九四九年五月二九日
吉田凞生「中原中也年譜」吉田凞生編『中原中也必携』学燈社、一九九三年
吉田弘美「バスク語」石井米雄編『世界のことば・辞書の辞典――ヨーロッパ編』三省堂、二〇〇八年
吉野作造『新井白石とヨワン・シローテ』文化生活研究会、一九二四年、元々社、一九五五年
吉見周子「真杉静枝」円地文子監修『恋に燃え愛に生きる』集英社、一九八〇年
吉屋信子「小魚の心」『自伝的女流文壇史』『吉屋信子全集一一 底の抜けた柄杓/ある女人像』朝日新聞社、一九七五年
米田かおり「細川ガラシャとイエズス会の音楽劇」『桐朋学園大学研究紀要』二八集、二〇〇二年
読売新聞「ガラシャ夫人の生涯、ホ神父の原作、六月完成、ローマ法王へ」『読売新聞』一九五二年二月一二日朝

刊
――「史実の省略に無理『乱世の百合』」『読売新聞』一九五二年一一月五日夕刊
――「満員の観客から拍手、歌劇『細川ガラシア』」『読売新聞』一九六五年一月二四日朝刊
――「演目の選定に難が『細川ガラシャ夫人』も宗教絵巻に終わる」『読売新聞』一九六五年一一月一六日夕刊
――「広告・名残り公演、六月名作歌舞伎」『読売新聞』一九七九年五月二二日夕刊
――「フランス神父 スナック布教」『読売新聞』一九八〇年八月三一日
――「ニッポンと結婚?! 三六周年」『読売新聞』一九八八年三月七日朝刊
――「山田敬三氏の〝改訂版ガラシャ〟」『読売新聞』一九八九年一月一四日夕刊

ら行

ヨハネス・ラウレス、松田毅一訳『聖フランシスコ・ザヴィエルの生涯』エンデルレ書店、一九四八年
ローラン・ラバルト、ラバルト神父金祝実行委員会編著『宣教師の自画像』フリープレス、一九九八年
竜門社編『渋沢栄一伝記資料』三八巻、渋沢栄一伝記資料刊行会、一九六一年
ヨゼフ・ロゲンドルフ『異文化のはざまで』文藝春秋、一九八三年
ジョアン・ロドリゲス、土井忠生訳註『日本大文典』三省堂、一九五五年
ジョアン・ロドリゲス、池上岑夫訳『日本小文典』岩波書店、一九九三年

わ行

若葉生「細川忠興夫人」(一―五)『声』三八三―三八七号、一九〇七年一〇月―一九〇八年二月

鷲尾雨工「秀吉と細川」『維新』第三巻第八号、一九三六年八月
和田清『東洋史上より観たる古代の日本』ハーバード・燕京・同志社東方文化講座委員会、一九五六年
和田誠『装丁物語』白水社、二〇〇六年
和田祐一「統辞類型論——日本語の位置づけについて」『季刊人類学』第一巻四号、一九七〇年

欧文文献

A—E

Pedro Arrupe, *Este Japon Increibl*e, Bilbao: El siglo de las misiones, 1959; 4th edition, Bilbao: Mensajero, 1991?
Henry James Coleridge, *The Life and Letters of St. Francis Xavier*, Vol.2, London: Burns and Oates, 1872.
Jean Crasset の仏語書の英訳、*The History of the Church of Japan*, 2 Vols, London, 1705-1707.
Jean Crasset の仏語書二版、*Histoire de l'eglise du Japon*, Tom. 1, Paris: Chez Estienne Michallet, 1691; *Histoire de l'eglise du Japon*, Tom. 1, Paris: Chez François Montalant, 1715.

F—J

Nanyan Guo,"Internationalization of the Japanese Language in Interwar Period Japan (1920-1940): Foreign Missionaries and Writers". 郭南燕編『世界の日本研究 2017』国際日本文化研究センター、二〇一七年五月。
Luis de Guzman, *Historia de las missiones que han hecho los religiosos de la Compañia de Iesus*: *para predicar el sancto Evangelio en la India oriental*, *y en los reynos de la China y Iapon*, Voul.2, En Alcalá: Por la

Biuda de luan Gracian, 1601.

Hermann Heuvers, *Vierzig Jabre in Japan, 1923-163*, Tokyo: Die Japanisch-Deutsche Gesellschaft e. V. 1965.

K—O

Monumenta historia Societatis Jesu, *Sancti Francisci Xaverii: epistolas aliaque scripta complectens*, Matriti: Typis Agustinin Avrial, 1899-1900?

NADEHARA Hanako, "The Emergence of a New Woman: The History of the Transformation of Gracia"『東京女子大学紀要論集』六四巻、二〇一四年。

Stephen Neill, *A History of Christianity in India: The Beginnings to AD 1707*, Cambridge, 1984.

P—T

Léon Pagès, *Lettres de saint François-Xavier de la Compagnie de Jésus, apotre des Indes et du Japon: traduites sur l'édition Latine de Bologne*, Vol.2, Paris: Libr. de Mme Ve Poussielgue-Rusand, 1855.

Georg Schurhammer, *Das kirchliche Sprachproblem in der japanischen Jesuitenmission des 16. und 17. Jahrhunderts: ein Stück Ritenfrage in Japan*, — Deutsche Gesellschaft für Natur-u. Völkerkunde Ostasiens, 1928 (Mitteilungen der Deutschen Gesellschaft für Natur- und Völkerkunde Ostasiens, Bd.23).

G. Schurhammer, I. Wicki, eds. *Epistolae S. Francisci Xaverii aliaque eius scripta*, Tomus II, Romae: Monumenta Historica Soc. Jesu, 1944-1945.

Notto R. Tehelle, *Buddhism and Christianity in Japan: From Conflict to Dialogue, 1854-1899*, Honolulu:

University of Hawaii Press, 1987.

U—Z

Albert Felix Verwilghen, “The Buddhist Studies of Father A. Villion”, *Japan Missionary Bulletin*, No. 25, June 1971.

A. Villion, *Cinquante ans d’apostolat au Japon*, Hong Kong: Imprimerie de la société des missions-etrangères, 1923.

A. Villion, *Pourquoi J’aime les Japonais?* Louvain: Xaveriana, 1929.

F. Xavier, Orazio Torsellino, trans. *Francisci Xaverii Epistolarum libri quatuor*, Moguntiæ: Apud Balthasarum Lippium, 1600.

F. Xavier, *Lettres du B. pere Saint Francois Xavier, de la Compagnie de Iesus, apostre du Iapon: divisees en quatre livres*, traduites par un P. de la mesme compagnie, Paris: Che Sebastien Cramoisy, 1628.

F. Xavier, Antoine Faivre, trans. *Kettres de S, François-Xavier, apôtre des Indes et du Japon*, Tom.2, Lyons: Sauvignet, 1828.

119, 121, 124-129, 132, 137, 221
山梨淳　124, 150, 173
山根道公　259
山本信次郎　84, 114

よ

謡曲　22, 201, 222
横浜　18, 47, 48, 52, 70, 136, 149, 151, 190, 201, 248, 277
横浜天主堂　10, 82
横山健堂　104
与謝野寛（鉄幹）　124
吉川英治　56, 209
吉田絃二郎　125
吉田小五郎　120
吉野作造　125, 127
吉屋信子　158
ヨハネ・パウロ二世　269, 270
ヨハンナ岩永　107

ら

ラウレス、ヨハネス　52
落語　152
『落葉集』　16
ラゲー　75
ラバルト、ローラン　52, 53
『羅葡日対訳辞典』　16
『羅和字典』　49, 168, 191

り

リギョール 75
リギンス　17
リクール、P　252
リサラグ　48
立教大学　263
琉球　17, 18, 62, 70
良寛　106
リヨン　80, 91, 92, 104, 106, 109, 114-116, 118, 124, 129, 131, 132, 138, 139, 221, 246-249, 277

る

ルオー　245
ルメートル、ジョルジュ　27, 28
ルモアヌ（柳茂安）　75

ろ

ロゲンドルフ、ヨゼフ　157
ロップス、ダニエル　170, 171, 173
ロドリゲス、ジョアン　14, 16,
ロヨラ、イグナチオ　13, 28, 32, 33, 35, 41, 44, 54, 56, 58, 60, 78
『論語』　248

わ

若狭　137
若葉生　223
和歌山　94
鷲尾雨工　223
和田誠　267
和田祐一　51
和田琳熊　104

松本重治　186
マヒー、フランシス　260
マラッカ　28, 31, 34, 61, 62
マラバル地方　33
「マルコによる福音書」 12
マルセイユ　92, 135, 151, 190, 248
マレー語　31, 34, 35, 47, 48, 52, 54, 61
『万葉集』 22, 201

み

三浦朱門　273, 274, 278
三木サニア　224
三木露風　125, 127
三雲昂　248
三雲夏生　248, 256
三島由紀夫　251, 253, 279
御手洗彦麓　217
美智子皇后　274
三井家　101
満江巌　223
身延山　138
三宅雪嶺　126
宮津　137, 219
妙心寺春光院　97

む

ムガブル　47
ムジカ、ヴィンセント　50, 51, 53, 56
武者小路公秀　275
ムニクー　136
村上勘兵衛　114, 137
村越金造　151, 154, 190
村田佳代子　205

め

明治憲法（大日本帝国憲法） 84, 97
明治天皇（大帝） 74, 99, 209
メドハースト　17

も

森有礼　73
森有正　125, 128
森（小堀）杏奴　175, 176
森英介　184
森鷗外（林太郎） 175
森峰子　176
森田明　201, 207, 208
森田草平　219
守山甚三郎（もりやま）　109-111
モルッカ諸島　28, 31, 34
モルバン　174
モンマルトルの丘　28, 60

や

安岡章太郎　274
柳田國男　173
柳谷武夫　230
山内継祐　263
山口　30, 39, 41-44, 61, 62, 76, 79, 80, 83, 84, 91, 94, 97-101, 103-105, 119, 127, 128, 137, 138, 204
『山口公教史』 115, 119, 125, 132, 137
『山口大道寺跡の発見と裁許状に就て』 115, 119, 138
山路愛山　124, 125
『日本聖人鮮血遺書』（『切支丹鮮血遺書』『鮮血遺書』） 22, 72, 113,

ビッグバン理論　27, 28
平川祐弘　150, 159, 183
平戸　30, 38, 40, 61, 62
平山達也　268
広島　177

ふ

フェルナンデス、フアン（ジョアン・フェルナンデス）　29, 36, 38-42, 46, 55, 61
フェルメールシュ　150
フォルカード　70
『深い河』　257, 259, 261, 262
福沢諭吉　97, 178
福永武彦　253
福山　94
藤井伯民　222
不二高等女学校（静岡雙葉学園）　151
藤沢古雪　222
富士山　147, 177
伏見　137
ブスケ　75
仏教　22, 23, 39, 70, 85, 95, 96, 103, 113, 115, 118, 119, 124, 127, 133, 134, 136, 137, 164, 165, 175, 215, 223, 224, 270, 271, 273, 290
プティジャン　70, 71, 92, 135
府内（大分）　30, 62
フュレ　70
ブラウン　18
プラトン　272
フロイス、ルイス　38, 39, 55, 202, 214, 215, 218, 219
豊後　15, 62

へ

『平家物語』　17
ベッテルハイム　17, 18
ヘボン　18
ベルナノス、ジョルジュ　262
ベンガル湾　62

ほ

ホイヴェルス、ヘルマン　21-23, 85, 201-210, 212, 213, 215-221, 224, 229-234, 237, 288, 291
『望楼』　205
細川ガラシャ（ガラシア、ガラシャ、玉、玉子、福子の方、秀林院、がらしあ、細川夫人）　23, 99, 121-123, 157, 205, 207, 208, 212, 213, 215, 216, 218-227, 229, 232, 236
細川忠興（越中守）　122, 213, 214, 222-224, 229
北海道　18, 191
堀江薫雄　186, 187
堀辰雄　125
香港　92, 135, 137

ま

舞鶴　137
真杉静枝　158, 167, 176, 192
マッカーサー　57
松方三郎　186
松坂桃李　209
松坂村　131
松崎実　114-117, 126, 129
松田毅一　129

ナポレオン三世　274
奈良　105, 109, 115, 128, 130, 131, 133, 138
奈良天主堂　139
成瀬仁蔵　104
ナルボンヌ　246
南蛮寺　97
南蛮屏風　97
南蛮文学　124

に

西田幾多郎　153
西村茂樹　222
日仏修好通商条約　18, 70
日清戦争　100
『日葡辞書』　16
『日本切支丹宗門史』　115, 220
『日本キリシタン殉教史』　129
『日本語文典』　15
『日本小文典』　14, 16
『日本西教史』　114, 117, 119, 123, 220
『日本大文典』　14, 16
『日本に於ける公教会の復活』　126, 129

ね

ネラン、ジョルジュ　21, 23, 50, 72, 73, 85, 161, 245-254, 256-276, 278, 288, 291

の

野上弥生子　182, 183
野村良雄　178, 245

は

バイヨンヌ大神学校　190
萩　83, 91, 94, 104, 105, 115, 131, 132, 137, 138, 204
萩尾生　58, 172
萩原新生　104
バーケルマンス、ペテロ　134
パジェス、レオン　78, 80, 115, 220
パスカル　186, 252
バスク語　22, 32, 46-52, 54, 55, 147, 151, 163
バスク人　9, 47, 49-52, 56, 58, 149, 155, 172, 173, 182, 185, 186
バチカン　166, 177, 178
バッハ　272
林正躬　222
原きく　104, 105, 112
原節子　186
原敬　100, 105, 132
パラシオス、ホセ　92
『婆羅門教論――仏教起原』　115, 119, 137
パリ外国宣教会　10, 18, 22, 47, 50, 53, 54, 70, 71, 74, 75, 82, 124, 133, 149, 190
晩成会　192
ハンブルク　22, 201, 235

ひ

ピウス一一世　171
比叡山　95
ピカート、マックス　170
肥後　254

61, 62, 92, 154, 231
『沈黙』 257, 259, 260

つ

辻村深月 209
土屋元作 222
『ツナグ』 209, 212
鶴見俊輔 56, 58, 181
津和野 91, 94, 107, 109-111, 137, 138

て

ティボン、G 170, 171
デーケン、アルフォンス 289
デュモリン、ハインリヒ 134, 174
寺田寅彦 253
「天声人語」 248

と

土居健郎 204, 207, 208, 234
東京 11, 18, 47, 53, 74, 100, 114, 152, 153, 157, 159, 164, 168, 169, 174, 186, 191, 203, 216, 245, 248, 249, 257, 266, 274, 275, 277, 321
東京大学教養学部 183, 236, 263, 264
東京大神学校（東京公教大神学校、聖フランシスコ・ザベリオ大神学校、日本カトリック神学院） 168, 191
東京日仏学院（アンスティチュ・フランセ東京） 159, 170, 174, 183, 263
東北地方 191
戸川敬一 233
徳川家康 14, 213, 227
徳富蘇峰 124, 132, 133, 220
徳山 91, 137
『どちりいなきりしたん』 17
戸塚文卿 153, 171
戸張智雄 253
戸部実之 50
鳥谷部陽之助 185
豊臣秀吉 14, 121-123, 213
ドラエー 151
トルセリーノ 82
トレス、コスメ・デ 30, 36, 40-42, 61
ド・ロ 74, 75
十和田湖 185

な

長崎 15-18, 22, 23, 38, 70, 72, 74, 91-94, 105, 107, 109, 111, 115, 131, 132, 135, 177, 219, 248, 277
永島寛一 187
永田亀子 113
長田幹彦 166
『長門公教史』 115, 119, 132, 138
中野収 267
長野（県） 191
中原中也 98, 99, 107, 112, 128
中原政熊 99
中村明 251
中村歌右衛門 218
名古屋 94
なだいなだ 185
ナバラ王国 47, 60
ナバルロ、ピエトロ・パウロ 15
ナポレオン（大ナポレオン） 274

昭和天皇　84
白鳥庫吉　174
白鳥芳朗　174
白柳誠一　275
ジラール　10, 70, 82
新宿　23, 258-260, 264, 265, 267, 274, 275
真生会館（フィリッポ寮）　165, 174, 249, 263, 275, 277-279
進藤重光　269
新村出　117, 212
親鸞　206

す

須賀敦子　274
菅原真由美　112
鈴木秀子　175
ストラスブール　275

せ

聖書　11-13, 17-19, 40, 75, 99, 176, 252, 260, 265, 267, 273
聖心女子大学　154, 174, 175
聖母（マリア）　30, 37, 61, 71, 92, 96, 106, 166, 207, 208, 234, 235
聖母病院　187
『西洋紀聞』　70
聖霊降臨　12, 290
セイロン島　62
関口神学校　152, 191
瀬谷幸男　169
潜伏キリシタン　11, 18, 45, 70, 124

た

大道寺　43, 62, 76, 80, 98-100, 104, 108, 115, 119, 137, 138
高井コスメ　214
高橋邦輔　127
高間直道　172
高見順　167
高村光太郎　184
高山右近　122, 213, 225
度島　38
田口五郎　274
武田友寿　182
田崎勇三　186
龍居松之助　223
辰野隆　159, 188
田中角栄　274
田中耕太郎　153, 155, 158, 164, 168, 170, 173, 176, 182, 189
田中秀央　169
田中峰子　176
谷口幸代　210
田端泰子　221, 223
タミル語［タムル語、タミール語］　13, 31-35, 47, 48, 51, 52, 54, 55
丹後　122, 123, 137, 213, 219, 224
ダンテ　252
団藤重光　180

ち

智恩院　95, 136
チマッティ、ヴィンチェンツィオ　216, 230
中国（支那）　19, 28, 30, 42, 43, 48,

さ

西園寺公望　105, 132
坂口安吾　125
『サカラメンタ提要』 17
笹尾粂太郎　104
五月信子（マリア・ミタライ）　217
里脇浅次郎　274
ザビエル、フランシスコ［ザヴィエル、シャビエル、シャヴィエル、ハビエル、サベリヨ、ザベリヨ、ザベリオ、ザベルオ、ザヴェリヨ、ザベリヨ、ザヴエリヨ、フランセスコザヴェリヨ、しゃひゑる、メストレ・フランシスコ］ 9-11, 13, 18, 21-24, 27-47, 52, 54-60, 69, 71, 76-85, 91, 93, 96-98, 100, 101, 103, 104, 106, 113, 115, 116, 120, 132-134, 137, 147, 148, 150, 151, 156, 161, 162, 172, 173, 181, 182, 202, 205, 246, 271, 276, 287, 291
ザビエル記念公園　103
ザビエル記念碑（聖フランシスコ・ザビエル記念碑、フランシスコ・ザヴエリヨ記念碑） 76, 100, 101, 103, 104, 127, 132, 138
サルサ・マジョーレ　178, 191
サルトル　170
『サルバトルムンヂ』 17
澤木興道　176
『懺悔録』 15
サン・ジャン・ピエ・ド・ポール　147, 190
三条実美　73
サン・シール士官学校　148, 190, 246, 277
サン・スルピス大神学校　135
山東功　17

し

獅子文六　47, 158, 183
侍女　213, 214, 218, 220, 221, 224-227
ジード　170
「使徒言行録」 12
シドッティ、ジョバンニ（ヨワン・シローテ） 70, 127
篠田浩一郎　51
司馬遼太郎　9, 51, 57, 58, 133, 148, 181, 206
地福　111, 112, 138
渋沢栄一　100, 101, 105, 132
島谷俊三　156
島津貴久　37, 61
島原・天草の乱　129
下関　91, 137
下宮忠雄　52
釈迦　271
シャモニ、ヴォルフガング　230, 231
上海　18, 92, 94
シュールハンマー　30, 46, 57, 81
シュレーツァー、アウグスト・ルートヴィヒ　231
『殉教血史　日本二十六聖人』 132, 216
上川島　28, 62
正田昭　179-181, 192
上智大学　22, 52, 84, 157, 174, 201-204, 206, 235, 236, 260, 288

金山政英　170, 173, 177
狩野美智子　158
歌舞伎　50, 218, 222, 233
歌舞伎座　218
歌舞伎町　23, 264
狩谷平司　92, 132
河上徹太郎　128
川越　53, 189
河竹黙阿弥　222
河原町　97, 137
カンドウ、ソーヴール（カンドー、貫道、苅田澄）　9, 21, 22, 47, 49-52, 54, 58, 59, 85, 147-189, 245, 246, 249, 277, 288, 290, 291
広東　28, 62
上林暁　154

き

樹木希林　209
岸野久　33, 39
北原白秋　124
木下杢太郎　124
『ぎゃどぺかどる』　17
ギュツラフ　18
京都（ミヤコ）　22, 62, 91, 95-97, 99, 103, 105, 114, 115, 118, 119, 122, 131, 136, 137, 219
『京都新聞』　118, 119
漁夫海岸　28, 31, 41, 42, 61
『切支丹大名史』　115, 119, 120, 132, 139, 221
キリシタン文庫　52
『キリスト論』　251, 258, 279
『金閣寺』　251
『金句集』　17
琴月　223
『近世日本国民史』　220

く

楠正成　126
グスマン、ルイス・デ　123, 221
工藤敏子　105
熊谷久虎　186
グレゴリアン大学　149, 190

け

慶応義塾大学　263
ゲーテ　230-232
遣欧使節団　73

こ

ゴア　28, 30, 33, 35, 61, 62
神戸　22, 50, 91, 94, 95, 104, 105, 113, 118, 131, 132, 136
高野山　106, 134, 138
光琳寺［コウリン寺］　107, 110, 111
『声』　47, 119, 191, 223
『心』　192
小島玄寿　222
小平卓保　51
コーチン　28, 43, 61, 62, 76, 78
ゴードン夫人　138
コモリン岬　13, 31, 33
コリャード、ディエゴ　15
コールリッジ　78
今日出海　217
『こんてむつすむんぢ』　17

118-121, 123-134, 156, 203, 204, 221, 288, 291
ヴィルヘルム二世　97
ヴェイユ、シモーヌ　170
ヴェストファーレン　22, 201, 235
ヴォルテール　155
内田魯庵　124, 125
浦上　71, 73, 93, 94, 109, 110, 135, 136
浦上天主堂　138
浦上四番崩れ　124
浦川和三郎　126, 129
浦和高等学校　153

え

エセイサバレナ、トマス　53
ＮＨＫ取材班　9, 51, 53, 149
海老沢有道　114, 129
エポペ　253, 258, 264-269, 279
遠藤織枝　251
遠藤周作（狐狸庵山人）　23, 245, 248, 251, 256-262, 265, 266, 269, 270, 273, 275, 289
遠藤順子　256, 257, 270
エンリケス、エンリケ　33

お

追手町　151, 190
大井蒼梧　223
大石良雄　126
大岩大介　217
大内義隆　43, 61, 76, 98
大浦天主堂　18, 70, 72, 93, 135
大川周明　124
大隈重信　93, 105, 132
大阪（大坂）　94, 114, 122, 131, 139, 213, 216, 225, 227
大津　137
大友義鎮（宗麟）　62
大平健　212
岡田喜秋　251
岡本綺堂　222
岡山　203
小川国夫　253
小国　254
大佛次郎　73, 125, 128
織田信長　97, 202, 213
小津安二郎　253
小野豊明　84, 174
『おバカさん』　23, 257-259, 262, 269
『おバカさんの自叙伝半分』　251, 267, 275, 279
小浜　137
オルガンティノ［オルガンチノ］　213, 219, 227

か

加賀乙彦　178, 182
加古義一（ヨゼフ）　22, 113-115, 118, 119, 137, 138
鹿児島　28, 30, 35, 38, 40, 61, 84, 97, 114, 119, 120
カション　18, 70
ガストン　258-262
片岡弥吉　129
金沢　94
『悲しみの歌』　257, 259, 260, 262
金森一峰　107

索引

あ

アウグスチヌス　233
アクイナス、トマス　174
芥川龍之介　125, 222
明智光秀　213
あけの星会　164
浅井乕八郎　78
麻生多賀吉　186
アテネ・フランセ　159
阿刀田高　253
姉崎正治　114
阿武保郎　105
阿満得聞　103, 104
阿弥陀　271, 273
鮎川義介　100
荒井献　275
新井白石　70, 127
アリエール、ジャック　58
アルペ、ペドロ　53
安廷苑［アン・ジョンウォン］　221
アンジロウ（ヤジロウ、パウロ）　28, 29, 34, 35, 37-40, 61, 93

い

井伊松蔵　223
イエズス会　10, 13-15, 22, 27-29, 31, 33, 35, 39, 41, 42, 46, 52-54, 60, 78, 85, 92, 94, 95, 97, 119, 123, 136, 149, 150, 157, 201, 213-215, 220, 235, 236
イグナチオ教会　176, 201, 205
池田敏雄　92, 113, 170, 181, 184
池淵祥次郎　186
石川淳　125
石田三成　213, 223, 227
石牟礼道子　129
伊集院虎一　186
伊勢　91, 136
伊勢街道　131
『伊曽保物語』　17
伊藤博文　73, 97, 105, 132, 138
『田舎司祭の日記』　262
犬養道子　51, 59, 157
井上馨　105
井上ひさし　206, 261
岩倉具視　73, 105, 132
岩崎家　101
岩下壮一　153, 171, 173

う

ヴァリニャーノ、アレッサンドロ　14, 56
ウィリアムズ　18
ヴィリオン、エメ［ヴィリヨン、ビリオン、ヴリヨン、ビリヨン、ギリヨン］　21, 22, 71-73, 75, 76, 78, 80, 82-85, 91-101, 103-113, 115,

[著者]

郭南燕（かく なんえん）

日本語文学者。1962年中国・上海生まれ。復旦大学を卒業後、お茶の水女子大学、トロント大学に学ぶ。1993年〜2008年ニュージーランド・オタゴ大学の講師、上級講師、准教授を経て2008〜17年国際日本文化研究センター准教授。人文科学博士。研究分野は日本文学、多言語多文化交流。

著書に、*Refining Nature in Modern Japanese Literature: The Life and Art of Shiga Naoya*（Lexington Books, 2014),『志賀直哉で「世界文学」を読み解く』（作品社、2016年）など、編著に、『バイリンガルな日本語文学——多言語多文化のあいだ』（三元社、2013年)、『キリシタンが拓いた日本語文学——多言語多文化交流の淵源』（明石書店、2017年）など多数。

ザビエルの夢を紡ぐ
近代宣教師たちの日本語文学

発行日——2018年3月26日　初版第1刷

著者——郭南燕

発行者——下中美都

発行所——株式会社平凡社
〒101-0051 東京都千代田区神田神保町3-29
電話　(03) 3230-6584［編集］
　　　(03) 3230-6573［営業］
振替　00180-0-29639
平凡社ホームページ　http://www.heibonsha.co.jp/

装幀者——飯田佐和子

DTP——矢部竜二

印刷——藤原印刷株式会社

製本——大口製本印刷株式会社

ISBN978-4-582-70358-0　NDC分類番号 910.26
四六判(19.4cm)　総ページ 330

落丁・乱丁本のお取り替えは小社読者サービス係まで直接お送りください。
（送料は小社で負担いたします）